茅盾研究
八十年書系

錢振綱・鍾桂松◎主編

邵伯周◎著

4

茅盾的文學道路

（1959年5月初版）（1979年11月修訂版）

花木蘭文化出版社

國家圖書館出版品預行編目資料

茅盾的文學道路（1959 年 5 月初版）　邵伯周　著／茅盾的文
學道路（1979 年 11 月修訂版）　邵伯周　著 — 初版 — 新北市：
花木蘭文化出版社，2014〔民 103〕
目 2+68 面 + 目 2+68 面；19×26 公分
（茅盾研究八十年書系；第 4 冊）
ISBN：978-986-322-695-6（精裝）
1. 沈德鴻　2. 中國當代文學　3. 文學評論
820.908　　　　　　　　　　　　　　　　103010065

中國茅盾研究會《茅盾研究八十年書系》編委會

主　　編：錢振綱　鍾桂松

副主編：許建輝　王中忱　李　玲

特邀顧問：

邵伯周　孫中田　莊鍾慶　丁爾綱　萬樹玉　李　岫

王嘉良　李廣德　翟德耀　李庶長　高利克　唐金海

茅盾研究八十年書系
第　四　冊

ISBN：978-986-322-695-6

茅盾的文學道路（1959 年 5 月初版）

本書據長江文藝出版社 1959 年 5 月初版重印

茅盾的文學道路（1979 年 11 月修訂版）

本書據長江文藝出版社 1979 年 11 月修訂版重印

作　　者　邵伯周
主　　編　錢振綱　鍾桂松
總 編 輯　杜潔祥
副總編輯　楊嘉樂
編　　輯　許郁翎
出　　版　花木蘭文化出版社
社　　長　高小娟
聯絡地址　235　新北市中和區中安街七二號十三樓
　　　　　電話：02-2923-1455 ／傳真：02-2923-1452
網　　址　http://www.huamulan.tw 信箱 hml810518@gmail.com
印　　刷　普羅文化出版廣告事業
初　　版　2014 年 7 月
定　　價　60 冊（精裝）新台幣 120,000 元

茅盾的文學道路

（1959年5月初版）

邵伯周　著

作者簡介

邵伯周，1924 年 8 月生，浙江江山人。1948 年開始發表作品，先後任教於上海虹口中學、華東速成實驗學校師資部；1954 年 9 月起，歷任上海師專、上海師院、上海師大等學校中文系、文學研究所教授、研究員；現代文學教研室主任，研究生導師；中國作協會員。1959 年 8 月至 1960 年 7 月應聘講學於越南河內師範大學，並擔任中國專家組組長，獲越南政府授予的友誼獎章和獎狀。1987 年上海市文聯授予培養文藝人才傑出貢獻獎。曾擔任中國魯迅研究會第二、三、四、五屆理事會理事；參與籌建中國現代文學研究會並擔任一至六屆理事會常務理事，現為名譽理事；參與籌建中國茅盾研究會並擔任該會常務理事、副會長，《茅盾全集》編委。現為該會顧問。著作有《魯迅研究概述》、《〈吶喊〉、〈彷徨〉藝術特色探索》、《魯迅思想與雜文藝術》、《〈阿 Q 正傳〉研究縱橫談》、《茅盾的文學道路》、《茅盾評傳》、《簡明中國現代文學史》、《中國現代文學思潮研究》、《人道主義與中國現代文學》、《蔚園集》、《平凡的旅程》等，其中《〈吶喊〉、〈彷徨〉藝術特色探索》獲上海市高校哲學社會科學優秀著作獎；論文 80 多篇，其中《論魯迅的中外文化觀》1994 年獲上海哲學社會科學研究優秀論文獎。1993 年 9 月離休。《茅盾幾部重要作品的評價問題》1998 年 9 月獲國家級大獎——魯迅文學獎（理論批評）；2001 年獲茅盾研究突出貢獻獎；2009 年獲得中國作協頒發的「為新中國 60 年文學發展貢獻」榮譽證書；2011 年 6 月，他人撰寫的《中國現代文學研究專家邵伯周傳》編入《師道永恒》（二），由上海人民出版社出版；2013 年 12 月上海作家協會以數字出版方式出版四卷本（220 多萬字）的《邵伯周文集》。

目 錄

小　引

　　「五四」以後，隨著革命運動的進一步深入，作為新文化運動的主要一翼的新文學運動也進一步深入了。通過「五四」愛國運動，反帝反封建的新文學在群眾中擴大了影響，培養了一批新的戰士，於是在無產階級思想影響下的，以魯迅為首的我國現代文藝新軍開始形成了。

　　在「五四」以後的那樣一個充滿痛苦和災難的時代裏，人民群眾都普遍感到苦悶和不安，迫切要求社會變革，以魯迅為首的這支文藝新軍的戰士們在民主主義和社會主義思想的影響和啓示下，都自覺的或不自覺的用文藝這一武器，來暴露社會的黑暗，抨擊封建勢力，表達人民群眾要求社會變革的願望，探索前進的道路。他們的文藝活動，對我國現代文學，起了奠基的和開闢道路的作用。他們當中的許多人，也在前進過程中，接受馬克思列寧主義和中國革命的實際影響，一步步地靠攏了革命，為人民革命事業作出了巨大的貢獻。魯迅的親密戰友，我國當代語言藝術的大師——茅盾，就是傑出的代表人物之一。

　　茅盾是從文學運動的組織工作和理論批評工作開始他的文學生涯而後開始創作的。三十多年來，他一直沒有離開文學工作崗位，堅持著文學運動的組織工作、理論批評工作、創作和翻譯。

　　茅盾的從事文學運動方面的組織工作，開始，還只是出發於個人對於文藝的愛好和民主主義覺悟。在前進的道路上，在無產階級思想影響和黨的教育下，逐步接受馬克思列寧主義，接受黨的文藝路線，並逐步成長為一位忠實於黨的文藝路線的優秀戰士。

　　茅盾的理論批評工作，對於促進我國現代文學運動和創作的發展，對於

我國現實主義文藝理論的建設，有著巨大的作用。他的理論批評文字，具體反映出他的文藝思想。在創作實踐方面，茅盾善於吸收現實生活中的重大題材，因而，他的創作都富有強烈的時代精神，眞實地反映了幾十年來我國社會生活中的重大事變，反映了我國人民爲爭取民族獨立，實現民主革命而進行的各種鬥爭；對我國現代文學寶庫提供了許多有價值的作品。

茅盾的文藝思想和創作實踐是完全一致的。文藝思想指導了他的創作實踐，創作實踐又體現了他的文學思想。茅盾的文藝思想和創作實踐，又是向著一個共同的方向——社會主義現實主義方向發展的。社會主義現實主義，是我國現代文學的道路，也是茅盾的文學道路。這本小冊子，就是企圖就茅盾的理論批評文字和創作兩方面，來探索他的文藝思想和創作成就，來探索他在社會主義現實主義道路上的發展歷程的。

一、《文學與人生》和《論無產階級藝術》——文學研究會時期的茅盾

> 我希望從此以後就是國內文壇的大轉變時期。
>
> ——沈雁冰：《大轉變時期何時來呢？》

茅盾原名沈德鴻，現名雁冰。茅盾是他發表《幻滅》時開始使用的筆名。

1896 年（中日戰爭後的一年）4 月，茅盾生於浙江桐鄉縣屬的烏鎮。他的父親是一位儒醫，在當時是維新派，在茅盾幼年時就逝世了。母親出身於「書香人家」，知書達禮，給少年茅盾很深刻的影響，她更把丈夫遺下的極有限的財產，全部供給兒子受教育。

辛亥革命的那一年，茅盾正在浙江嘉興府中學讀書。武昌起義的消息傳到學校裏時，他曾熱情地歡迎過。革命後，新來的學監要「整頓」學風，少年的茅盾因和同學們起來反對而被開除。以後轉入了杭州安定中學。中學畢業後，入北京大學預科，讀滿了三年預科以後，因為家庭經濟日窘，不能再繼續讀書了，經友人介紹，入商務印書館工作。

這時候，中國正處在舊民主主義革命的末期。在中國舊民主主義革命時期，許多先進的中國人，為了挽救自己的國家和民族，曾經千辛萬苦，多次奮鬥，但是都失敗了。像辛亥革命那樣全國規模的運動，也沒有取得成功。生活本身促使人們去另找出路。正在這時候，中國的民族資產階級和無產階級都有了進一步的發展，並因而出現了新的階級關係和階級要求。在這一新的社會基礎上，便產生了中國人民的新的覺醒——新文化運動。不久，十月社會主義革命又給我們送來了馬克思列寧主義。在這種種社會的、文化思想

的力量推動下，1919 年，在中國發生了驚天動地的「五四」運動。

「五四」運動宣告了中國舊民主主義革命的終結，新民主主義革命的開始。

「五四」運動帶來了科學和民主，也帶來了社會主義的新思潮。

和其他進步知識分子一樣，在「五四」運動的影響下，茅盾的民主主義覺悟有了進一步的提高，並且對於文學的興趣也大為增進。1921 年和鄭振鐸、葉紹鈞等發起組織文學研究會並為它的領導者之一。文學研究會成立後就接辦了商務印書館的小說月報。茅盾擔任了主編。已有十多年歷史的小說月報，從此得到了徹底的革新，成為「五四」以來我國現代文學史上的第一個專業文藝雜誌。在發現、培養和組織我國文學的新生力量，建設我國現代文學上有著卓著的成績。

在編輯小說月報的同時，茅盾曾致力於外國文學的介紹、翻譯和古代神話的研究、整理工作。外國文學的介紹、翻譯方面，有《阿富汗的戀歌》、《倍那文德戲曲集》、《太戈兒短篇小說集》、《新猶太文學一臠》、《西洋文學》、《希臘文學ＡＢＣ》、《歐洲大戰與文學》，《歐洲六大文學家》等譯著；古代神話的研究整理方面，有《神話雜論》、《中國神話研究》、《北歐神話ＡＢＣ》等著作。這些工作，給我國文學創作提供了多方面的借鑒，給我國文學研究開拓了新的道路。

理論批評工作是茅盾這時期文學工作的一個重要方面。從 1921 到 1925 年間，先後發表了《文學與人生》、《大轉變時期何時來呢？》、《論無產階級藝術》等文藝論文。反對「為藝術」的文學，反對唯美主義、頹廢主義，提倡「為人生」、「為無產階級」的文學，對我國現實主義文學的理論問題，作了有益的探討，反映了並促進了我國文壇的「大轉變時期」的來到。這些論文，不僅記錄了當時茅盾的文藝觀點，並且也是我國現代文學史上的重要文獻。

現在我們試就茅盾在這時期所寫的文藝論文，對他的文藝觀點作一次探索。

首先，茅盾提倡和宣揚了「為人生」的文藝觀點。

「『文學是人生的反映』。人們怎樣生活，社會怎樣情形，文學就把那種種反映出來。」〔註1〕這是茅盾對文學與人生的關係的基本觀點。從這一觀點

〔註 1〕 沈雁冰：《文學與人生》《新文學大系》、《文學論爭集》，第 149 頁。

出發，他認為文學和人生的關係，具體表現在人種、環境、時代和作家的人格等四個方面。因此，他認為要研究文學，「至少要有人種學的常識，至少要懂得這種文學作品產生時其地的環境，至少要瞭解這種文學作品產生的時代精神，並且要懂這種文學作品的主人翁的身世和心情」。〔註2〕

文學和人生既有這樣密切的關係，那麼對於人生自然也就有積極的意義了。茅盾指出：

> 文學不是作者主觀的東西，不是一個人的，不是高興時的遊戲或失意時的消遣。……文學是綜合地表現人生，不論是用寫實的方法，是用象徵比喻的方法，其目的總是表現人生，擴大人類的喜悅和同情，有時代的特色做它的背景。……文學者表現的人生應該是全人類的生活。……這樣的文學，不管他浪漫也好，寫實也好，表象神秘也都好，一言以蔽之，這總是人的文學——真的文學。〔註3〕

他認為新文學運動的最終目的就是要：

> 使文學更能表現當代全體人類的生活，更能宣泄當代全體人類的感情，更能聲訴當代全體人類的苦痛與期望，更能代替全體人類向不可知的命運作奮抗與呼籲。〔註4〕

不過他認為「在現時種界國界以及語言差別尚未完全消滅以前，這個最終目的不能驟然達到」的情況下，應該使我國的新文學運動帶有「民族色彩」。

茅盾的這種文藝觀點，是和泰納的社會學的觀點有著密切的聯繫但卻又有所不同的。泰納認為文學的構成有三個要素：人種、環境和時代，三者缺一，便不能構成文學。而在這三者之中，泰納強調了人種，他認為人種是最重要的，是文學的根源。而茅盾呢？他除了在三個要素之外加上一個「作家的人格」以外，特別強調了社會背景（環境和時代）的作用。他認為「什麼樣的背景便會產生什麼樣的文學」，只有「表現社會生活的文學才是真文學」。並且更注意到當時中國的條件，他認為我國新文學更應該反映「兵荒屢見，人人感著生活的不安與苦痛，真可以說是亂世」〔註5〕的社會背景。

〔註2〕 沈雁冰：《文學與人生》《新文學大系》、《文學論爭集》，第149頁。

〔註3〕 沈雁冰：《文學和人的關係及中國古來對於文學者身份的誤認》，《小說月報》12卷1期，1921年1月。

〔註4〕 沈雁冰：《新文學研究者的責任與努力》《小說月報》12卷2期，1921年2月。

〔註5〕 沈雁冰：《社會背景與創作》，《小說月報》12卷7期，1921年7月。

　　茅盾肯定了文學的社會作用，認為文學是「表現人生」、「為人生」的。但所表現的，所為的「人生」是什麼樣的人生呢？當時的茅盾還沒有明確的階級觀點，還不能用階級觀點來觀察分析社會、人生。在他心目中的人生只是抽象籠統的「全人類」的生活而不是階級社會的人生。但儘管如此，他的眼光還是注意到被壓迫群眾的，他認為「『怨以怒』的文學是亂世文學的正宗」，被壓迫民族的文學就應該去「描寫黑暗專制，同情於被損害者」，並且因我國「創作小說的人大都是念書研究學問的人，未曾在第四階級社會內有過經驗」，「反映痛苦的社會背景的小說不能出現」〔註6〕而感到遺憾，對於那些「對於罪惡的反抗和對於被損害者的同情」的作品及其作者，他表示非常的敬意〔註7〕。由此可見，茅盾初期的文藝思想，已經包含有模糊的階級觀點了。

　　關於文學創作問題，在《什麼是文學》〔註8〕一文中，茅盾指出文學創作必須描寫「社會黑暗，用分析的方法解決問題」，提倡「於材料上最注重精密嚴肅，描寫一定要忠實」的「寫實主義」。

　　在《自然主義與中國現代小說》〔註9〕一文中，他更全面的分析了中國當時創作小說的缺點並指出補救的方法。他把中國當時創作小說分為新舊兩派，他認為舊派小說在思想上完全受遊戲的消遣的金錢主義的文學觀念所支配，在技術上沒有客觀的觀察和描寫，是毫無藝術性的；至於新派小說，思想雖然要正派得多，但仍有「內容單薄與用意淺顯」的毛病，技術則和舊派一樣，因而藝術上也無甚可取。要補救這些缺點，他認為就得提倡「自然主義」。

　　在描寫方法上，茅盾指出要學習「自然主義」的兩件法寶：實地觀察和客觀描寫。他特別推崇左拉，他認為左拉的把實地觀察所得照實描寫出來的方法，最大的好處是「真實和細緻」。他認為採用「自然主義」的方法，既可表現「全體人生的真的普遍性」，同時又能表現「各個人生的真的特殊性」。

　　在題材的採取上，他指出「自然主義是經過近代科學的洗禮的，它的描寫法，題材以及思想，都和近代科學有關」，他認為「應該學習自然派的作家，

〔註6〕　沈雁冰：《社會背景與創作》，《小說月報》12卷7期，1921年7月。

〔註7〕　沈雁冰：《春季創作壇漫評》。《小說月報》12卷4期，1921年4月。

〔註8〕　《新文學大系》，《文學論爭集》第153頁。

〔註9〕　《小說月報》13卷7期，1922年7月。

把科學上發現的原理應用到小說裏，並應該研究社會問題、男女問題、進化論等種種學說」。

顯然，在創作理論上，茅盾是接受了「自然主義」的影響的。但必須指出，茅盾這時期雖然推崇左拉，提倡「自然主義」，但他所提倡的「自然主義」，和我們今天所理解的「自然主義」，在含義上是有所不同的。如他一方面提倡「自然主義」，同時又提倡「寫實主義」（即現實主義），並且把現實主義大師巴爾札克看作「自然主義」的先驅者等。但重要的是：茅盾是根據他自己的理解來提倡「自然主義」的。大家知道，「自然主義」在描寫生活事件的時候，「只求表面的眞實，對於個別的現象只作記錄式的描寫，而不表現這些現象的內在意義，不顯露本質的、典型的、合乎規律的東西」〔註10〕。而茅盾卻認爲「自然主義」最大的目標是「眞」，因爲描寫了眞實，就能把個別和一般統一起來。這就是「既能表現全體人生的眞的普遍性，又能表現各個人生的眞的特殊性」。他並且用屠格涅夫的創作爲例，說明創作必須發掘題材的目的性，他說：「小說家選取一段人生來描寫，其目的不在此段人生本身，而在另一內在的根本問題」〔註11〕。大家知道，「自然主義」的表面是非政治的，它所強調的「正確性」、「客觀性」是引導人們向現有社會制度屈服的一種武器，「『自然主義』的方法並不是與必須消滅的現實進行鬥爭的方法」〔註12〕。茅盾雖然強調要學習「自然主義」的純客觀的態度，但其目的卻是爲了要表現人生，服務人生。並且還要「隱隱的指出未來的希望，把新的理想、新的信仰灌到人心中」，要教育人們「拿不求近功信託眞理的精神，去和黑暗奮鬥」〔註13〕。換句話說，茅盾的強調實地觀察和觀察描寫，目的就是要眞實的反映現實，教育人們去認識現實，並起來作變革現實的鬥爭。

由此可見，在創作理論上，茅盾實際上所提倡的還是現實主義。

泰納的社會學的文藝觀，是受孔德的實證哲學和達爾文的進化論的影響的，他把文藝作品，看作不外乎依靠實驗科學的法則而被創造的東西。而「自然主義」者也是明白地以實證主義哲學、進化論學說作爲自己的理論基礎的。

〔註10〕 蘇聯大百科全書：《關於自然主義》，《光明日報》1955 年 9 月 11 日。
〔註11〕 沈雁冰：《自然主義與中國現代小說》，《小說月報》13 卷 7 期，1922 年 7 月。
〔註12〕 高爾基：《給格羅斯曼》，《給青年作者》，第 117 頁，中國青年出版社 1955 年版。
〔註13〕 沈雁冰：《創作的前途》，《小說月報》12 卷 7 期，1921 年 7 月。

左拉就是把泰納的文藝觀應用在創作上的人。顯然，泰納的社會學的文藝觀和左拉的「自然主義」，是以共同的哲學觀點和近代科學知識爲根據的。

民主與科學，是「五四」精神的兩個方面，也是「五四」新文藝精神之所在。同時，發揚民主與科學，也就是新文學的使命。茅盾的接受泰納的文藝觀點和左拉的「自然主義」的影響並加以改造，提倡「爲人生」的文藝觀和「寫實主義」，並不是偶然的，而是爲「五四」精神——民主與科學的要求所決定的，並且他所提倡的「爲人生」的文藝觀和「寫實主義」，是滲透著「五四」精神——民主與科學的精神的。建立在現代科學知識基礎上的文學理論是反對封建主義的「文以載道」和風流名士的「遊戲文學」觀點的對症良藥。要求文學創作要以現實社會生活作背景，同情被損害者，眞實地反映他們的痛苦生活和要求變革現實的願望。正是民主精神的體現。

就這樣，茅盾接受了泰納社會學的文藝觀和左拉的「自然主義」中的個別論點和一些原則，在「五四」精神——民主與科學的基礎上加以改造和發展，形成了他自己早期的現實主義的文藝觀。

1923 年的「二七」運動以後，隨著革命形勢的發展，我國工人階級直接注意到文藝運動了。當時一些著名的共產黨人如鄧中夏、惲代英等，對當時的文藝運動都表示過意見。他們根據中國革命的要求給文藝運動提出了反帝反封建的任務。在探索中的茅盾，很快就接受了這一觀點。1923 年 12 月間，他在一篇題名叫做《雜感》〔註14〕的文章中說：

> 代英君……提出抗議來了，他說：「現在的新文學若能激發國民的精神，使他們從事於民族獨立與民主革命的運動，自然應當受一般人的尊敬；倘若……，我們應當像反對八股一樣的反對他，」我不知道這種勇敢堅決的抗議，能不能促起國內青年的注意？青年文藝家！反對也好，贊成也好，第一得先注意這個問題啊！第一，你們得先從空想的樓閣中跑出來，看看你周圍的現實狀況，……

這裡，茅盾表示贊成惲代英所提出的任務，新文學要能激發國民的精神，「使他們從事於民族獨立與民主革命的運動」，並號召青年文藝家都來注意這一個問題。接著，又在《大轉變時期何時來呢》〔註15〕一文中說：

> 我們相信文學不僅是供給煩悶的人們去解悶，逃避現實的人們

〔註14〕《文學週報》101 期。
〔註15〕《文學週報》103 期。

去陶醉：文學是有激勵人心的積極性的。尤其在我們這時代，我們希望文學能夠擔當喚醒民眾而給他們力量的重大責任。我們希望國內的文藝青年，再不要閉了眼睛冥想他們夢中的七寶樓臺而忘了自身實在是位在豬圈裏；我們尤其決然反對青年們閉了眼睛忘記自己身上帶著鐐鎖，而又肆意識笑別的想努力脫除鐐鎖的人們，阿Q式的「精神上勝利」的方法是可恥的！

這正體現出在「二七」運動以後，茅盾已接受了共產黨人所提出的新文學的反帝反封建的任務，並具體加以闡述，號召文藝青年要注視現實，用文藝這一武器來喚醒民眾，起來進行反帝反封建的鬥爭，為民族解放和民主革命服務。這裡，茅盾已經把新文學運動和中國共產黨所領導的反帝反封建的革命鬥爭更密切的結合起來了。

在「五卅」的前夕，茅盾參加了中國共產黨領導的實際的革命工作，在文藝思想上也有了更為顯著的發展。1925 年 5 月間寫的《論無產階級藝術》〔註16〕一文，系統地提出建設無產階級藝術的主張。

首先，文章論述了無產階級藝術產生的社會條件：

俄國的社會革命成功，無產階級由被治者的地位，一變而為治者，於是一向被視作愚昧無識污濺的無產階級突然發展了潛伏的偉大創造力，對人類文化克盡其新貢獻。……無產階級藝術對資產階級——即現有的藝術而言，是一種完全新的藝術。新藝術需要新的土地和新的空氣來培養，如果不但泥土空氣是陳腐的，甚至還受到壓迫，那麼這個新的藝術之花難望能茂盛了。資產階級支配一切的社會裏的無產階級藝術正處在地土不良，空氣陳腐而又有壓迫的不利條件之下，這便是現今惟有蘇聯獨多無產階級藝術的緣故了。

接著，文章論述了無產階級藝術的性質，指出無產階級藝術是：

1. ……無產階級藝術並非即是描寫無產階級生活的藝術，所以和舊有的農民藝術是有極大的分別的。……無產階級藝術決非僅僅描寫無產階級生活即算了事，應以無產階級精神為中心而創造一種適應新的世界（就是無產階級居於治者地位的世界）的藝術。無產階級的精神是集體的。……

2. ……無產階級藝術……，在描寫勞動者如何勇敢奮鬥的時

〔註16〕《文學週報》172～175 期。

候，或者也描寫到他們對於資產階級極端憎恨的心理，但是只可作為襯托，如果不然，把對於資產階級的憎恨作為描寫的中心點，那就難免要失卻了階級鬥爭的高貴理想，……無產階級為求自由，為求發展，為求達到自己的歷史使命，為求永久和平，便不得不訴之武力，很勇敢的戰爭，但並非為復仇，並且是堅決地反對那些可避免的殺戮的。

3. ……無產階級的集體主義，群眾的首領不過是群眾的集合力量的人格化，是集合的意志之表現，是群眾理想的啟示者，……無產階級藝術……，沒有智識階級所有的個人自由主義。

第三，文章論述了無產階級藝術的內容和社會使命：

一個年歲幼稚而處境艱難的階級之初生的藝術，當然不免有內容淺狹的毛病。而所以不免於淺狹之故，一因缺乏經驗，二因供給題材的範圍太小，……我們要知道現今無產階級藝術內容之偏於一方面，乃是初期的不得已，並非以此自限，無產階級藝術之必將如過去的藝術以全社會及全自然界的現象為汲取題材的泉源，實在是理之固然，不容懷疑的。

無產階級必須力戰而後達到他們的理想，但這理想並不是破壞而是建設，——要建設全新的人類生活。這新的生活不但是「全」新的，並且是無量的複雜，異常的和諧。

……無產階級藝術……應當助成無產階級達到終極的理想。

總之，論文所提出的無產階級藝術的產生和成長的社會條件、無產階級藝術的性質、內容及其社會使命等問題，都是當時革命文學運動中的重大問題，作者試著從馬克思列寧主義的觀點上加以論述，這對我國現代文學的發展，起了積極的推動作用；顯示出茅盾的現實主義的文藝思想，已開始接受馬克思列寧主義的觀點；更顯示出一個革命民主主義者在認識了馬克思列寧主義的普遍真理以後，企圖進一步用來解決我國文學運動的實際問題時所作的可寶貴的努力。

從「為人生」到為「無產階級」，這在茅盾的文藝思想上是一個重大的發展，同時也是我國現代文學的現實主義文藝理論的一個重大發展。對於建設我國現代文學的現實主義的理論體系，推進我國的文學運動和創作的發展，是有著巨大貢獻的。

這時期，茅盾在創作方面，只有在「五卅」慘案後寫的：《五月三十日下午》、《暴風雨》、《街角的一幕》〔註17〕等幾篇散文。

《五月三十日下午》描寫了「五卅」慘案後幾小時南京路上的景象。作者以非常憤激的感情，揭露帝國主義者的狠毒醜惡的本質，批判了「穿著艷冶夏裝的太太們，晃著紅噴噴的大面孔的紳士們」以及「體面的商人們」的麻木不仁，帝國主義者的走狗，改良主義者的卑怯無恥，歌頌了為爭自由而死的戰士們的英勇，指出在強橫暴虐的帝國主義壓迫下的中國人民，只有一個辦法：「以眼還眼，以牙還牙，不甘心少，也不要多！」並預言暴風雨的即將來到。

《五月三十日下午》。這是一篇充滿激情的散文詩，中國人民反帝鬥爭的頌歌，顯示出茅盾在使用祖國語言方面的熟練才能。

在「五四」浪潮的推動下，以民主與科學為起點，茅盾，以一個戰士的姿態，出現在文藝戰線上。他的編輯、翻譯介紹和理論批評工作，對我國的現代文學，有著巨大的貢獻。面向現實，緊隨著中國革命的發展，迅速前進，一步步與革命靠攏，到大革命前夕，作為一個已經接受無產階級領導的革命民主主義者的茅盾，他的昂揚的戰鬥意志，不僅體現在行動上，文藝觀點上，也體現在他僅有的幾篇散文中。

文學研究會的活動，是茅盾文學道路的第一步。這第一步是踏實的，並且是正確的。

〔註17〕《文學週報》177、180、182 三期。

二、《蝕》、《從牯嶺到東京》及其他
——革命低潮時期的茅盾

我看見了什麼呢？我只看見滿天白茫茫的愁霧。

——茅盾:《賣豆腐的哨子》

悲觀頹喪的色彩應該消滅了……我們要有蘇生的精神，堅定的勇敢的看定了現實，大踏步的往前走。

——茅盾:《從牯嶺到東京》

1924 年間，在蘇聯的援助下，在中國共產黨的領導下，建立了廣泛的統一戰線，掀起了 1924～1927 年的大革命。1926 年 7 月，北伐軍從廣州出發，在半年時間內，就打敗了直系軍閥的軍隊，革命勢力從廣東擴展到長江流域。革命形勢發展很快，但革命基礎卻不鞏固。革命軍隊的組織不健全，革命勢力所到達的地區，地主政權沒有被摧毀。國民黨反動派在帝國主義的策動和支使下，利用了革命陣營的弱點，對革命進行了突然的襲擊。同時由於當時黨的領導機關內陳獨秀的投降主義，不能及時組織革命力量去抵抗反動派的進攻，因而使革命遭受失敗。

1927 年的革命失敗以後，國內階級關係發生了新的變化。大資產階級叛變了革命，民族資產階級也站到反動陣營方面去了，一部分小資產階級知識分子也離開了革命。於是只有工人階級、農民階級和貧苦小資產階級在中國共產黨的領導下，堅持革命鬥爭。這時期，在全國範圍內，敵人力量大大超過革命力量，革命暫時轉入低潮。

在革命運動一步步向高潮發展的時候，許多進步的文藝工作者都紛紛投

入革命的洪爐，獻身於革命事業。革命失敗後，這些人一部分隨著革命力量深入到農村，一部分遭受了反動派的屠殺，亦有一部分投降變節。但其中的大部分人因爲對革命的認識不足，雖然在理論上接受了馬克思列寧主義，並經受了革命戰爭的鍛鍊，但暫時還沒有取得堅定的無產階級立場，在革命形勢突變以後，一時便失去了依靠和方向。但是他們的革命意志並沒有消沉，在從武裝鬥爭的戰線中退出來以後，又回到文學陣地上，仍然在中國共產黨的領導下，堅持鬥爭。

1925 年間，茅盾在上海參加了中國共產黨所領導的實際革命工作。1926年到了革命根據地廣州，以後又隨革命政府到武漢，從事政治宣傳工作。大革命失敗後，茅盾也從武裝鬥爭的戰線中退出來，經廬山小住後回到上海，寫了「蝕」三部曲——「幻滅」、「動搖」、「追求」。從此開始他的光輝的創作生活。在上海，因受國民黨反動派的迫害，不得已避往日本。不久，仍回上海。這期間，寫了短篇集《野薔薇》、長篇《虹》和文藝論文《從牯嶺到東京》等。這幾年間，中國革命形勢有著劇烈的變化，茅盾的思想情緒也有著劇烈的變化：大革命失敗後，由於「對於當時革命形勢的觀察和分析是有錯誤的，對於革命前途的估計是悲觀的」〔註1〕，所以思想情緒一度陷於悲觀失望的境地。但由於革命形勢的發展和主觀認識的提高，不久便認識到悲觀失望的錯誤，決心加以克服，大踏步的向前走，茅盾思想情緒上的這些變化，都眞實地反映在他這時期的創作和文藝論文中。

《蝕》三部曲是茅盾的第一部創作，是 1927～1928 年間寫成的。三部作品都有各自的主人翁，情節也不完全連貫，分開來看，是三個獨立的中篇，但作品的精神卻是一貫的，所以合起來看，又是一個整體。作者的目的是要描寫「現代青年在革命浪潮中所經過的三個時期：1. 革命前夕的亢昂興奮和革命既到面前時的幻滅；2. 革命鬥爭激烈時的動搖；3. 幻滅動搖後又不甘寂寞，尚思作最後之追求」。

《幻滅》是三部曲中的第一部，描寫大學生靜女士在大革命前夕和革命高潮中的行動和精神面貌。

靜女士，在五四浪潮的啓示下離開了自己閉塞的家鄉，在中學的時候領導過學生運動。後來到上海進了大學。她有理想，但在現實生活中卻一次又一次的失望，不得不苦悶徬徨。在苦悶徬徨中，她愛上了自己的同學抱素。

〔註 1〕 《茅盾選集》自序，1952 年，開明版。

但很快的她就發現在愛情上他是不忠實的，並且還是一個軍閥的暗探。這給她以很沉重的打擊，於是又一跤跌入悲觀、失望和幻滅中去了。幸而正在趨向高潮的革命運動又給予她新的勇氣和信心，使她滿懷熱情的來到當時革命運動的中心武漢，參加了革命工作。在實際工作中，也曾一度使她得到「新的希望，新的安慰，新的憧憬」。但革命隊伍中的某些混亂現象，陰暗面以及一些所謂革命人物的醜態使她厭惡、不滿。這種厭惡、不滿的情緒使她退出了革命工作，於是又感到幻滅。但是她並沒有停止追求，在幻滅以後，又到醫院裏去當了看護。由於工作關係她愛上了一個連長，享受著熱情的、浪漫的生活。不幸的是當她正沉浸在幸福中時，她的愛人又要打仗去了，於是又幻滅。

靜女士這一形象，反映了大革命時期一部分小資產階級青年女性的性格特徵：對現實不滿，憑個人主義的熱情追求新的生活，但由於她們本身的脆弱、怯懦，特別是對自己所追求的理想缺乏明確的認識，而現實社會又是那樣的無情，因而每一次追求都以幻滅結束。通過靜女士在革命高潮中的經歷和遭遇，真實地反映了當時的革命形勢的一些側面和革命隊伍內部的某些情況。

《動搖》是三部曲的第二部。

在大革命高潮中的長江中游的一個城市裏，革命政權還建立不久，社會階級關係正在變化中。店員要求加薪和生活保障，從四鄉來的農民自衛軍支持店員的要求，而一些反動店東在土豪劣紳的支持下，拒絕店員的要求並陰謀組織暴動。鬥爭在一步步地白熱化。站在鬥爭最前哨的縣黨部商民部長方羅蘭，畏首畏尾，不去依靠已經動員起來的工農武裝力量，在日益囂張的反動勢力面前，束手無策，結果為劣紳，投機分子胡國光所乘。胡國光以「左」的面貌出現，利用當地革命領導機關中的缺點，群眾運動中的盲目性和上級特派員的「左」傾冒進，篡奪了縣黨部的領導權，勾結反動武裝力量，向革命勢力進行反擊，使革命遭受嚴重挫折。方羅蘭不僅在革命工作上動搖，並且在戀愛上也是動搖的。他不愛自己的妻子了，妻子要求離婚，他卻又不同意，他愛婦女工作者孫華陽，可是又退縮不前，不敢明白表示態度。

方羅蘭在革命工作和戀愛問題上的動搖退縮，徬徨苦悶，正是小資產階級知識分子的階級根性的具體體現。通過方羅蘭這一形象的社會聯繫，作品真實地反映了在革命狂潮中工農群眾被動員和武裝起來以後的洶湧氣勢，某

些地區革命領導者的軟弱動搖，投機分子和反動勢力對革命的破壞和反攻等歷史圖景。

《追求》是三部曲的第三部，描寫一群知識分子在革命失敗以後的遭遇。

王仲昭為了要把自己從苦悶徬徨中拯救出來，決心投身新聞界，並準備用自己在新聞工作上的成績去贏得一個愛人。在新聞事業上他雖然想有所作為，可是阻礙重重，就是他的「半步主義」也不可能實現，愛人呢？追求到手了，卻又意外受傷，使他完全失望。

張曼青，在經過緊張熱烈的革命風暴以後，轉向安靜的，不求近功的刻苦生活，以教育事業作為自己最後的憧憬，最後的出路。他準備從教育青年著手來解決社會問題，同時也想找一個理想的妻子。結果呢？不僅他的教育青年的理想很快就破產，甚至被迫參加「壓迫青年的行動」也只好忍受下來。妻子是找到了，但性格卻和他的理想完全相反。於是事業和戀愛，都失敗了。

章秋柳因在白色恐怖下找不到出路而無聊、苦悶、浪漫、頹廢，而又不甘心就此浪費了一生，她還要前進，但撞來撞去，結果還是讓自己在尋歡作樂、追求刺激中墮落下去。為好奇心所驅使，要以自己的肉體去把自己的朋友，懷疑派哲學家、自殺未遂的史循從頹廢中挽救起來，然而史循又突然因暴病死了，她所追求的也就完全落空。

王仲昭、張曼青、章秋柳他們，都曾因革命狂潮的衝激而狂熱過，但因為沒有真正和工農結合，在革命形勢突變以後便失去了依靠和方向，在白色恐怖統治的黑暗社會裏，所有的追求都落空了，最後都不可避免地演出了悲劇——是小資產階級知識分子的悲劇，也是社會的悲劇。

《幻滅》、《動搖》、《追求》三部作品中的「現代青年」，都是善良、熱情的，他們不滿現實，嚮往革命，並且也確實走上革命的道路。但是正像對黑暗現實的不理解一樣，他們對於革命的認識也是很模糊的，並且帶著濃厚的幻想色彩和個人主義思想。這樣，他們雖然參加了革命，卻看不到革命的本質方面和革命的主力，更不能很快的和革命的主力結合，對革命的艱苦性也缺乏認識。因而當他們一看見革命隊伍內部某些混亂現象、某些陰暗面的時候，便會產生不滿和失望的情緒；特別是鬥爭一步步尖銳的時候，就要惘然和動搖，甚至從革命隊伍中游離了出來。可是從革命隊伍中游離了出來以後卻又不甘消沉，掙扎追求，仍企圖有所作為，但他們所選擇的道路卻仍然是個人主義，因而他們的掙扎追求，也必然是軟弱無力，找不到出路的。

　　由此可見，作品對小資產階級知識分子性格上的內在矛盾，小資產階級知識分子的階級本性的揭露是非常深刻的。但作者的描寫並不是孤立進行的，而是密切的結合著現實的，如對革命高潮到來前夕的沉悶空氣和軍閥的暗探活動，革命高潮中工農武裝力量的洶湧壯大，革命隊伍中的陰暗面和反動勢力對革命的反擊，革命失敗後白色恐怖統治下空氣的沉悶和反動勢力的為非作惡等歷史場景的描寫，都是非常真實的。這就充分顯示出靜女士等人性格上的矛盾，他們的悲劇命運，固然是他們的階級本性所造成，但也正是這樣的現實社會的產物。這樣，也就使作品具有濃厚的時代色彩。

　　由此可見，靜女士等形象是有著一定的歷史真實性的，是有著一定的典型意義的。

　　但是作品所反映的只是革命運動中的消極，陰暗的那一方面，所描寫的人物也都是軟弱、動搖、悲觀、消沉，找不到出路的，並且作者只是忠實地加以描繪而沒有站在更高的思想水平上來加以批判，因而作品中就充滿著濃厚的悲觀色彩，也因而減低了作品的思想意義。

　　雖然作品中充滿了濃厚的悲觀色彩，既沒有給讀者以鼓舞，更沒有給讀者指引出路，但因為它成功地創造了幾個典型形象，真實地反映了大革命時期中國現實社會的某些側面和一部分小資產階級知識分子的精神面貌，用歷史的眼光來看，仍然不失為一部優秀的批判的現實主義作品。

　　由於作品本身的缺點和當時文藝批評中的教條主義，《蝕》發表以後就立刻受到尖銳的批評。為此，茅盾曾於 1928 年 7 月寫了《從牯嶺到東京》〔註2〕一文來答辯。在這篇文章中，茅盾說明了寫作《蝕》的經過和主觀目的，也申述了自己對當時文藝運動的意見。

　　　　我是真實地去生活，經驗了動亂中國的最複雜的人生的一幕。
　　終於感得了幻滅的悲哀，人生的矛盾，在消沉的心情下，孤寂的生活中，而尚受生活執著的支配，想要以我的生命力的餘燼從別方面在這迷亂灰色的人生內發一星微光。

　　　　我有點幻滅，我悲觀，我消沉，我很老實的表現在三篇小說裏。……我不能使我的小說中人有一條出路，就因為我既不願昧著良心說自己以為不然的話，而又不是大天才能夠發現一條自信得過的出路來指引給大家。……所以《幻滅》等三篇只是時代的描寫，

〔註2〕《小說月報》19 卷 10 期。

是自己想能夠如何忠實便如何忠實的時代描寫。

作者的這幾段自白，實際上說明了：作品之所以有一定程度的歷史真實性，是因為作者對自己所描寫的那段生活，有親身的、直接的感受，在創作時又抱著「能夠如何忠實便如何忠實」的現實主義態度。作品之所以充滿濃厚的悲觀色彩，是因為作者在大革命失敗以後，一時迷失了方向，對整個革命形勢缺乏全面的觀察和分析，看不見革命的前途。因而使自己的思想情緒變得極端的悲觀、消沉。雖然主觀願望要忠實於現實，但在悲觀、消沉的思想情緒指導下，現實的全部情況，它的主導方面，自然是無從看見了，自然也就無法去「忠實」的描寫了。作者所能看見的，能夠去「忠實」地加以描寫的便只有陰暗的，與自己的悲觀情緒起共鳴的那一側面，因此雖然強調作品只是「客觀的描寫」，但實際上還是讓自己的，也就是小資產階級的幻滅、悲觀、消沉的思想情緒在作品中流露出來，並佔有主導的地位〔註3〕。這正證明了當作家在觀察生活、分析生活，選取題材、進行藝術概括時，他的立場、世界觀必然要起主導作用的。

對於當時太陽社，創造社所提倡的「革命文學」，在《從牯嶺到東京》一文中，茅盾也表示了自己的看法。他認為當時的「革命文學」，要以被壓迫的勞苦群眾為對象，是正確的。可是「革命文學」作品的「太歐化或太文言化的白話」，是不能為文化水平不高的勞苦大眾接受的，因而為勞苦大眾而作的「革命文學」，實際上仍然只有「不勞苦」的小資產階級來閱讀。因此他認為在作「為勞苦群眾」的文學的同時，「也應該有些作品是為了我們現在事實上的讀者對象而作的」。他認為我們固然要為勞苦群眾訴苦，同時也要描寫「小商人、中小農、破落的書香人家……所受到的痛苦」。這樣來擴大新文藝的群眾基礎。

茅盾反對「標語口號文學」，他認為「標語口號文學」是沒有文藝價值的，他認為文藝創作不能憑空想像，也不應把文藝和狹義的宣傳工具等同起來，而應該注意文藝的本質，創作時必須忠實於現實。在技巧上，他認為不能硬搬當時蘇聯文學的描寫手法，「不要太歐化，不要多用新述語，不要太多了象徵色彩，不要從正面說教似的宣傳新思想」，「只要質樸有力的抓住了小資產階級生活的核心的描寫」，這樣來開闢一條新路。

茅盾在《從牯嶺到東京》這篇文章中所表達的文藝觀點，和他 1925 年在

〔註3〕關於《蝕》的缺點，在 1952 年開明版《茅盾選集》自序中有具體分析。

《論無產階級藝術》一文中所表達的似乎有著本質的不同。爲什麼會這樣呢？其實這是容易理解的：1925 年那個時候，作者已參加了實際的革命工作，在當時革命高潮的鼓舞下，無產階級思想的影響下，不僅有著革命的狂熱，在認識上也開始接受馬克思列寧主義，並嘗試用馬克思主義的觀點來分析文藝問題。這在當時，的確是茅盾思想認識上的一步很大發展，可是由於他的小資產階級的立場觀點並沒有得到徹底的改造，所以在形勢劇變，革命趨於低潮時期，以前的狂熱便一變而爲悲觀失望，馬克思主義觀點也就完全「喪失」了，眞實地還他一個本來面目。應該說，《從牯嶺到東京》所表達的文藝觀點，正是小資產階級的立場、觀點的具體反映。

由此可見，《蝕》的思想傾向，創作方法和作者當時的文藝觀點基本上是一致的，都是小資產階級的軟弱、動搖的根性的表現。

作者對自己的悲觀失望情緒的錯誤，到 1928 年的下半年，就開始有了初步的認識。在《從牯嶺到東京》這篇的最後，作者作過如下的表白：

> 悲觀頹喪的色彩應該消滅了。一味的狂喊口號也大可不必再繼續下去了，我們要有蘇生的精神，堅定的勇敢的看定了現實，大踏步往前走，然而也不流於魯莽暴躁……追求中間的悲觀苦悶是被海風吹得乾乾淨淨了，現在是北歐的勇敢的命運女神做我精神上的前導。

這時候，作者寫了後來結集爲《野薔薇》的《創造》、《自殺》、《一個女性》、《詩與散文》、《曇》等短篇小說。

《創造》中的嫻嫻，是一個受了時代思想的影響，能夠「抓住現在」而又「直視著前途」的女性。她「要用我們現在的理解，做我們所應該做的事」，可是在她的靈魂深處，卻又徬徨而焦灼。《自殺》中的環小姐，她「執著現在」，但卻因受不住現實的壓迫而自殺。《詩與散文》裏的桂奶奶，確實也是一個「執著現在」的人，她不想念過去，也不夢想將來，只追求著當前的肉的享樂。《一個女性》裏的瓊華，以天眞、純潔的少女姿態進入社會生活，她憎恨那樣醜惡的生活，但又不能自拔，結果被同化成爲一個無憎亦無愛的人，抑鬱而死。《曇》裏的張女士，她天性中的驕狷自尊的性格，也抵不過現實的重壓，最後不得不以「還有地方逃避的時候，姑且先逃避一下吧」來作爲自己的出路。

《野薔薇》中的這些人物，不像《蝕》中的人物那樣狂熱、空想、浪漫、

頹廢，他們都驕狷、自尊，並且現實得多，可是她們性格中也同樣充滿矛盾：厭惡現在而又依戀現在；要求反抗而又沒有力量；憧憬著自己的理想而又擺脫不了舊影響；總之，始終跳不出個人主義的泥坑。因而在那樣一個沉悶的社會裏，她們所扮演的，仍然是悲劇的角色。

創作《野薔薇》時茅盾的文藝觀點，在《寫在野薔薇的前面》一文中，有著具體的申述：

> 真的勇者是敢於凝視現實的，是從現實的醜惡中體認出將來的必然，是並沒把它當作預約券而後始信賴。真的有效的工作是要使人們透視過現實的醜惡，而自己去認識人類偉大的將來，從而發生信賴。不要感傷於既往，也不要空誇著未來，應該凝視現實，分析現實，揭破現實；不能明確地認識現實的人，還是很多著。

用「凝視現實，分析現實，揭破現實」的態度來寫作，從而達到使人們「透過現實的醜惡」，「認識人類偉大的將來」的目的，可以說這就是茅盾創作《野薔薇》時的指導思想。

《野薔薇》中的五個短篇，的確是體現了「凝視現實，分析現實，揭露現實」的創作態度的，並且也能使讀者體認到現實的醜惡。和《蝕》比較起來，是來得更為冷靜，並且也現實得多。然而並不能使讀者去「認識人類偉大的將來」。由於感傷的情調仍然流露在每一篇中，仍然給予讀者以煩悶的窒息的感覺。為什麼會這樣呢？在創作《野薔薇》的時候，作者的情緒是健康得多了，主觀上是以「勇敢的堅定的」姿態面對現實的，但實際上作者的思想觀點還沒有根本的改變，暫時還看不到生活中的前進力量，他所看到的主要還是像環小姐、張女士等「不能明確地認識現實」的人，至多也不過是像嫻嫻這樣的活潑勇敢，直視自己的前途，然而又擺脫不了舊影響的人。

《野薔薇》出版以後不久，茅盾發表了《讀〈倪煥之〉》一文，對葉紹鈞的小說《倪煥之》作了分析評價，同時繼續申述了他對革命文學的見解，特別是對於新寫實主義文學的時代性，作了透闢的闡述，他認為現代的新寫實主義文學所要表現的時代性，除了「表現時代的空氣而外」還應該有兩個要義：

> 一是時代給予人們以怎樣的影響；二是人們的集團的活力又怎樣地將時代推進了新方向，……即是怎樣地由於人們的集團的活動而及早實現了歷史的必然。

要使新寫實主義文學獲得燦爛的成績，他認爲：

> 必然地須先求内容與外形——即思想與技巧，兩方面之均衡的
> 發展與成熟。作家們應該覺悟到一點點耳食來的社會科學常識是不
> 夠的，也應該覺悟到僅僅用群眾大會時煽動的熱情的口吻來做小説
> 是不行的。準備獻身於新文藝的人須先準備好一個有組織力、判斷
> 力，能夠觀察分析的頭腦，而不是僅僅準備好一個被動的傳聲的喇
> 叭；他須先的確能夠自己去分析群眾的噪音，靜聆地下泉的滴響，
> 然後組織成小説中人物的意識；他應該刻苦地磨練他的技術，應該
> 揀自己最熟悉的事來描寫。

這裡顯示出作家已明確的認識到新寫實主義文學不僅要眞實地反映時
代，並且要擔負推進社會發展的使命，同時也注意到作家對於獲得先進的世
界觀，以及先進的世界觀在創造人物形象上的重大意義了。這在茅盾的文藝
觀點上是一步重大的發展。《虹》（1929 年 4 月到 7 月寫成）這部長篇，可以
說便是在這樣一個思想指導下創作的。

十八歲的梅行素女士正在秘密地愛著在團部裏當一名書記的表兄韋玉，
但她的父親卻要把她許給她所討厭的蘇貨舖老闆、姑表兄柳遇春，這使她感
到無比的苦惱。「爲什麼沒有權利去愛自己所愛的人？爲什麼只配做被俘虜被
玩弄的一個溫軟的肉塊」？對於這個問題，除了「薄命」兩個字外，她找不
到別的答案。正在這時候，「五四」運動的浪潮沖到了她的家鄉成都。托爾斯
泰、易卜生、社會主義、無政府主義、男女社交公開、人的發現……等形形
色色的思想學說，擴大了知識青年們的眼界，使他們獲得了前進的力量。於
是「新」字輩的雜誌就成了苦悶中的梅女士的好朋友，要反對買賣婚姻，又
不願使父女感情決絕，這使她採取：「將來的事，將來再說，現在有路，現在
先走」的「現在主義」。但「人的發現」使她認識到人的價值，「對於合理生
活的憧憬，對於人和人融和地相處的渴望」的理想給予她向前衝的力量，而
「性的解放」更影響了她的處世方針，使她勇於去冒險，使她把自己的「終
身大事」看作不甚重要，使她準備獻身更大的前程。

個人鬥爭幾乎把她引向絕路。柳遇春的「牢籠」和教師生活使她看到了
社會的眞相：舊勢力還是根深蒂固，醜惡活動在新思潮的外衣下進行，使她
到處碰壁，也使她看到自己不但脆弱，且又看事太易，把自己的力量估量得
太高，把環境的阻礙估量得太低了。這樣，她的「現在主義」破產了，對自

己的新信仰也起了懷疑。但雖然在煩惱焦灼的情緒中,她的心的深處潛伏著的叛逆的烈火還在燃燒,天性中的果敢和自信還能支持她,終於衝出了「牢籠」,衝出了三峽,走向廣闊自由的天地。

在上海,她看見了許多新的同時又是她所不理解的事情,特別是革命工作者對工作的虔誠更吸引了她,在「比一比,看誰強些」和「幫忙」的動機下參加了革命工作。從她開始鬥爭到現在,一直都還沒有感覺到個人以外還有「群」的存在。參加革命工作以後不久,她又接觸到馬克思主義書籍。這些書籍在她面前展開了一個新的宇宙,她的心情彷彿有些像六年前初讀「新」字輩的書刊那樣了。思想的開展和實際鬥爭的鍛鍊,終於使她看見了「被壓迫的民眾已經有了相當的訓練」,「時代的壯劇就要在這東方的巴黎開演」,「遍及全中國各處的火焰」,將要「把帝國主義,還有封建軍閥,套在我們頸上的鐵鍊燒斷」!並且決心把自己交給「主義」,擔負起「歷史的使命」。

最後,在「五卅」的暴風雨中,梅女士終於以勇敢的戰士的姿態出現在南京路上的示威遊行隊伍中。

梅女士,是一個生動而又真實的形象,體現了現代中國青年思想發展的歷程:怎樣接受「五四」浪潮的影響,衝出了家的「牢籠」,走向社會,從要求性的解放到要求社會的解放,從「人」的發現到「群」的發現,從個人鬥爭到獻身革命。通過梅女士的生活經歷及其社會聯繫,反映了「五四」到「五卅」這一歷史時期中國社會的某些本質方面及其歷史動向。

梅女士這一形象是塑造得比較成功的,顯示作家藝術上的一貫風格和現實主義精神。作品的思想傾向是健康的,顯示作家不僅已經能夠「分析群眾的噪音,靜聆地下泉的滴響」,並且已經能夠「從現實的醜惡中體認出將來的必然」了。

《虹》的創作,作者原來打算要「為中國近十年(「五四」以後的十年——邵注)之壯劇,留一印痕」,但只寫了原計劃的三分之一,沒有完稿。因而作品中的主人翁——梅女士能不能經受得住 1927 年的事變的考驗,或者說經過 1927 年的事變考驗過的梅女士的精神面貌又會怎樣,讀者是無法推測的。作者當時為什麼不寫完它呢?健康情況不允許是一個主要原因。可是我認為:創作《虹》的時候作者思想認識雖已有顯著的轉變,可是要對 1927 年的事變作出正確的評價還沒有把握,因而對自己的主人翁在「事變」以後將會怎樣,或者她將會在鬥爭中成長,但這在鬥爭中成長起來的新的面貌又將怎

樣，作家的認識還是模糊的，因而不易再續寫下去，也應看做是原因的一個方面吧！在這以後不久，茅盾又寫了在題材和思想傾向都和《創造》等篇沒有什麼兩樣的短篇《陀螺》，就是一個證明。

不過，《陀螺》在題材和思想傾向上雖然和《創造》等篇沒有什麼兩樣，在技術上卻有了一些新的發展。作者開始採取橫截面的寫法，情節上更為集中，擺脫了從前那種「無以剪短似的」拘束局促了。

魯迅曾以我國現代革命運動的第一聲號角——「五四」運動時期的新舊知識分子作為自己創作的重要主題之一，探索他們在社會劇變時期的出路問題。那麼，以1925～1927年的大革命為中心的我國現代革命運動的第一個高潮時期的知識分子的生活與命運，在茅盾的創作中就得到了深刻的反映。不像魯迅小說中的魏連殳那樣有著沉重的歷史負擔。比涓生和子君的爭取婚姻自由的鬥爭又前進了一步。《蝕》、《野薔薇》、《虹》、《陀螺》中的知識分子，是屬於新的一代的。他們在「五四」浪潮的衝激下覺醒，在爭取「人的解放」的鬥爭中取得過勝利。時代推動他們前進，賦與他們新的使命——反帝反封建，要求他們在前進中改造自己。從人的解放到社會的解放，從民主主義到馬克思主義，從個人鬥爭到與工農結合，便是他們的前進道路，但是這條道路並不平坦，障礙是重重的；他們的步伐有快慢，認識、意志和毅力都不一樣。有的人接受了馬克思列寧主義，真正跑到工農群眾中去，鍛鍊成為中國人民革命運動的中堅力量和骨幹力量。有的人雖然狷傲自信，熱情追求，可是沒有經得起考驗，中途從火熱的鬥爭中游離了出來，終不免徬徨苦悶，消沉頹廢。就這樣，茅盾真實地描繪了二十年代中國一部分小資產階級知識分子的面影，揭露了造成他們悲劇命運的內在的和外在的原因，指出他們在社會變革期中的出路。

《蝕》、《野薔薇》、《虹》等作品，思想水平並沒有停留在一點上，體現出作家的面對現實，執著現實，認真地探索前進的精神。在藝術上，對小資產階級知識分子的心理描寫，的確是刻劃入微、淋漓盡致的。顯示出作家卓越的藝術才華和獨特的個人風格。同時，也顯示出茅盾的不肯「使自己粘滯在自己所鑄成的既定的模型中」〔註4〕，而是力求有所創新的創作態度。

清醒的現實主義，細緻的心理解剖，是茅盾初期創作的基本特徵。

從《蝕》到《從牯嶺到東京》、《野薔薇》和《寫在〈野薔薇〉的前面》，

〔註4〕茅盾：《宿莽》弁言。

再到《讀〈倪煥之〉》和《虹》，體現了 1927～1929 年間茅盾思想的發展歷程。

《蝕》三部曲眞實地反映了茅盾在大革命失敗後的悲觀失望的思想情緒。「我猛然推開幔子，遙望屋後的天空，我看見了什麼呢？我只看見滿天白茫茫的愁霧」〔註5〕這句話，就是很形象的概括。《從牯嶺到東京》、《野薔薇》和《寫在〈野薔薇〉的前面》顯示出茅盾要求重新認識現實，克服自己悲觀失望的思想情緒所作的艱苦的努力，自我改造的努力，「悲觀失望的色彩應該消失了……我們要有蘇生的精神，堅定的勇敢的看定了現實，大踏步的向前走」〔註6〕就是作者的忠實的自白。《讀〈倪煥之〉》和《虹》，是茅盾在初步克服了悲觀失望情緒以後，在文藝觀點上的一步新的進展，在創作上的一個新的收穫。

《蝕》等作品是我國現代文學創作的重要收穫，《從牯嶺到東京》等文藝論文則是我國現代文學史上的重要文獻。

茅盾雖曾一度消沉過，但很快的就回到戰鬥的道路上來，重新又大踏步的向前邁進了。

〔註 5〕 茅盾：《速寫與隨筆》：《賣豆腐的哨子》。
〔註 6〕 茅盾：《從牯嶺到東京》，《小說月報》19 卷 10 期。

三、《子夜》、《春蠶》……和《我們這文壇》——左聯時期的茅盾

> 讓大雷雨沖洗出個乾淨清凉的世界。
>
> ——茅盾：《雷雨前》

1930 年春天，茅盾從日本回到上海。

當茅盾從日本回到上海的時候，國內革命鬥爭已經出現了一個完全新的局面。

首先，由於建立了工農紅軍，深入農村革命，開闢了革命根據地，在反「圍剿」的鬥爭中，接連取得了巨大的勝利，使革命根據地不斷擴大。同時，城市的工人運動也恢復了並取得了發展。於是中國革命重新走向高潮。這一革命高潮有力地鼓舞了全國人民的革命意志和對勝利的信心。

其次，由於文化革命的深入，馬克思列寧主義在知識分子中有了進一步的傳播。特別是經過 1928～1929 年間的關於「革命文學」的論爭，整頓了自己的隊伍，加強了團結，提高了思想水平。同時，黨又加強了對文化工作和文學工作的領導。這樣，在中國共產黨的直接領導和支持的革命的文學團體——「中國左翼作家聯盟」便於 1930 年 3 月正式成立。在左聯的成立大會上，確立了無產階級革命文學運動的理論綱領。左聯的工作，把我國的新文學運動大大地向前推進了一步；左聯所領導的文藝戰線上的活動和鬥爭，密切的配合了當時政治戰線和軍事戰線上的革命鬥爭。

茅盾回到上海以後，就參加了「中國左翼作家聯盟」，和魯迅、瞿秋白並肩作戰，成為魯迅和瞿秋白的最親密的戰友，思想上和文藝觀點上都得到他

們很大的幫助。茅盾是在大革命的高潮時期就參加了黨所領導的革命工作，並且和革命的領導核心有過較多的接觸的。這樣，對於黨的政治路線和文藝路線，他是容易接受的。

在革命高潮的鼓舞下，在中國共產黨人的幫助下，茅盾又認眞的學習了馬克思列寧主義，自覺的進行思想改造。這樣，終於使他徹底克服了大革命失敗以後的那種悲觀失望的思想情緒，堅定了無產階級的立場，以一個戰士的姿態，在文化戰線上對國民黨反動派的「圍剿」，進行有力的反擊。

在創作上，由於視野擴大，從表現小資產階級知識分子到表現工農大眾，多方面的描寫生活，有著豐碩的收穫。特別是 1933 年《子夜》的發表，更是中國現代文學史上的一件大事。在理論批評方面，他用馬克思列寧主義的觀點來觀察分析當時的文藝問題，對促進我國的文學創作和培養新生力量，有著他的貢獻。

1934 年間，他又協助魯迅創辦了《譯文》月刊，介紹蘇聯及其他國家的進步文學作品，在文藝戰線上，突破國民黨的包圍和封鎖，宣傳革命思想，介紹外國現實主義的創作經驗，在我國文藝界有著深遠的影響。

在創作方面，回到上海以後的茅盾，就決心要改換題材和描寫方法。不願意再寫《創造》那樣的作品了，可是寫什麼呢？寫當時的現實生活吧，題材是不缺乏的，因爲回國以後和上海社會有著很多的接觸，可是又不願「把一眼看見的題材『帶熱地』使用」，他「要多看些，多咀嚼一會兒，要等到消化了，這才拿出來應用」〔註1〕。這樣，作者暫時把眼光轉向歷史，寫了《豹子頭林沖》、《石碣》、《大澤鄉》等三篇歷史小說。《豹子頭林沖》寫出了農民的原始反抗性，《石碣》揭露了當權者所宣傳的所謂天意的眞相，在《大澤鄉》裏，農民對統治者的不滿和敵對情緒已轉向實際鬥爭。充滿著暴風雨的氣息。這三篇作品，作者自己說是逃避現實，其實是作者巧妙地借用了歷史題材，進行現實的戰鬥：對反動統治者進行揭發和諷刺。歌頌了農民的覺醒和鬥爭。

但是茅盾並沒有只鑽在歷史圈子裏而忘記現實。當他回顧到現實的時候，知識分子的生活仍然引起了他的很大注意。1930～1931 年間，完成了兩部寫知識分子生活的中篇：《路》和《三人行》。

《路》寫一個懷疑主義者的大學生火薪傳是怎樣找到他自己的「路」的。

大學生火薪傳，是所謂破產的士大夫階級的子弟。因受慣經濟壓迫，常

〔註1〕茅盾：《我的回顧》，《茅盾自選集》，1933 年天馬版。

恐被人看作唯利是圖因而不知不覺間養成了一種傲氣。快要畢業了，出路問題擺在他的面前。他愛著一個富商的女兒，她可以在經濟上幫助他，也可以幫助他解決出路問題，但他的高傲的習性使他不願有求於她。「脅肩諂笑是不屑，詐取豪奪又不能」，戀愛問題和出路問題同樣的使他苦惱，使他對一切都抱懷疑的態度。

軍閥內戰，紅軍力量的強大造成時局的緊張，學校內部也由於反動統治和派系鬥爭造成非常混亂的情況，火薪傳卻獨自沉浸在夢幻迷離的一角，讓自己的懷疑主義更快的發展起來。

軍閥走狗，教育界的蟊賊迫害學生，薪的懷疑主義也受到意外的打擊，天生傲氣促使他參加反對學校當局的鬥爭。由於收買政策和白色恐怖統治，鬥爭被鎮壓下去了。懷疑主義者的薪又增加了幾分頹唐。對共產黨紅軍的種種謠傳他不明真相，國民黨的屠殺政策更使他憤憤，「殺盡自己所鄙視者而後死，多麼痛快」，懷疑主義的火薪傳在向虛無主義發展。

正當他懷疑苦悶到極點的時候，碰見了自己的舊同學，正在幹著革命工作的雷，雷的談話和行動給火薪傳很大的啓發，促使他從別一方面去考慮人生的意義。當鬥爭重新展開的時候，頹唐苦悶了差不多兩星期的薪，「彷彿一覺醒來看見了聽見了新生的巨人的雄姿和元氣旺盛的號召」，「這新生的巨大的光芒射散了他的懷疑苦悶的浮雲，激發出他的認識和活力」，於是他重新投入了鬥爭，並且顯得那樣的狂熱。

在鬥爭中，他受了傷，但是他不再消極了，血的教訓使他懂得鬥爭必須堅韌，必須持久，「只有前進，前進才有活路」，他，懷疑主義的火薪傳，終於找到了自己的「路」。

從懷疑到虛無，從虛無到革命，便是火薪傳的道路。作者是企圖通過火薪傳這一形象，說明知識分子的出路的。作品所反映出來的作者的政治立場，是正確的，但人物概念化，藝術上卻是失敗的。

《三人行》這個中篇，則是明確地認識了「這樣的錯誤（按：指《蝕》的思想傾向）而且打算補救這過去的錯誤」〔註2〕這樣的動機之下，有意地寫作的。作品寫了這樣三個人：

青年許，出身於破產的書香人家。在中學即將畢業的時候，爲愛情和「飯碗」所苦。他也看到社會矛盾得厲害：「一方面是要求文憑，要求資格；另一

〔註2〕《茅盾選集》自序，1952年開明版。

方面，有飯吃的人大都沒有文憑，沒有和那文憑相符的辦事能力」，他要在這矛盾的夾牆中飛出去，但「不可知」的定命論思想阻礙他行動，母親的死，使他擺脫了束縛，由頹喪消極一變而為勇敢堅決，像唐·吉訶德先生一樣，幹起行俠的事情來了：為了挽救幾個受苦的人，他要去暗殺擺煙燈放印子錢的惡霸，結果呢？死於非命。

惠，出身於正在沒落的小商人家庭。他對一切都採取冷諷的態度，他盼望革命，認為舊社會應該改造，「奇蹟將降臨這世界，而且一切都將平反」，革命來了，又覺得不是自己理想中的面目，「火是太熱，血是太腥」，因而又認為：「一切都應當改造，但是誰也不能被委託去執行」。後來，他對自己的「政綱」作了一些修改，說是可以委託去改造社會的人「雖然一定要產生，但現今卻尚未出現」。最後，當這位中國式的虛無主義者感覺到「全中國都在咆哮」的時候，發狂了。

雲，是一個農家子。他家有五十畝田，有時候，還能雇用幾個短工；他的父親因不識字而受過地主紳士的侮辱，打算要兒子來爭回這一口氣，就這樣，他就幸運地被送到城市去上中學。雲是實際的，有幾分安命，不多管閑事，反對一切大道理，主張「生活問題比一切都重要」，他勤勤懇懇的下工夫，目的只是為了向上爬。後來因為被地主惡霸誣為共產黨而失掉了五十畝田，本來，他已模糊地感覺到這世界有些地方根本不對，受了這一次打擊，有了比較明確的認識了，於是走向革命。

英雄好漢的俠義主義，是妨礙群眾的階級鬥爭的，當然應該暴露和批判，但三十年代中國的書香人家，是不會產生這樣人物的。對一切都採取冷諷態度，是革命的敵人，是必須用全力打擊的，但作品中對虛無主義的批判，不僅沒有力量，反而使人憐惜。雲是被作為正面人物來描寫的，企圖顯示小資產階級知識分子怎樣走上革命的道路，但作品中的形象，實際上卻是一個典型的市儈主義者。總之，作者是企圖用兩個否定的人物來陪襯一個肯定的正面人物，通過正面人物的描寫來批判否定人物，並顯示小資產階級知識分子的出路。從作品的思想傾向來看，作者的悲觀失望的情緒已經完全擺脫了，政治立場是正確的。但作者的意圖並沒有得到藝術上的表現：「故事不現實，人物概念化」，所著手描寫的三個人物「都不是有血有肉的活人」；並且由於「構思過程也不是胸有成竹，一氣呵成，而是另星補綴」的，因而結構很鬆散，描寫也比較粗糙。

《路》和《三人行》，作者是企圖用新的觀點來描寫在白色恐怖統治下的知識分子的生活道路和精神面貌，有所批判，有所肯定，顯示出現實生活中的主導力量及其歷史動向，體現出作者的思想立場已有了根本的改變，不再是「既不願意昧著良心說自己不以爲然的話，而又不是大天才能夠發現一條自信得過的出路來指引給大家」〔註3〕那樣一種情況了。但藝術上卻是失敗的，爲什麼呢？作者在當時「實在沒有到學校去體驗生活的可能，也很少接觸青年學生；既沒有體驗，也缺乏觀察」〔註4〕，因而這兩個作品是沒有生活經驗的基礎的，同時，作者企圖改變自己的藝術方法，卻不自覺的接受「辯證唯物主義創作方法」的影響，因而離開了現實主義的原則，也是一個重要的原因。

在這以後，關於知識分子的題材，繼續寫了一些短篇。

《右第二章》（1932年作）描寫了在「一二八」上海事件中編輯李先生和工人阿祥的遭遇，在炮火聲中的李先生，是那樣的驚慌失措，只爲自己的妻子兒女，身家性命擔憂，躲在租界裏等待戰爭的過去，戰爭過去了，但炮火砸破了他的飯碗，在乾癟的錢袋的威脅下，領到被打了七折八扣的退職金也感到精神百倍。工人阿祥呢？戰爭一開始，他就非常興奮，自動的去給軍隊搬子彈，送慰勞品，更要求拿起武器來去和敵人拚，他所想的是：「不是我死，就是東洋人死。」但結果呢？他不是死於敵人的炮彈下，而是死在堅持不抵抗主義的反動軍官手裏；作品反映了在反帝鬥爭中知識分子的軟弱動搖和工人的爲國犧牲的精神，指出帝國主義和向敵人妥協投降的都是中國人民的敵人。

《兒子開會去了》（1936年作）描寫一個十二三歲的小學生，怎樣徵得父母的同意去參加紀念「五卅」十一週年的示威遊行的。作品反映了少年一代的充滿愛國熱情、朝氣蓬勃、勇往直前的精神，顯示出少年一代將在鬥爭中鍛鍊成長，反映了作家自己對革命前途的堅定的信心。

這些短篇，不同於《路》和《三人行》，因爲作家遵循了現實主義的手法，塑造了生動的形象，成功地反映了生活的眞實的。也不同於《野薔薇》，它不僅是反映了生活的眞實，並且反映了生活中的主導力量和生活的歷史動向。

〔註3〕茅盾《從牯嶺到東京》。
〔註4〕《茅盾選集》自序。

　　左聯時期，茅盾曾提倡過以「都市人生」爲對象的「都市文學」，他認爲我國的新文學必須去「表現都市的畸形發展」，「表現畸形發展都市內的勞動者加倍的被剝削」，「表現民族工業的加速度沒落」〔註5〕。1932 年完稿的長篇小說《子夜》，就是這樣的一部作品。它在茅盾的文學道路上有著紀念碑的意義，在我國現代文學發展史上，也有著突出的地位。

　　《子夜》所描寫的故事發生於 1930 年的上海，作品所反映的社會矛盾和鬥爭是多方面的、複雜的，但作者所要解答的問題只是一個。他說：

　　　　我那時打算用小說的形式寫出以下三方面：一、民族工業在帝國主義經濟侵略的壓迫下，在世界經濟恐慌的影響下，在農村破產的情況下，爲要自保，便用更加殘酷的手段加緊對工人階級的剝削；二、因此引起工人階級的經濟的政治的鬥爭；三、當時的南北大戰，農村經濟破產以及農民暴動又加深了民族工業的恐慌。

　　　　這三者是互爲因果的。我打算從這裡下手，給以形象的表現，這樣一部的小說，當然提出了許多問題，但我所要回答的，只是一個問題，即是回答了托派，中國並沒有走向資本主義發展的道路，中國在帝國主義的壓迫下，是更加殖民地化了〔註6〕。

後來，他又進一步地加以說明：

　　　　原來的計劃是打算通過農村（那是革命力量正在蓬勃發展的）與城市（那是敵人力量比較集中因而也是比較強大的）兩者的情況的對比，反映出那時候的中國革命的整個面貌，加深革命的樂觀主義〔註7〕。

　　由此可見，茅盾的創作《子夜》，就是意圖通過藝術形象，大規模的反映 1930 年那一時期中國的社會現象，一方面回答托派：「中國並沒有走向資本主義發展的道路，中國在帝國主義的壓迫下，是更加殖民地化了。」一方面顯示 1930 年那一時期中國革命運動的歷史特點，暗示中國革命正處在一個新的高潮前面。子夜，是黎明前最黑暗的時候，可是雖然黑暗，黎明的到來卻已不遠了。作者把他的小說題名《子夜》，正是有這樣一個用意的：中國人民即將經過子夜時的黑暗走向黎明。

〔註5〕茅盾：《都市文學》。
〔註6〕茅盾：《子夜是怎樣寫成的》，轉引自巴人：《文學初步》第 223 頁。
〔註7〕《茅盾選集》自序。

　　《子夜》的全部故事，是圍繞在工業資本家吳蓀甫爲了發展民族工業而進行的鬥爭這條主線上展開的。這條主線上，作家描寫了民族資產階級與買辦資產階級的矛盾和鬥爭，民族資產階級內部的矛盾和鬥爭，公債市場上的投機活動，工人群衆的罷工運動、農村騷動等等生活場景。在這些互相交織著的矛盾和鬥爭中，作家創造了吳蓀甫、趙伯韜等幾個典型形象及其周圍人物，非常深刻地反映了 1930 年的那一時期中國的社會現象及其本質特徵，顯示出革命形勢的發展方向。

　　吳蓀甫，這個工業資本家，裕華絲廠的老闆，是一個有著十八世紀法國資產階級性格的人。他有手腕，有魄力，善用人，能把「中材調弄成上駟之選」；他有比較雄厚的資金，去過歐美，有一套比較進步的管理企業的方式；他更富有冒險精神和發展民族工業的宏大志願。對於自己，他從來不肯妄自菲薄，對那些沒有見識，沒有膽量、沒有手段、把企業弄得半死不活的庸才，他就毫無憐憫地要將他們打倒。把他們手裏的企業，拿到自己的「鐵腕」裏面來。事實也正是這樣，當他的同業有困難的時候，他就用非常狠毒的手段去併吞他們。朱吟秋的絲廠和陳君宜的綢廠，就這樣變成了他的企業。他又和太平洋輪船公司總經理孫吉人、大興煤礦公司總經理王和甫、金融界巨頭杜竹齋等組織益中信託公司以五六萬元的廉價收盤了價值三十萬元的八個小廠。這八個廠，都是日用品製造廠，如熱水瓶廠、肥皂廠、陽傘廠等，又準備擴充這八個廠，要使它們的產品走遍全中國的窮鄉僻壤，並且使從日本遷移到上海來的同部門的小廠都受到致命的打擊。不僅這樣，他還想得更遠：「高大的煙囪如林，在吐著黑煙，輪船在乘風破浪，汽車在駛過原野。」

　　作爲一個資本家的吳蓀甫，他是循著資本主義的發展規律在前進的，不管他自己是不是意識到這一點。

　　作爲一個中國的民族資本家，他不滿國民黨新軍閥的統治，反對內戰，他希望「國家像個國家，政府像個政府」。這樣，他的企業才有出路，才能順利發展。可是他又不願放棄當時特殊的社會條件，他在準備實現一個規模巨大的計劃的同時，又插足於公債投機市場，他希望他通過公債投機市場上的活動來增加他的企業活動的資本，因而他又希望內戰能夠拖延下去，在內戰的炮火聲中，混水摸魚。所以他一方面參與趙伯韜以巨款賄買西北軍「打敗仗」，以便製造謠言，在公債市場上掀風作浪，獲取暴利的陰謀，另一方面又勾結汪派政客唐雲山，販買軍火，支持西北軍來延長內戰。

　　吳蓀甫的這種投機活動和政治活動，固然為他的社會階級地位所決定，同時也由於他的那種冒險精神。中國民族資產階級的兩面性，通過吳蓀甫這一個資本家的矛盾性格，得到生動的表現。

　　吳蓀甫出身於「世家」。後來投身工業界，成為「二十世紀機械工業時代的英雄騎士和王子」，可是他並沒有忘記他的家鄉──雙橋鎮。除了以全付精力來經營他的企業外，他又用另一隻眼睛看著農村。他打算以一個發電廠為基礎，建築起「雙橋王國」來。在開辦了發電廠後的幾年內，相繼開辦了米廠、油坊、當舖、錢莊。不管他自己是不是意識到這一點，在吳蓀甫一步步地按資本主義的方式來改造中國的農村的同時，他並沒有忘記用封建高利貸的方式來剝削農民。顯然，吳蓀甫的建築「雙橋王國」的理想，並不是為了農村，而是為了發展他的資本主義企業。

　　通過吳蓀甫這一個資本家的獨特的社會關係及其「事業」，反映了中國民族資產階級的另一特徵：和中國封建主義的血緣關係。

　　當吳蓀甫在企業活動或在公債投機市場上告急的時候，便自然的回到企業內部，進一步的壓榨工人：延長工時，減削工資，剋扣工人米貼。為了達到自己的目的，不惜開除工人，收買工賊破壞工人團結，雇用流氓，利用反動軍警等毒辣手段來鎮壓工人，可是在工人的合理要求面前他也講了這樣的話：

> 　這絲廠老闆真難做，米貴了，工人們就來要求米貼，但是絲價賤了，要虧本，卻沒有人給我絲貼。
>
> 　鬼迷了麼？哈，哈！我知道這個鬼！生活程度高，她們吃不飽！可是我還知道另外一個鬼，比這更大更利害的鬼：世界產業凋弊，廠經跌價！

　　吳蓀甫和工人階級之間的矛盾，反映出資產階級與工人階級之間的不可調和的矛盾，同時也反映出中國民族資產階級和帝國主義的矛盾。通過吳蓀甫這一個民族資本家對工人群眾的態度的描寫，集中地反映出 1930 年那一時期中國民族資產階級的本質特徵。

　　吳蓀甫雖然精明能幹，可是他的事業並不是一帆風順的。他不得不用他的全部精力在三條火線的圍攻下進行掙扎。

　　在對付工人運動這一條戰線上，由於他的陰謀手段，由於反動軍警的殘酷鎮壓，也由於工人運動本身指導路線的錯誤，吳蓀甫是獲得一些勝利的，

這些勝利是他付出了一筆不小的秘密費和他的許多精力以後得來的，可是這些勝利並沒有挽救他的厄運。

爲了要保衛他的「雙橋王國」，吳蓀甫必須鎮壓農民起義。當他得到武裝起義的農民佔領了雙橋鎮的消息的時候，他是那樣的忿怒，特別是當他感覺到當權者的無能而自己的權力又不能直接去鎮壓起義者的時候，他的忿怒更甚。在對付農民起義這一條火線上，吳蓀甫是有鞭長莫及之感的。

給予吳蓀甫壓力最大的還是以趙伯韜爲代表的以美國的金融資本爲後臺的買辦資產階級的勢力。吳蓀甫爲了在公債投機市場上獲得暴利，參與了趙伯韜收買西北軍打敗仗的陰謀。可是吳蓀甫雖然精明，還是上了趙伯韜的當。八萬銀子「報效了軍餉」。可是這小小的打擊並沒有挫敗吳蓀甫的銳氣，他一方面準備獨資併吞朱吟秋的絲廠，一方面合伙辦益中信託公司，進行大規模的活動。當他一步步實行他的計劃的時候，趙伯韜又加以阻撓破壞。朱吟秋的絲廠和陳君宜的綢廠變成「吳蓀記」了，益中公司的攤子也攤開了，而趙伯韜的經濟封鎖也跟著來了。又由於軍閥混戰的影響，益中公司所屬八個廠的產品找不到銷售市場，而散在「雙橋王國」的資金又因農民起義的影響調動不起來，這樣不僅使他無力擴充他的企業，就是資金周轉也不靈了。儘管他頑強掙扎，最後還是失敗在趙伯韜手裏。益中公司所屬的八個廠出盤給日本和英國的商人，自己的絲廠和住宅也都抵押了出去。

吳蓀甫，這個工業資本家，他富有冒險精神，有發展民族工業的雄圖；他有魄力，有手腕，有比較雄厚的資本；更有黃色工會和反動軍警供他利用。吳蓀甫，他正在走資本主義的道路，他認爲完全有可能壓倒任何競爭者，而使自己處於勝利者的地位。但是他不是處在資本主義上升的時代，而是處在資本主義已經發展到帝國主義的時代；他不是處在資本主義國家，而是處在半封建半殖民地的中國，在大地主、大資產階級統治下的中國。帝國主義時代的歷史條件和半封建半殖民地的社會條件，不允許他順利地發展資本主義，而是迫使他崩潰，向帝國主義妥協，走買辦化的道路。

吳蓀甫，這個工業資本家，他有他自己的社會地位，有他獨有的生活經歷和命運，有他自己獨有的思想、作風，是一個具體的、獨特的存在，是一個典型的第二次國內革命戰爭時期的中國民族資本家的形象。

與吳蓀甫同命運的有孫吉人等幾個資本家。

孫吉人、王和甫和杜竹齋是吳蓀甫的三位合作者。杜竹齋，這位吳府至

親，好利而多疑的金融巨頭，最早退出了益中公司，並且又是他，在最緊急的關頭，給予吳蓀甫以最沉重的一擊。由於他的穩紮穩打，好利多疑，甚至至親關係也可以完全拋開，使他在驚濤駭浪的投機市場中的地位有可能多維持一些時候。有眼光、有毅力的太平洋輪船公司總經理孫吉人，肯死心去幹的大興煤礦公司總經理王和甫，是和吳蓀甫同在一條船裏的，他們的命運自然也和吳蓀甫一樣。絲廠老闆朱吟秋、綢廠老闆陳君宜和光大火柴廠老闆周仲偉，他們比吳蓀甫更軟弱、更無力、他們的必然失敗，也是他們「命」裏早已注定了的。

孫吉人、王和甫、杜竹齋、朱吟秋以至周仲偉等與吳蓀甫同命運的大小資本家的形象，也都有著一定的典型性。

通過吳蓀甫及與吳蓀甫有直接或間接關係的幾個資本家的形象，他們之間的矛盾和鬥爭，生動地反映出 1930 年前後那一時期，在世界經濟危機的影響下，在帝國主義及其走狗買辦資產階級的壓榨下的中國民族資產階級的困難處境和悲慘命運。

屠維岳，在《子夜》中也是一個比較突出的人物，當他以一個小職員的身份第一次和吳蓀甫談話時，就帶著一付強硬的滿不在乎的神氣。這是可以理解的：屠維岳的父親是吳老太爺的生前好友，又是上一代老侍郎的門生，正是所謂世家子弟，對統治階級的統治術是熟諳的。他憑吳老太爺的一封信來到吳蓀甫的工廠裏，暫時沒有得到重視，但是他等待著。在二年多的小職員生活期間，他摸熟了工廠的底細，也摸透了吳蓀甫的性格、脾氣。這樣在一次談話以後，就得到了吳蓀甫的賞識和提拔。在屠維岳，他知道如何取得吳蓀甫的信任；他善於使用流氓打手和反動軍警，可是他更善於偽裝自己；他知道怎樣利用工人群眾的憤激情緒，把它引導到有利於自己的這方面來，他又巧妙的利用黃色工會內部的派別鬥爭，借刀殺人，來達到自己的目的，作家不僅真實而生動地描繪了一個資本家的忠實的走狗的形象，並且正由於屠維岳這一形象的存在，才有力的反映出 1930 年那一時期工人運動的複雜性和鬥爭的艱苦性，更顯示出當時工人運動的時代特點。

小說描寫了與吳蓀甫有直接的或間接的關係的三個地主形象。

曾經是頂括括的「維新黨」的吳老太爺。因為一連串的不幸事件，消蝕了他的英年浩氣，轉而虔奉「太上感應篇」，「二十五年來，他不曾經驗過書齋以外的人生」！「吳老太爺，實際上已成為「幽暗的墳墓」裏的「僵屍」

了。這個「僵屍」，因為「土匪」囂張和共產黨紅軍的「燎原之勢」，被吳蓀甫接到上海來。但他一到上海，就因經受不住資本主義生活方式的刺激而腦充血死掉了。「古老的僵屍」從幽暗的墳墓中出來，與時代的空氣一接觸，自然就要「風化」的。這雖然帶著濃厚的象徵色彩，但也顯示出資本主義勢力對封建主義的衝擊作用。

曾滄海，這個雙橋鎮有名的「土皇帝」，因國民黨「新貴」的排擠而感到苦悶，又因兒子參加了國民黨又重新燃起了希望。可是在他美夢方甜的時候，就被武裝起義的農民逮住了。——在崩潰過程中的封建主義，是經不起農民武裝力量的一擊的。

用「長線放遠鷂」的方式對農民進行高利貸剝削的地主馮雲卿，利用軍閥孫傳芳過境的機會爬上了政治舞臺，又因「土匪」蠢起，農民騷動，逃到上海來做「海上寓公」。這個僵屍卻沒有「風化」，他一方面依靠姨太太的「法力」來維持身家性命的安全，一方面依靠剝削所得在投機市場中得到了生存。在公債庫券的漲風下，雖然一跤跌得很重，可是他並不情願就此罷休，為了「翻本」，不惜出賣自己的女兒。馮雲卿這一形象，一方面體現出資本主義勢力對封建宗法關係的破壞作用，一方面體現出封建勢力在半殖民地社會中的轉化過程和適應性。

三個不同生活經歷、不同性格和不同遭遇的地主形象，反映出中國封建社會崩潰的必然性、在其崩潰過程中的轉化；反映出中國封建主義對畸形發展的資本主義的適應性；反映出半封建半殖民地的中國的社會特徵。

作品描寫了資產階級知識分子和婦女的群像。動搖於吳蓀甫趙伯韜之間，最後還是投靠趙伯韜的經濟學教授李玉亭；口頭上看不起「資產階級的黃金」，實際上只不過是資產階級的叭兒狗的詩人范博文；「沉醉在美酒裏，消魂在溫軟的懷抱裏」的法國留學生、萬能博士杜新籜；號稱「女革命家」，實際上只是革命的旁觀者的張素素；戀愛至上主義的林佩珊；苦悶憂鬱的吳少奶奶林佩瑤；逃避在「太上感應篇」中的四小姐惠芳等等，形形色色，都有他們各自不同的個性，可是卻有著顯著的共同特點：沒有理想、沒有愛情、沒有道德觀念、仇視工農、害怕革命，在渾渾噩噩中，過著荒淫無恥、頹廢無聊的生活。這些形象反映出資產階級家庭生活和資產階級社會生活的真實面貌。

趙伯韜是一個與吳蓀甫對立的形象。

趙伯韜，這個公債市場上的魔王，他扒進各式各樣的公債，也「扒進」各式各樣的女人。他不需要任何僞裝，以荒淫無恥的生活作誇耀。他和吳蓀甫等組織秘密公司在公債市場上掀風作浪，中間又反轉來計算吳蓀甫，使吳蓀甫在這次投機中失敗。趙伯韜一開始就是站在主動者的地位上出現的。

在吳蓀甫準備併吞朱吟秋的時候，趙伯韜又插足進去加以阻撓，在吳蓀甫等籌組益中公司的時候，他又企圖介紹國民黨反動政客尙仲禮做經理，以便從中控制益中公司，同時，他依靠美國金融資本的撐腰，進行一個陰謀計劃，企圖使美國金融資本控制中國工業資本，把像吳蓀甫這樣的一些民族企業的老闆，變成在美國金融資本支配下的管事。在益中公司的業務開展以後，他又用經濟封鎖的辦法來破壞。

在政治上，他是站在蔣介石那一邊的，在公債市場上，他也有著特殊的「魔術」。他可以命令交易所和國民黨政府的財政部制訂種種辦法，以便他操縱控制來打倒自己的對手。就這樣使得吳蓀甫在投機市場的陷阱裏，越陷越深，終於徹底破產。

趙伯韜，美國金融資本的掮客，中國民族資產階級的死敵。他依靠美國金融資本的勢力和國民黨反動政權的勢力，操縱市場，併吞民族工業使之買辦化。趙伯韜，正是一個買辦金融資本家的典型。

以吳蓀甫的活動爲中心，作品又直接的或間接的反映了當時城市工人運動和農村革命鬥爭的情況。

《子夜》中所描寫的工人運動，是以吳蓀甫的絲廠爲中心的。米貴了，生活程度提高了，可是工資卻被減低了。在殘酷的壓迫和剝削下，工人群眾的經濟鬥爭爆發了。由於黨的領導，每一經濟鬥爭都很快的轉變爲政治鬥爭，但是這一時期工人群眾的鬥爭是在極困難的情況下進行的。一方面是資本家的威脅利誘，黃色工會和工賊的破壞，反動軍警的鎮壓；一方面是領導上的盲動主義，對客觀情況缺乏具體的正確的分析；而工人群眾自身，又缺乏鬥爭經驗，還不善於識破資本家及其走狗的陰謀詭計，因而幾次的罷工鬥爭都失敗了。但是工人們卻就在這殘酷的鬥爭中鍛鍊了自己，像陳月嫦、朱桂英等，都在鬥爭中得到了鍛鍊。並且一次又一次的罷工鬥爭，反映出在工人群眾身上增長著的憤怒和力量，顯示出鬥爭的勝利前途。

與工人運動聯繫著，作者描寫了四個地下革命工作者。克佐甫和蔡眞，他們是絲廠罷工鬥爭的直接領導者，可是他們的領導方法卻是以教條主義代

替對客觀情況的分析，以命令主義代替教育，代替批評與自我批評。通過克佐甫和蔡眞這兩個形象，反映了並且也批判了當時城市革命工作領導路線的錯誤。蘇倫，則由於不滿領導上的命令主義、盲動主義，開始蛻化成爲「取消派」了。至於瑪金，她的實際工作的經驗，使她模糊地意識到克佐甫、蔡眞他們的錯誤，她認爲必須改變鬥爭的方式與方法，可是她還是比較幼稚的，對克佐甫等的錯誤，她還不能從理論上來加以批判，她自己從實際工作中來的一些看法，也還不能提高到理論上來認識，並且在命令主義的領導下，她又不能暢所欲言。

對工人運動和地下革命工作者的描寫，作者是企圖反映工人運動在走向高潮的同時，分析並批判當時的城市革命工作的。這些描寫，基本上是反映了當時革命運動的實際情況的。可是對工人運動的描寫是不夠生動的，對工人幹部的描寫也不夠眞實，對城市革命工作的分析與批判也不夠深入。造成這些缺點的原因，正像作者自己所分析的，是：對工人運動和革命工作者的描寫，僅憑第二手的材料，生活體驗不夠。作者雖有從事實際革命工作的經驗，可是對於在新的情況下鬥爭的工人群眾和革命工作者是不夠熟悉的。

與城市革命工作相聯繫而又成爲鮮明的對比的，是農村革命運動。

小說第四章描寫了農民的武裝力量包圍並且一度拿下了吳蓀甫的「雙橋王國」，顯示出農村革命風暴的到來。第九章中，通過經濟學教授李玉亭的嘴，指出：

> 江浙交界，浙江的溫臺一帶，甚至於寧紹、兩湖、江西、福建，到處是農民騷動。大小股土匪，打起共產黨旗號的，數也數不清。長江沿岸，從武穴到沙市，紅旗布滿了山野。——前幾天，貴鄉也出了亂子。駐防軍一營叛變了兩連。戰事一天不停止，共產黨的活動就擴大一天。

在故事發展過程中，作品又一再反映出：「共產黨紅軍彭德懷所部打進岳州」，「共產黨紅軍攻打吉安，長沙被圍」等情況。

對農村革命運動，除了第四章外，作者沒有加以正面的描寫，只作爲背景來敘述。因而對1930年那一時期中國革命的整個面貌，也還是反映得不夠的，對農民起義的反映，也有不夠明確的缺點。但是當時農村革命運動的基本情況，在作品中還是反映得出來的。

總之，通過對城市革命工作和農村革命運動的描寫，中國革命正由低潮

走向高潮這一歷史特徵，是得到生動的反映的。

根據上面的分析，可見《子夜》這個長篇在思想內容方面的主要成就是：作者在全國革命運動正在由低潮轉向高潮這樣一個時代背景中，成功地創造了工業資本家吳蓀甫和買辦金融資本家趙伯韜這兩個典型形象以及在他們周圍的一些人物，通過他們之間的矛盾和鬥爭，深刻地、大規模地反映了 1930年那一時期中國社會的複雜現象與本質特徵：在國民黨新軍閥各個派系之間以及國際帝國主義相互間；在民族資產階級與帝國主義及其走狗買辦資產階級、封建軍閥之間；在民族資產階級的內部；在資產階級與工人階級之間；在農民群眾與大地主、大資產階級的反動政權之間都充滿著尖銳的不可調和的矛盾，而所有這一切矛盾的焦點則是中國人民大眾與帝國主義、封建主義之間的矛盾。這些複雜的矛盾與鬥爭，說明了中國的資產階級民主革命並沒有獲得勝利，半封建半殖民地的中國民族工業，在帝國主義的控制與壓迫下，在軍閥混戰、農村破產的影響下，不僅不可能順利發展，並且必然要與封建主義妥協和投降帝國主義，走向買辦化。中國工農大眾，則在極困難的處境中，在中國共產黨的領導下，鬥爭前進。

與它在思想內容方面的高度成就相一致，《子夜》的藝術成就也是多方面的。特別是在人物的典型化方面和語言藝術方面，更顯示出作家的傑出才能。

作品的情節和結構的安排，對於人物的典型化是有重要意義的。作品的情節和結構是反映生活本身的矛盾和鬥爭的，但並不是機械的反映，而是經過作家的剪裁、經過作家的藝術處理的。因而它一方面體現了作家對現實生活中的矛盾和鬥爭的認識。另一方面又顯示作家概括和集中生活現象的能力。《子夜》所反映的社會矛盾和鬥爭是多方面的、複雜的。但所有的矛盾和鬥爭都圍繞著民族資本家吳蓀甫為了發展民族工業而進行的鬥爭這一個中心。因而作品的情節結構是錯綜複雜的，但中心線索卻是很明顯很突出的。

吳蓀甫懷著發展民族工業的熱狂：準備獨立併吞朱吟秋的絲廠，聯合幾個「同志」組織益中公司，一方面發展工業，一方面插足公債投機市場，但在他的活動一開始的時候，就碰上有美國金融資本做後臺老闆的趙伯韜這個敵手，這個敵手一出現就站在主動者的地位上，緊緊地扼住了他的脖子而軍閥混戰又影響了他的產品的銷路；他的合作者又在緊急關頭和他分了手，這就等於拉了他的後腿，最後在重重的打擊下不得不宣告徹底失敗。吳蓀甫為了發展民族工業而進行的鬥爭以至失敗這一過程。就形成了小說情節的基本

部分——開端、發展和終結。情節的開端、發展和終結，是在兩個多月的時間內完成的，它所反映的只是社會生活過程中的一個片段，但卻是一個完整的片段。在這個片段的但又是完整的生活過程中，顯示出 1930 年那一時期中國社會中的幾種主要社會力量，這幾種社會力量之間的矛盾和鬥爭，鬥爭的結果及其客觀意義。

這樣的情節安排，顯示出作家對當時中國社會生活中的矛盾和鬥爭的理解是正確的，顯示出作家概括和集中生活現象的能力是很高的，顯示出作家是善於使用最經濟的形式來反映生活的。這一切說明了作家對於情節的典型化是有卓越的才能的。

但是作家並沒有把生活中的主要矛盾和鬥爭孤立起來，而是在生活本身的全部複雜性中來加以描寫的，所以在小說情節的發展過程中，作家安排了一些插曲式的人物。如吳老太爺、曾滄海、馮雲卿等三個地主，以及范博文、杜新籜、張素素、林佩珊等人，他們的活動和小說情節的基本部分關係並不大，甚至是獨立於小說情節的基本部分之外的。但這些人物在小說中並不是可有可無的。作者忠實於生活，在情節的基本部分中，或者給予獨立性的章節來加以描寫。在他們的相互關係中具體地反映出社會生活各方面的具體聯繫，並且與情節的基本部分形成一個整體，顯示出生活本身的複雜性和多面性，這就構成小說情節的充實性，並且使小說具有複雜而嚴正的結構形式。

此外，像傍晚時候外灘公園的景象，吳老太爺的喪事；馮雲卿的家庭；交易所中的買空賣空；吳蓀甫的浦江夜遊等等個別生活場景和細節的描寫，都是生動出色的，以生活本身為基礎的，因而這些描寫，就加強了作品的生活氣息與生活色彩。

根據生活本身的主要矛盾組成作品的情節，在情節的發展過程中穿插一些獨立性的章節，對一些生活場景和細節加以充分的描寫，這就構成了一幅生動而真實的生活畫面。它既反映了生活的本質特徵，又充分顯示出生活本身的複雜性和多面性，生活本身的氣息與色彩。這就是說《子夜》中的環境描寫是有高度的典型性的。

通過情節結構的描寫，顯示環境的典型性，這種能體現典型環境的情節結構，是「人物活動的圈子」〔註8〕對於人物的典型化，有極大的意義。只有在典型的環境——廣闊的生活背景和尖銳的鬥爭中，人物才有可能行動起

〔註 8〕杜斯退也夫斯基語，轉引自季莫菲耶夫：《文學原理》第二部。

來，在人物的生命最深處的東西，才有可能得到最充分的表現。

　　吳蓀甫這一形象之所以完正飽滿，具有高度的典型性，首先就因爲作家是把吳蓀甫這一形象放在尖銳的鬥爭中來描繪的。爲了實現它的發展民族工業的雄圖，吳蓀甫不得不在三條火線的圍攻中進行戰鬥。通過吳蓀甫在雙橋鎮的活動以及他對軍閥混戰、農村革命的態度的描寫，反映了中國民族資產階級與中國封建主義的聯繫和矛盾；通過吳蓀甫在企業活動中和投機市場上與趙伯韜的關係的描寫，反映了中國民族資產階級與買辦資產階級的聯繫和矛盾；通過吳蓀甫對待工人的態度的描寫，反映了中國民族資產階級與工人階級的不可調和的矛盾，而這一切，又都是通過作爲一個中國民族資本家的吳蓀甫的獨特的際遇表現出來的。

　　在和孫吉人、王和甫等商談組織公司的時候，作家就從吳蓀甫周圍人物的反映和吳蓀甫自己的內心活動，反映出吳蓀甫獨有的社會地位以及他那種自負的、敢作敢爲的基本性格。以後在一系列的鬥爭中，作者描繪了他在不同情況下的不同的精神狀態。

　　當吳蓀甫著手實行他的偉大的計劃的時候，在他的想像中就立刻出現了一幅「高大的煙囪如林，……」的美麗的圖畫。這時候，理想的同時也是實際的吳蓀甫，他的氣概是那樣的自負，胸襟是那樣的開朗，精神是那樣的飽滿。

　　計劃開始實行了，壓力同時也就來了。當吳蓀甫知道美國金融資本在陰謀併吞中國工業資本，而他自己也有被併吞的可能的時候，起先他是藐視輕敵，再進而是站在民族工業立場上的義憤，最後是爲個人利害打算，心情愈來愈黯淡。但公債投機市場和鎮壓工人罷工兩條戰線上的勝利，仍有力的鼓舞著他。

　　益中公司碰到重重的困難了，而吳蓀甫並不怎樣沮喪，他還能用大刀闊斧的手段來整頓他的企業，決心用全力來打倒自己當面的敵人——日本人開在上海的同部門的小廠和背後的敵人——趙伯韜。這時候他的自信力不僅還能撐住他自己，並且他的堅決而自信的眼光能夠使沒有主意的人打定主意跟著他走。

　　益中公司在趙伯韜的壓迫下，資金周轉不靈了。趙伯韜向吳蓀甫提出了苛刻的條件，開始他是毅然的拒絕了，可是，在他意識到自己從前套在朱吟秋頭上的圈子已被趙伯韜拿去放大了套在自己頭上的時候，他就突然的軟化

了，完全失去了自信心和抵抗力，甚至考慮到有條件的投降。但他爭強好勝與自負的心，又使他故作強硬。可是當他一個人安靜下來的時候，在他的意識中已經絕對沒有掙扎反抗的泡沫了。發展實業的熱狂已經在他的血管中冷卻。與兩個多月前的吳蓀甫比較，似乎是兩個人一樣。

在複雜尖銳的鬥爭過程中，吳蓀甫的那種精明能幹、敢作敢為與外強中乾、色厲內荏，剛強而又怯懦，自信而又動搖的性格特徵，得到深刻的表現。

但作家對吳蓀甫的性格的描寫，並沒有僅僅局限在主要的鬥爭中，而是注意到在不同的生活場景中，通過不同的細節描寫，來加以刻劃的，對自己弟妹的岸然道貌與浦江夜遊中的縱情戲謔；對自己太太的冷淡與在極端苦悶中的奸淫女僕；反映林佩瑤苦悶憂鬱心情的「乾萎了的白玫瑰」，雖然出現了三次，可是一次都沒有引起注意，對投機市場上的活動又是那樣的敏感等生活場景與細節的描寫，更有力地揭露了吳蓀甫的「生命最深處的東西」。

吳蓀甫這個形象，概括了第二次國內革命戰爭時期中國民族資產階級的本質特徵，同時它又是一個獨特的存在，是一個具體的、感性的、有血有肉的形象，作者所描寫的正是「這一個」而不是一般的概念。第二次國內革命戰爭時期中國民族資產階級的處境和遭遇是通過吳蓀甫「這一個」資本家的形象體現出來的，吳蓀甫這一個形象的典型性也就在於這一個形象是按照自己的方式反映了第二次國內革命戰爭時期中國民族資產階級的處境與遭遇，反映了當時中國社會的本質特徵的。

對吳蓀甫這個作品中的中心人物，像前面已經分析到的，作家是從各個不同的方面來加以刻劃的。對吳蓀甫周圍的其他人物，作家善於抓住人物的獨特性格，並就其在作品中所處的不同地位，從不同的角度，用不同的手法來加以描寫。

對趙伯韜這個吳蓀甫的對立形象的描寫，作家所化的筆墨並不多，可是性格卻是很鮮明的。作家從與吳蓀甫對立而又站在主動者的地位上這樣一種情況出發來描寫趙伯韜，所以就直接用他的特徵性的語言來揭示他的狂傲、盛氣凌人、荒淫、粗俗的性格。這顯示出茅盾在人物描寫上的精鍊、經濟的手法。

牢牢地抓住人物的獨特性格，對照和比較，可以把人物刻劃得更鮮明。

吳老太爺、曾滄海、馮雲卿三個地主，在他們之間有著許多共同的地方，但是吳老太爺的怪僻、執拗，曾滄海的老朽、愚蠢，馮雲卿的虛偽、無恥，

各自獨特的個性，又把他們區別開來。孫吉人、王和甫、杜竹齋和朱吟秋、陳君宜、周仲偉是兩組不同類型的人物，每一類型的人物，既有許多相同的特點，又有各自不同的性格使他們互相區別。

對屠維岳，作者描寫他在吳蓀甫面前的態度和他在工人群眾中的活動，在對比中，反映了他的「走狗」的本質。而與莫干丞的對比，則更使這一形象突出。

「詩人」范博文，言辭是那樣漂亮，心靈又是那樣的骯髒。而經濟學教授李玉亭的「理論」與行動卻又是那樣的一致。這些渣滓自己言行的對比，描繪了他們自己的精神面貌。

誇張不是典型化的唯一手法，但卻是典型化的手法之一。一方面是「詩禮傳家」，一方面又不得不容忍姨太太的放浪生活；一方面是親生骨肉的感情，一方面又是「金錢可愛」：作家對馮雲卿的描寫，顯然使用了誇張的手法。這種誇張的手法，生動的刻劃了他的虛偽無恥。對「紅頭火柴」周仲偉的描寫，則簡直漫畫化了，但這種漫畫化的誇張，並沒有妨礙人物形象的真實性。

特徵性的細節，對表現人物性格，是有重大作用的。林佩瑤的「少年維特之煩惱」與「乾萎了的白玫瑰」，四小姐惠芳的「太上感應篇」，反映了她們精神生活的同樣空虛而又有所不同：在林佩瑤，是因感情別有所寄而產生的少婦式的憂鬱與惆悵，而四小姐則是因情竇初開又膽小怕羞所產生的青春的苦悶。

在《子夜》中，作者是在尖銳的矛盾鬥爭中來展開人物性格的描寫的，但是作者並沒有加以簡單化和一般化。作者在尖銳的矛盾鬥爭中描寫人物性格的同時，又從廣闊的生活背景中，以及人物在作品中所處的不同的地位，用多樣化的手法來表現人物性格的複雜性，這樣作家就使自己筆下的人物真正的行動起來，在行動中表現他們的獨特性，顯示他們的存在，這一切都證明了作家對人物典型化的手法是傑出的、卓越的，不過，在肯定作品在典型化方面的成就的同時，也應看到他的缺點：如關於性的描寫過多，對工人、農民起義者的描寫，亦還有概念化的地方。

《子夜》在創造典型形象方面的高度成就，不能不歸功於作家對現實生活的深刻的體驗與正確的理解，高度的概括能力，現實主義的創作原則以及卓越的藝術技巧。

在文學創作中，與典型化有同樣重要意義的就是語言的使用。離開語言，

典型化也就不可能了。文學，是語言的藝術。文學作品的語言的美，在於它能把人物的性格、思想形象地表達出來，在於它能把生活的複雜性和多樣性正確地描繪下來。《子夜》在語言方面的成就，就在於它形象地表達出人物的性格、思想，正確地描繪了生活。

《子夜》中的對話可以說都是性格化的，它非常準確、深刻的反映出人物性格的特徵。朱吟秋欠杜竹齋的到期押款八萬元，要請吳蓀甫居中斡旋，展期三個月，杜竹齋在無可奈何中要同意了，可是吳蓀甫卻說出了下面這段話：

> 何必呢？竹齋，你又不是慈善家；況且犯不著便宜了朱吟秋。
> ——你相信他眞是手頭調度不轉嗎？沒有的事！他就是心太狠，又是太笨；我頂恨這種又笨又心狠的人……這種人配幹什麼企業，他又不會管理工廠。他廠裏的出品頂壞，他的絲吐頭裏，女人頭髮頂多，全體絲業的名譽，都被他敗壞了！很好的一部意大利新式機器放在他手裏，眞是可惜！……

接著他又勸杜竹齋再放給朱吟秋七萬元，並說明了用意。當杜竹齋還在猶豫的時期，吳蓀甫又講了這樣一段話：

> 竹齋，你怕抵不到十五萬，我卻怕朱吟秋捨不得拿出來作抵呢？只有一個月的期，除了到那時他會點鐵成金，不然，乾繭就不會再姓朱了：——這又是朱吟秋的太蠢；他那樣一個不大不小的廠，囤起將近二十萬銀子的乾繭來幹什麼？去年被他那麼一收買，繭子價錢都抬高了，我們吃盡了他的虧，所以現在非把他的繭子擠出來不行！

這幾段對話，既反映了民族資本家內部的矛盾，更有力地說明了吳蓀甫那種「常常打算把庸才手裏的企業拿到自己鐵腕裏來」的性格。這種性格，作者又通過林佩瑤的嘴加以概括了出來：「你這人眞毒！」

當曾滄海因爲自己在社會上的權威和在家庭裏對於兒子的權威的失墜而感到悲哀的時候，意外地發現兒子已經是國民黨黨員了，於是重新燃起了希望，一變對兒子的態度，很親熱的拍著兒子的肩膀說：

> 這就出山了！我原說的，虎門無犬種！——自然要大請客囉！今晚上你請小朋友，幾十塊錢怕不夠罷？回頭我給你一百。明晚，我們的老世交，也得請一次。慢著，還有大事！——抽完了這筒煙

再說。

接著，曾滄海在對兒子作了一些具體的「指導」以後，又說：

怎麼？到底年青人不知道隨時隨地留心。噯，阿駒，你現在是黨老爺了，地面上的情形一點不熟悉，你這黨老爺怎麼幹得下去呀，你自己不去鑽縫兒，難道等著人家來請嗎？——不過，你也不用發憂，還有你老子是「識途老馬」，慢慢地來指撥你罷！

這幾段對話，微妙微肖地把一個被國民黨所排擠而又不甘心退出政治舞臺的「土皇帝」的心情、性格表現了出來。

至於買辦金融資本家趙伯韜的那種狂傲、盛氣凌人、粗野的性格和作風，在他和吳蓀甫所派遣的特使李玉亭談話的時候，得到淋漓盡致的表現。

吳蓀甫、曾滄海、趙伯韜他們，每個人都是以自己的方式講話的，他們的語言，反映了他們各自特殊的生活經歷、教養和心理狀態。不但是主要人物，就是次要人物也都有合乎他們性格的語言，就是同一類型的人物，他們的語言也都有著各自的特徵。

在《子夜》中，人物的對話，都是性格化的。

人物的性格各有不同，並且在很多情況下是互相矛盾的，因而成功的作品中的語言結構也必然是多樣的、複雜的，但就作品的整體來看又必然是統一的、和諧的。因為作品中雖然每一個人都按自己的方式講話，但敘述人的語言是居於積極的領導地位的。在作品中，敘述人給予人物和事件以基本的評價，給予作品以統一的語調。

吳蓀甫在提拔了屠維岳以後的思想狀況，作者作了一段很長的敘述。從自己的「部下」到個人得失，從個人得失到中國工業界的前途，又從中國工業界的前途到自己的「部下」再到自己的才能。這一長段文字，是概括的敘述，可是並不流於概念。作者一步步地解剖分析，既客觀地、深刻地揭露了人物的內心世界，又滲透著作者對所敘述的人物的態度，有所肯定又有所批判。

在描寫雙橋鎮農民暴動的那一章中，作者用滲雜著成語、文言詞彙和文言句式的語言來介紹和評論曾滄海，既和人物自己的語言相一致，又滲透著作者的嘲笑與憎惡的感情。

對於工人運動的描寫，又是另一種情況。第十四章中，作者在「幾片彩霞，和一輪血紅的剛升起來的太陽」這樣一個背景下，描寫了工人群眾罷工

鬥爭的蓬勃氣勢，指出這是「被壓迫者的雷聲」，在這裡，作者對正在進行罷工鬥爭的工人群眾，是以激動的感情來加以歌頌的。

《子夜》中敘述人的語言，是和各別的人物的對話、性格相一致的，但同時又表現出作者對所描寫的社會生活的一致的態度：立場堅定，愛憎分明。正是這種對社會生活的一致態度，把作品中複雜的、多樣的語言凝結成為一個整體。

在《子夜》中，不論是對話或敘述人的語言，都是經過作家的提煉和加工的。人物的對話，不是某一個具體人物語言的直接複製，也不是作家在某處聽到的語言的述記，而是作家在研究豐富的語言材料後加工提取出來的。敘述人的語言的明白、曉暢和規範性，則顯然繼承了五四以來文學語言的成果，敘述人的語言除了敘述事實之外，還滲透著作者評論，滲透著作者的愛憎的感情，因而《子夜》中敘述人的語言，又是帶有作者個人的特色的。在這裡，顯示出《子夜》在語言藝術方面的高度成就。

《子夜》在語言藝術方面的成就，顯示作家對他所描寫的人物和生活的深刻理解，顯示作家在語言藝術方面的湛深的修養，顯示作家在語言藝術方面的現實主義態度。

在《子夜》中，不論是對話或敘述人的語言，也不論是怎樣的複雜和多樣，都只是為了一個目的：典型化。所以，《子夜》在語言藝術方面的高度成就，是與它在典型化方面的高度成就相一致的。

《子夜》是作家繼承了五四現代文學的現實主義的戰鬥傳統，批判了自己過去在思想上和創作方法上的缺點，接受了過去的經驗，自覺的站在無產階級的立場上，在無產階級革命文學運動的指導和影響下進行創作的。它給我國現代文學提供了兩個別人不曾提供過的具有歷史意義的典型形象：民族資本家吳蓀甫和買辦資本家趙伯韜。

通過吳蓀甫和趙伯韜這兩個具有歷史意義的典型形象及其周圍人物，作家概括了 1930 年那一時期中國社會現象的本質特徵，批判了資產階級的反動性，駁斥了托派的謬論，顯示出歷史發展的動向，迅速的反映了現實，完成了文學的政治任務，創造了文學為政治服務的優秀範例，顯示出無產階級革命文學運動的實質。

通過吳蓀甫和趙伯韜這兩個具有歷史意義的典型形象及其周圍人物的描寫，顯示出作家在典型化方面和語言藝術方面的卓越成就。這些成就，把中

國現代文學創作，提高到一個新的水平。

《子夜》是一部優秀現實主義作品，並且是一部社會主義現實主義的作品。用社會主義現實主義的美學觀點來要求，雖然還存在著缺點和不夠的地方；可是對向著社會主義現實主義前進的中國現代文學來講，卻已向前跨出了很大的一步，標誌著三十年代我國現代文學創作的最高成就。

《子夜》是一部在中國現代文學史上有重大意義的作品。

1937 年中篇小說《多角關係》，可以說是《子夜》的續篇。作品以資本家同時又是地主、房東的唐子嘉為中心，描寫了上海附近的一個城市在 1934 年年關時節，地主與農民、資本家與工人、工商業者與銀行錢莊的老闆，廠家與商家、房東與房客……等等相互間的多角關係，而這多角關係的核心則是「人欠」而同時又「欠人」的債務。這樣，作家揭露了當時都市金融停滯，商業蕭條，農村經濟破產的慘象。

《多角關係》就內容來看，可以說是《子夜》的補充。

一個進步作家，當他注視現實的時候，對農民的生活和命運，必然會給予熱情的關注的。所以農村小鎮的生活也就成為茅盾所著力描寫的一個方面。

《小巫》這一篇，以一個地主的姨太太菱姐為視點，描寫一個地主「老爺」為了販賣鴉片怎樣和反動軍警勾結來迫害老百姓的，「姑爺」為了要爭奪「老爺」的「團董」位子的互相火拚，老百姓又怎樣被迫拿起武器的。

《林家舖子》描寫一家小市鎮裏的小百貨商店林家舖子的老闆林先生，為了維持他的舖子，作了種種的努力，儘管林先生怎樣善於做生意，「大放盤」到照本出賣，店員的忠厚勤勞，可是仍然挽救不了舖子倒閉和老闆自己被迫出走的命運。作品反映了「一二八」前後時期，在帝國主義侵略，高利貸的剝削，反動政府的苛捐雜稅和國民黨黨棍的敲詐勒索、農民沒有購買力等重重壓榨影響下，商業蕭條和國民經濟破產的景象，同時也反映了勤勞善良的普通人民群眾怎樣在現實的教育下開始覺醒的。

1932～1933 年間寫的《春蠶》、《秋收》、《殘冬》是三個連續性的短篇。

《春蠶》寫的是老通寶一家養蠶賣繭的故事：老通寶，這個六十多歲的老年農民，勤勞忠厚，他把自己的命運完全寄託在蠶事上。他希望「蠶花利市」，償還債務，贖回田產，從而扭轉貧困的命運。對於「越變越壞」的世界，他感到非常困惑。他也認真地探索過自己的命運和這個「越變越壞」的世界

的關係。他有過「自從鎮上有了洋紗、洋布、洋油」這一類洋貨和河裏有了小火輪以後，他父親留下來的家產就一天天變小，變做沒有，以至負了債的經歷。他也看到換了「新朝代」（按：指國民黨新軍閥統治）以後，「鎮上的東西更加一天天貴起來，派到鄉下人身上的捐稅也更加多起來」的事實。因此，他就把帶洋字的東西看成是自己的大敵，把那些「新朝代的統治者看作是『私通洋鬼子，故意來騙鄉下人』的壞人」。對於使自己的生活一天天走下坡路的原因，老通寶是模糊的認識到的。可是封建迷信觀念卻阻礙他去進一步認識自己的命運。在整個蠶事過程中，除了勞動外，老通寶只是忙於和神鬼打交道。的確也是「老天爺」保佑吧，蠶花是豐收了，可是老通寶卻向下坡路再走了一步：「白賠上十五擔葉的桑地和三十塊錢的債！」

老通寶的小兒子阿多，是一個「不知苦樂的毛頭小伙子」，開朗、愉快、熱愛生活，他不相信老通寶的那些鬼禁忌，他樂於幫助別人，和別人都保持一種親切、友好的關係。對於被人們看作白虎星的荷花，他更抱著同情，並且使他思考：「人和人中間有什麼地方是永遠弄不對的」，雖然他不明白是什麼地方或是為什麼弄不好，可是已顯示出對於當時的社會關係，他已起了懷疑，有了不滿。特別是在窮困中長大的生活經歷，使他懂得：「單靠勤儉工作，即使做到背脊骨折斷也不能翻身」這個道理。因此他不相信「蠶花好」、「田裏熟」就能改變自己的命運。這表明對老一輩的生活道路他也起了懷疑，叛逆的性格已在他身上萌芽。

阿四和阿四嫂，他們和老通寶一樣勤儉刻苦，但並不像老通寶那樣固執，他們和老通寶一樣，也忠於各種禁忌，可是在和自己的切身利益有關的時候，也願意接受新鮮事物。他們是比較開通，但還沒有覺醒的那一種人。

作品通過老通寶一家養蠶賣繭的故事，反映了第二次國內革命戰爭時期江南農村中極其複雜的社會現象之一——豐收成災，農民在一天一天的向下坡路走，同時覺醒的力量也在開始成長起來。

《秋收》是《春蠶》的發展。

由於春蠶的豐收成災，在青黃不接的時候，農民們過著半飢餓的生活，米，卻在鎮上老爺們開的米店中囤著。在這尖銳的矛盾中，「搶米囤」、「吃大戶」，鬥爭開始了，而阿多，就是領袖之一，阿四夫婦在吃大戶的鬥爭中，認識也有了轉變，跟著大伙兒走了。搶米囤的風潮平息了下去，接著而來的是與旱災的鬥爭。在這場鬥爭中，老通寶不得不向自己的大敵「洋水車」「肥

田粉」等「洋」東西低頭。經過一場艱苦的鬥爭，天老爺的幫助，又是一場豐收，但跟著豐收來的是米價的暴跌，「老通寶的幻想的肥皂泡整個兒爆破了」！

「蠶蠶的慘痛經驗作成了老通寶一場大病，現在這秋收的慘痛經驗便送了他一條命」。在他臨死的時候，似乎終於感覺到小兒子阿多是對的。

《殘冬》是三個連續性短篇的故事的終結，但也是正在到來的農村生活的開始。

春天的蠶，秋天的米，是江南農民的命根子。春蠶的美夢破滅於前，秋收的幻想絕望於後，在寒冬西北風下的農村，便和「死了一樣」，在地主的無理壓迫下，飢寒交迫中過日子的人們，便進一步體會到「規規矩矩做人就活不了命」的道理。他們希望「世界反亂」，「改朝換代」，可是封建迷信觀念使他們看不見自己的力量，只是把希望寄託在「真命天子」身上，但正在覺醒的人們——阿多等卻走了另一條路：用自己的力量，奪取地主的武裝來武裝自己，宣告了對宿命主義的告別。

作者在這裡指出了農民謀求解放的正確道路：從絕望、從宿命主義走向奪取地主的武裝。季節既是殘冬，春天當然也就不遠了。

《春蠶》、《秋收》、《殘冬》，揭示了三十年代初江南農村破產的景象，在一次又一次的慘痛教訓下，農民在逐漸看到自己的生活現實，在逐漸覺醒，以貧雇農為中心的新生力量在逐漸成長。

不粗製濫造，不忘記文學的社會意義，面對現實，不斷改換題材和描寫方法，不為自己最初鑄定的形式所套住，這樣一種創作態度，在這一階段的創作實踐中得到更具體的體現。

在題材方面，他把眼光從自己所熟悉的知識分子這一階層轉向現實社會的各個方面：從大中城市到鄉村小鎮，從工商業者到地主豪紳、從各階層的知識分子到工人、農民，真實地，多方面地描寫了當時中國的社會和人生，給我們留下了一幅第二次國內革命戰爭時期的清楚而生動的歷史圖畫：在帝國主義的軍事和經濟侵略，地主豪紳的剝削壓榨，反動政府的苛捐雜稅等重重的迫害下，民族工商業紛紛倒閉，農村迅速破產，國民經濟瀕於崩潰的邊緣，國內階級矛盾日益尖銳，災難深重的中國農民、工人和知識分子在慘痛的教訓下逐漸覺醒。生動的顯示出革命的大雷雨到來前的景象。

在描寫方法上，雖然仍堅持著真實地反映現實的原則，可是卻讓自己的

主觀感情，明白地在作品中流露出來。有批判、有肯定、有真摯的同情，也有善意的諷刺，有愛，也有恨，有對舊制度、舊勢力的否定，也有對人民力量的頌歌和對明天的希望。作者是把自己的革命激情有機地融和在對現實的真實地描寫中了。對於作品的情節，作者沒有矯揉造作地去布置一些曲折的故事，也沒有傳奇式的浪漫，作者只是樸素而真實地去描寫現實，並且不斷地去嘗試創造新的形式，在作者所擅長的心理描寫之外，更注意於時代精神的描繪，使作品具有一種在粗獷、豪放中有細緻的獨特風格。

除了小說之外，茅盾在這時期又寫了許多多樣性的散文。

第二次國內革命戰爭時期的中國社會面貌，在茅盾的散文中也得到具體的描繪。

在《「現代化」的話》一文中，作者給你指出，假使你到「中國輕工業的要塞」，上海的「東頭」，楊樹浦那一帶去參觀一下，會使你產生「中國已經走上資本主義的路而且民族資本主義已經確立了」的感覺——「中國是在著著地現代化」：到南市、閘北、浦東，你可以到處看見「大煙囪」，進入南京路的國貨商場，你就會覺得「日用品都有國產的了」。——「中國是在著著地現代化」！但在這「現代化」的同時，「政府」卻在向美國接洽「五千萬美金大借款」，來救濟中國的紡織工業！中國是在「現代化」，——實質上卻說明了中國是在「被」「開發」！

作者又給你指出：二馬路、北京路、寧波路和外灘，是「中國的金融樞紐」，中央、中國、交通三大銀行的業務，告訴你政府發行的公債庫券是以「萬萬」計數的，似乎中國國民儲蓄能力畢竟不弱，但金融事業的「現代化」，只不過是「資金集中，財閥造成」的體現。

你喜歡樂一下嗎？作者再給你指出「你要是愛細腰粉腿，就有跳舞場」，你要是要看電影，那麼，新開幕的「據說是東亞第一的現代化」的大光明，正在開映「最近歐美現代生活的影片」，還有，「上海建築現代化的代表」的二十二層的四行儲蓄會大廈，就在大光明左近興建，（《「現代化」的話》）但在這「現代化」的繁榮景象中，在上海「過不了年關的有五百多家，南京路上有一家六十多年的老店也是其中之一」（《上海大年夜》）。

上海是在著著地「現代化」，外資增加，生產縮小，消費膨脹，投機市場繁榮，民族工商業日趨破產。

不僅在都市裏。在鄉村，「現代化」也著著地在進行。

鐵路和公路向鄉村伸展，這結果是：

> 跟著交通的發達，向來鄙塞，洋貨和鈔票不大進得去的地方，
> 也就流通無阻了；生活程度也慢慢跟著提高了；生活程度提高，又
> 是「現代化」的顯著徵象。還有，跟著交通的發達大都市裏的時髦
> 風氣也很快地灌進內地去了，剪髮、長旗袍、女大衣、廉價的人造
> 絲織廠，一齊都來了。都市和鄉鎮現在正起了交流作用，鄉鎮的金
> 錢流到都市，而都市的「現代」風氣的裝飾和娛樂流到鄉鎮……最
> 重要的，資本主義經營的大農場也在有些地方出現了！從前高利貸
> 者兼併土地還不過是「蠶食」，現在農村資本主義的手腕則是「鯨
> 吞」。……這加速了農村的土地集中，而土地集中就是最顯著的農村
> 「現代化」（《「現代化」的話》）。

還有，小火輪的軋軋發響的機器聲和吱吱地叫的汽笛聲，也闖入了寧靜
的鄉村。它，「就好比橫行鄉里的土豪劣紳」（《鄉村雜景》）成爲老百姓的死
對頭。

即使小火輪不到的鄉村，也闖入了「陌生人」兄弟倆：洋蠶種和肥田粉
（《陌生人》）。但是這近代科學技術的成果並沒有給農民造福，反而給自給自
足的農村打開了一個缺口，使農民的錢從這個缺口流入城市，流向外洋。

農村是在著著地「現地代化」，但現代化的結果卻是土地迅速集中，農村
勞動力沒有出路，農民購買力衰退。「從前怕年成不好，現在年成好了更恐慌」
（《「現代化」的話》）。——於是「大都市裏天天嚷著農村破產，救濟農村」，
於是「振興農村的棉麥借款就應運而生」（《談迷信之類》）。

《「現代化」的話》、《鄉村雜景》這一類作品，作者採取典型的社會現象，
用工筆畫的手法，單刀直入的揭露第二次國內革命戰爭時期我國社會動態的
一個重要特徵——迅速走向殖民地化！

另一類作品，茅盾採取回憶、隨感等形式，來直抒自己的胸襟。在《冬
天》裏，作者在敘述了對於冬天的感覺以後這樣寫道：

> 我知道「冬」畢竟是「冬」，摧殘了許多嫩芽，在地面上造成恐
> 怖；我又知道，「冬」只不過是「冬」，北風和霜雪雖然凶猛，終不
> 能永遠的不過去。相反的，冬天的寒冷愈甚，就是冬的運命快要告
> 終，「春」已在叩門。
>
> 「春」要來到的時候，一定先有「冬」。冷罷，更加冷罷，你這

嚇人的冬！

在《雷雨前》裏，作者描寫了人們在雷雨前沉悶的氣氛中的感覺以後這樣寫道：

> 然而猛可地電光一閃，照得屋角里都雪亮。幔外邊的巨人一下子把那灰色的幔扯得粉碎了，轟隆隆，轟隆隆，他勝利地叫著，胡……胡……擋在幔外邊整整兩天的風開足了超高速度撲來了，蟬兒噤聲，蒼蠅逃走，蚊子躲起來，人身上像剝落了一層殼那麼一爽。霍！霍！霍！巨人的刀光在長空飛舞。轟隆隆，轟隆隆，再急些，再響些吧！
>
> 讓大雷雨沖洗出個乾淨清涼的世界！

《冬天》寫的是作者個人的經歷，《雷雨前》寫的是人人都會有的在雷雨前的感覺，但作品並不只是描寫一些自然景象和肉體的感覺，而是借景抒情，作家表示他對人民的春天，對革命的大雷雨，對乾淨清涼的新社會的期待！

茅盾的散文，形式是多樣的。小品、雜感、隨筆、評論、散文詩等等都有。這些作品不像魯迅雜文的含蓄曲折，也不像郭沫若的才氣奔放，有著他自己的風格：樸素、洗煉、勁健，含意深刻而不晦澀，輕鬆之中有嚴肅，幽默之中有批判，時代性是很鮮明的。

和他在創作上的顯著成就相一致，左聯時期茅盾的文藝思想也有著顯著的發展。

對於文學與現實的關係，文學的社會作用，茅盾是這樣瞭解的，他說：

> 社會對於我們作家的要求，也就是那社會現象的正確而有為的反映。〔註9〕
>
> 文學是表現時代，解釋時代，而且是推動時代的武器。
>
> 日本帝國主義一面在東北製造事變，加強其對蘇聯的挑釁；而一面則以上海自由市的提議，在和各帝國主義秘密交涉……此種國際陰謀的暴露以及藝術地去影響民眾，喚起民眾間更深一層的反帝國主義的民族革命運動，亦必由作家來努力擔負！〔註10〕

社會現象的「正確」的反映，也就是要去正確的「表現時代，解釋時代」，要寫出歷史的真實；「有為」的反映，也就是不是自然主義的反映，而是要有

〔註 9〕茅盾：《我的回顧》。
〔註10〕茅盾：《我們必須創造的文藝作品》，《北斗》第 2 卷第 2 期。

目的性，要發揮文學的影響生活，教育民眾，擔負推動時代的使命。顯然，對於文學與現實的關係，文學的社會作用，茅盾的理解，是符合馬克思列寧主義觀點的。

那麼，我們所要創造的文藝是怎樣的一種文藝呢？在《我們這文壇》一文中，茅盾作了極為具體的論述。

> 我們吐棄那些不能夠反映社會的「身邊瑣事」的描寫；我們吐棄那些「戀愛與革命」的結構，「宣傳大綱加臉譜」的公式；我們吐棄那些向壁虛造的「革命英雄」的羅曼斯，我們也吐棄那印板式的「新偶像主義」——對於群眾運動的盲目而無批判的讚頌與崇拜；我們吐棄一切只有「意識」的空殼而沒有生活實感的詩歌、戲曲、小說！
>
> 將來的真正壯健美麗的文藝將是「批判」的：在唯物辯證法的顯微鏡下，敵人、友軍、及至「革命自身」，都要受到嚴密的分析，嚴格的批判。
>
> 將來的真正壯健美麗的文藝將是「創造」的：從生活本身，創造了鬥爭的熱情，豐富的內容，和活的強力的形式，轉而又推進著創造著生活。
>
> 將來的真正壯健美麗的文藝因而將是「歷史」的：時代演進的過程將留下一個真實鮮明的印痕，沒有誇張，沒有粉飾，正確與錯誤，赫然並在，前人的歪斜的足迹，將留與後人警惕。
>
> 將來的真正壯健美麗的文藝，不用說，是「大眾」的：作者不復是大眾的「代言人」，也不是作者「創造」了大眾，而是大眾供給了內容、情緒、乃至技術。

在這裡，茅盾反對了脫離政治的「身邊瑣事」的描寫，也批判了公式化、概念化的傾向，對文藝創造正面提出了四個要求：「批判」的、「創造」的、「歷史」的、「大眾」的。這四個要求，是貫徹著這樣一種精神的：

一、作家必須要有明確的立場、觀點，應該用辯證唯物主義的觀點來觀察、分析生活，對生活必須要有明確的態度，必須認識文學的反映現實、指導現實的職能。

二、作家必須忠實於現實。對現實的描寫應該「沒有誇張，沒有粉飾」，真實地去描寫實際存在的困難和矛盾，寫出歷史的真實面貌。

三、作家必須從大眾生活中吸取營養，不但取得創作的生活內容，並且也取得藝術。

關於創作的題材，茅盾也提出了新的見解：

> ……我們有很多坐在咖啡杯旁的消費者的描寫，但是站在機器旁流汗的勞動者的姿態卻描寫得太少了；我們有很多的失業知識分子坐在亭子間裏發牢騷的描寫，但是我們太少了勞動者在生產關係中被剝削到只剩一張皮的描寫。〔註11〕

要描寫被剝削的勞動者，創造「批判」的、「創造」的、「歷史」的、「大眾」的新型的文學，作家就必須開拓自己的生活，提高自己的思想。他說：

> 都市文學新園地的開拓，必先有作家生活的開拓。……到作家的生活能夠和生產組織密切的時候，我們這畸形的都市文學才能夠一新面目。〔註12〕

> 一個做小說的人不但須有廣博的生活經驗，亦必須有一個訓練過的頭腦能夠分析那複雜的社會現象；尤其我們這轉變中的社會，非得認真研究過社會科學的人每不能把它分析得正確。〔註13〕

在這裡，茅盾指出作家必須開拓自己的生活，豐富生活經驗，特別是要和「生產組織」取得密切聯繫，去接近和熟悉勞動群眾的重要性。同時又指出作家必須去「認真研究社會科學」（按：當時所謂社會科學，就是指馬克思列寧主義），訓練自己的頭腦，只有認真地研究過社會科學，有了正確的思想，才能對複雜的社會現象作正確的分析，認識生活的本質面貌。同時，他更指出思想和生活經驗的辯證關係。

> 思想與經驗是交流作用，思想整理了經驗，而經驗充實了思想。

> 到這境界，作者的內容方始成熟地產生。〔註14〕

根據上面的分析，可見茅盾這時期的現實主義的文藝思想，是為無產階級思想所指導並且和無產階級思想融和在一起的。這就是說，茅盾這時期的文藝思想是社會主義現實主義的，並且在創作實踐上是完全得到體現的。

總之，左聯時期在茅盾的文學道路上是一個光輝的時期，他在創作上的

〔註11〕茅盾：《都市文學》。
〔註12〕茅盾：《都市文學》。
〔註13〕茅盾：《我的回顧》。
〔註14〕茅盾：《思想與經驗》，《話匣子》，1934年良友版。

成就，把我國現代文學提高到一個新的水平，對於我國現代文學的社會主義
現實主義方向，有著奠基的和開闢道路的作用。在文藝思想上，也達到馬克
思列寧主義的高度，正確地指導了我國的文藝運動和文學創作。這些成就，
也正是左聯的理論綱領的具體體現。

四、《腐蝕》、《清明前後》和《時間的記錄》——抗日戰爭和人民解放戰爭時期的茅盾

古老的偉大的中華民族，需要在炮火裏面洗一個澡。

——茅盾：《炮火的洗禮》

抗日戰爭一開始，就存在著兩條不同的指導路線：一條是以國民黨蔣介石爲代表的大地主大資產階級的路線，是反對全面抗戰的，在軍事上由「應戰」變爲「觀戰」；在經濟上四大家族利用他們的政治地位，迅速發展官僚資本，巧取強奪，對人民群眾進行殘酷的壓榨；在政治上加強法西斯統治，逮捕屠殺愛國進步人士。這種種就造成了國民黨統治區的暗無天日，在戰場上節節敗退。一條是以中國共產黨爲代表的工人階級和人民群眾的路線，也就是堅持中國共產黨的領導，要求充分發動群眾，進行全面抗戰，爭取最後勝利的路線。在這條路線指導下，在解放區，實行了黨在抗日時期的全部綱領，建設新民主主義社會。這樣，就把全體人民群眾的力量都動員了起來，並且使解放區成爲抗日戰爭的基地，成爲全國民主運動的燈塔。

抗日戰爭的勝利，是中國人民在中國共產黨的領導下得來的。

抗日戰爭勝利以後，國民黨反動派又悍然發動反共反人民的內戰，中國共產黨又領導全國人民進行人民解放戰爭。人民解放戰爭是在兩條戰線上進行的：軍事戰線和政治戰線。在軍事戰線上，強大的人民解放軍迅速的推毀了國民黨反動派的武裝力量，在政治戰線上，由於愛國民主運動的高漲和人民民主統一戰線的形成，使得國民黨反動集團陷於空前的孤立。

解放區的武裝鬥爭和國民黨統治區的愛國民主運動結合在一起，迅速的取得了人民解放戰爭的輝煌勝利。

抗日戰爭爆發，中國沿海城市相繼淪陷，香港由於它的特殊地位，曾一度成爲華南的一個愛國抗日的基地。上海淪陷後，茅盾就到了香港，主編《文藝陣地》，抗戰初期，新疆軍閥盛世才在中國共產黨的影響下曾採取了一些比較開明的措施，1939 年間，茅盾又應友人之約去新疆，辦新疆學院。不久，盛世才又暴露了他的反動面目，大批逮捕和屠殺共產黨人和進步人士，茅盾設法離開新疆到了延安，曾在魯迅藝術學院講課。以後去重慶再去香港。太平洋戰爭爆發，香港淪陷後，又回到重慶。在這時間，他一直堅持文藝工作，寫有長篇《第一階段的故事》、《腐蝕》，劇本《清明前後》和散文集《炮火的洗禮》、《時間的記錄》等作品。

抗戰勝利以後，茅盾又回到上海。1946 年間，應蘇聯的邀請曾赴蘇訪問。歸國後，寫了《蘇聯見聞錄》等書。這時，因國民黨反動派進一步迫害進步人士，不得已又去香港，主編《小說》月刊。1948 年離香港去華北解放區。

在整個抗日民族解放戰爭和人民解放戰爭時期，作爲一個愛國民主戰士的茅盾，不僅生活極不安定，並且時常遭受迫害，不得不到處奔波，可是他始終堅持在文藝戰線上，爲人民的文藝事業，爲民族的和人民的解放而英勇鬥爭。

《炮火的洗禮》是茅盾在抗戰初期寫下的一個散文集子。他這樣表達自己的、同時也是中國全體人民的求解放的意志和決心。

> ……敵人的一把火燒得了我們的廬舍和廠房，卻燒不了我們舉國一致的抗戰的力量，不，敵人這一把火，將我們萬萬千千顆心熔成一個至大無比的鐵心了。……在炮火的洗禮中，中國民族就更生了，讓不斷的炮火洗淨我們民族數千年來專制政治下所造成的缺點，也讓不斷的炮火洗淨我們民族百年來所受帝國主義的侮辱。
>
> 古老的偉大的中華民族，需要在炮火裏面洗一個澡！
>
> 大炮對大炮，飛機對飛機，我們有我們抵抗侵略的爪，抵抗侵略的牙！尤其因我們有炮火鍛鍊出來的決心和氣魄！

這是茅盾對抗日民族解放戰爭的態度和希望，也就是茅盾在抗日民族解放戰爭時期的創作態度。從這時候起，中國民族的歷史開始了新的一頁；同

樣，茅盾的文學道路，也進入了一個新的階段。

抗戰後茅盾的第一個長篇是《第一階段的故事》。

《第一階段的故事》是適應當時香港一家進步報紙副刊的需要寫的。香港的中國人是關心和擁護祖國的抗戰的，然而香港聽不到炮聲，聞不到火藥氣，抗戰的生活對於大多數香港人是生疏的。並且香港一般讀者陶醉於武俠神怪色情，已歷有年所，對「硬性」的東西，是不大容易接受的。既要不脫離現實，又要不脫離群眾，茅盾就給自己提出了這樣一個要求：「形式上可以盡量從俗，內容上切不能讓步」〔註1〕。

原計劃準備從上海戰爭寫到大會戰前夕的武漢，打算在極廣闊的畫面上把一些最典型的人物事態組織進去，從而揭示出抗戰初期中國社會的本質面貌及其出路的。

作品描寫了一家橡膠廠的老闆何耀先。

蘆溝橋事變爆發以後，何耀先就特別關心起時局來了，並爲那些互相矛盾的消息所苦惱。他害怕戰爭。因爲戰爭一來，他的產品將完全找不到市場，所以他希望事變能「和平」了結，不要擴大；可是他又害怕國民黨當局向日本帝國主義者屈服，因爲那樣他所經營的橡膠廠就更加沒有希望了。因而，對「和」與「戰」的問題，他始終拿不定自己的主張。

戰爭終於擴大了。日本侵略者的瘋狂和人民群眾堅決抗戰的意志，使他認識到只有「打，才是生路」，「在抗戰救國的大目標下，各人做各人的事」的道理，並且決心把他的工廠弄得更好一些，多出些貨，報效軍用。

何耀先這一形象，揭示出中國民族資產階級性格的另一方面：他們也具有一定程度的民族觀念，因而在一定歷史時期是能夠和廣大群眾站在一條戰線上的。

以何耀先爲中心，作者描寫了當時上海社會的各個方面：有在愛國熱情鼓舞下，把三架卡車捐掉二架，後來又把打算留作自己撤退用的那一輛也報效了出去，在上海淪爲孤島以後，更決心和地下工作者取得聯繫，切實做一些工作的轉運行老闆陸和通，也有操縱金融，製造謠言以便發財的投機商人潘梅成，有失敗主義的大學教授朱懷義，濫用職權，貪污剝削的國民黨政府工作人員，也有積極參加救亡工作的婦女，有回到農村去做群眾工作的、堅持地下鬥爭的，堅定地走向陝北的愛國青年。

〔註1〕茅盾：《第一階段的故事》後記。

作品眞實地反映了「八一三」前後四個月上海社會動態的幾個主要方面，顯示出「老大的中國，麻木癱瘓的中國」是在逼著開刀了。戰爭的炮火，使民族的敗類顯出了原形，也使愛國人民和知識青年看到了明天，得到了鍛鍊。作品滲透著無產階級的愛國主義感情，給讀者的教育意義是深刻的。可是由於生活經驗的不足和工作環境的變換，寫了一半就停止了，沒有完成原定計劃，因而「書中人物幾乎全是沒有下落」的，作品中所反映的問題，也發展得不夠，揭露得不夠深入。在形式上因爲要求「盡量從俗」，在大眾化方面是做了有益的嘗試的，不過也就顯得比較粗糙，特別是因爲一面寫一面發表的，似乎是許多速寫的連接，因而結構就顯得比較散漫，人物形象也就不夠飽滿。

接著，作者又把他的眼光轉向五四前夕，寫了歷史題材的長篇《霜葉紅似二月花》。

輪船公司的經理王伯申，爲要發展自己的勢力，企圖利用公益款項——善堂的收入來辦一個貧民習藝所。而善堂卻把持在地主豪紳趙守義手中，要使用善堂的收入，就等於要趙守義掏腰包。於是他就先發制人，利用農民的落後和愚昧，來破壞王伯申輪船的通航。鬥爭的結果，王伯申妥協了，趙守義也作了讓步，雙方在互相得利的條件下取得了諒解。

開明地主錢良村和喜管閑事的縉紳朱行健，他們希望利用王伯申和趙守義之間的矛盾，要王伯申的輪船公司出錢和趙守義交出善堂的公款，來爲社會辦一些福利事業，結果呢？當然是一事無成。

在這場鬥爭中，吃虧的還是農民。

作品反映了五四前夕中國社會生活的複雜性，中國老一代資產階級的產生及其先天的軟弱性，封建勢力的根深蒂固，及其對資本主義的阻撓，知識分子的改良主義的到處碰壁，農民所遭受的壓榨和迫害。從而顯示出當時中國社會的歷史特徵。

作者把眼光伸展到五四前夕，是企圖反映近三十年來中國社會的變化過程的，《霜葉紅似二月花》只是其中的第一部，因而一些作者曾著力描寫的人物，還沒有得到發展。

一個有高度政治責任感的作家，在任何情況下他都不會忘記現實的，任何困難也不會消滅他的積極戰鬥的激情，1941 年前後，是抗日民族解放戰爭的最困難時期，國民黨反動派一方面和日寇漢奸勾結，進行投降活動，一方

面以法西斯特務統治，屠殺抗戰的進步力量，更猖獗的發動反共高潮，企圖
為投降鋪平道路。就在這時候，茅盾寫下了著名的長篇《腐蝕》。

《腐蝕》的故事發生於 1940 年 9 月到 1941 年 2 月的重慶。主人翁趙惠
明，原也是一個反抗封建家庭而出走的，參加過抗戰工作的青年。但由於個
人主義的意識和愛虛榮、放蕩、逞強等性格上的弱點，陷入了特務組織，成
為一名小特務。由於她的「能幹」，她的手上沾過「純潔的無辜者的血」，所
以在特務圈子裏，受過「表揚」。可是她還沒有完全被「腐蝕」。她還有一些
「人性」，因而在殘暴黑暗、卑鄙無恥的特務組織中感到苦悶和不安。

她受命以色情去軟化她過去的愛人革命工作者小昭。她想挽救小昭，但
又不敢違反特務組織的嚴酷的命令。這樣她內心的苦痛和矛盾，也發展到了
極端，可是，她還有「冷靜」的一面，她還能「自制」，她有她的原則：「我
的太極拳自然也有個中心，這便是我！」一切都從「我」出發，所以她要勸
告小昭「自首」，當她的工作被懷疑的時候，為了救她自己，就不惜告發小昭
託她庇護的 K 和萍。可是在她告發了 K 和萍以後，又感到內疚，因而又適當
的掩護和幫助了他們。

後來，她被調到大學區去做檢查信件的工作，小昭的被害和工作的調動
等接連而來的打擊，使她清醒些了，對罪惡的特務組織也有了比較清楚的認
識，就在這時候，她認識了一個和她同命運的女學生 N，於是她設法幫助 N
逃出魔窟，她自己也準備等待機會設法「抽身」。

作品揭露了趙惠明的複雜的精神世界，她身上的小資產階級的軟弱動搖
的根性及其墮落過程。指出當時青年人「在生活壓迫與知識飢荒」之外，「還
有如此這般的難言之痛」——特務組織的威迫利誘，以引起人們的注意，更
給被脅從者指出一條新生的道路。

作品通過趙惠明的經歷，淋漓盡致的寫出了反動統治下「狐鬼滿路」的
黑暗情況：蔣記特務組織一方面用種種陰險毒辣的手段迫害共產黨人和愛國
人士，以加強法西斯統治，一方面和汪記特務組織相勾結，供給敵人情報，
隨時準備蔣汪合流，投降日寇。更揭露了國民黨反動派在策動皖南反共反人
民的事變時，怎樣在大後方「加緊」特務活動來配合的陰謀。從而深刻地暴
露了蔣介石政權的本質面目，控訴了國民黨反動派特務組織的萬惡罪行。

作品描寫了幾個革命工作者的形象：在特務魔爪下堅貞不屈的小昭，在
萬分困難情況下堅持工作的 K 和萍。儘管對這些形象的描寫還存在著缺點，

但他們的存在，正像黑夜中的明燈，特別是對群眾以高價爭購抗議皖南事變，登載「千古奇冤，江南一葉，同室操戈，相煎何急」這一首紀念皖南死難烈士的詩的「新華日報」的記述，反映出在狐鬼滿路的世界裏，人民民主力量的強大。

作家的明確立場和科學的世界觀，使他能洞察到生活現象的本質及其在歷史中的發展趨勢。作品的「日記」形式和第一人稱的敘述，使作者所擅長的心理刻劃，達到更高的境地，深刻的揭示出人物內心世界的全部複雜性及其發展變化過程，從而塑造出鮮明的藝術形象。

《腐蝕》，它和《子夜》一樣，把文學和政治鬥爭有效地結合了起來，在藝術上也有比較高的成就。是茅盾在抗戰時期對我國文學創作的又一重大貢獻。

《清明前後》寫於抗戰勝利聲中。它是茅盾的第一個也是到現在為止的唯一的一個劇本，是在「使槍使了許多年」以後，準備要「學著使一回刀」〔註2〕這樣一種動機下寫作的。

劇作描寫了民族工業家林永清的遭遇。林永清，他從美國回來後，試辦過好幾項和他的本行——工程有關的事業，但都不順手。最後，好像漂泊的船終於達到了適宜的港口——在上海開辦了更新機器廠。不過兩年，生產剛剛上了軌道，抗戰爆發了，他響應了政府的號召，毅然決然的把工廠內遷，經過漢口，最後到了重慶，挨過了種種困難以後又恢復生產。對於抗戰，對於國家民族，確也盡了力，有過貢獻。但在國民黨反共政府的「統制」「管制」「限價」等政策的束縛和飛漲的物價及高利貸的壓榨下，不管他怎樣的精明強悍，善於交際，善於應付，卻仍然弄得焦頭爛額，走頭無路，不能掌握自己的命運；最後在慘痛的經驗中認識到「政治不民主，工業就沒有出路」的道理，決心要為「打斷那把工業拖向半死不活的腳鐐手銬」而鬥爭。

同時，劇本也廣泛的描寫了抗戰後期的中國社會生活：救亡青年被迫發瘋，安分守己的小職員成為投機倒把、貪污發國難財者的犧牲品。而那些中華民族的罪人，比公開的漢奸還要可惡的吸血鬼卻逍遙自在。

「我們應該以能為中國人自傲，因為血戰八年的敵後軍民是我們的同胞，而在敵後解放區挺著筆桿苦幹的，也正是我們的同業；除了英勇的蘇聯人民，老實說，我以為在這次戰爭中的其他民族都還沒有像我們似的經得起

〔註2〕茅盾：《清明前後》後記。

這樣殘酷的考驗呢？我們怎能不引以自傲？然而一看到那些專搶桌子底下的骨頭，舔刀口上的鮮血的人們也是我的同胞，也有我的同業，我恨得牙癢癢地，我要申明他們不是中國人，他們比公開的漢奸還要可惡。……我不相信有史以來，有過第二個地方充滿了這樣的矛盾、無恥、卑鄙與罪惡；我們字典上還沒有足量的詛咒的字彙可以供我們使用」〔註3〕。茅盾就是以這樣憤激的心情來寫這個劇本的。憤怒的控訴了反動統治者的罪惡，喊出了人民群眾的呼聲，指出了民族工業家的出路。

也許是由於放下了自己所熟悉的「槍」，第一次學著使「刀」吧，作品在藝術上是存在著一些缺點的。由於作者的鮮明的政治立場和對現實生活的深深的觀察和分析，由於現實主義的態度，劇作基本上還是成功的。有著尖銳而積極的現實意義。

在抗戰和解放戰爭時期，茅盾還寫下了一些短篇。在《委屈》中，通過一個工業家的太太在物質享受上所受的委屈，反映出正當工業在反動統治下所受的迫害和摧殘。《驚蟄》這一篇，辛辣地諷嘲想走中間路線的自由主義者。所有這些短篇，也都真實地反映了國民黨統治區的現實的某些側面。

抗日戰爭爆發以後，茅盾就把自己的文學活動和民族解放戰爭緊密的結合了起來。他的創作多方面地具體地揭露了抗戰時期我國社會生活中的困難、矛盾和極其嚴重的衝突。由於他的明確的人民大眾的立場和科學的世界觀，現實主義藝術家的對生活的洞察力，他的矛頭主要的指向國民黨反動統治，揭露了國民黨反動政權的核心部分的兩個主要方面：政治方面是國民黨法西斯特務統治，對內進行反共反人民的血腥屠殺，對外準備投降敵人的陰謀；經濟方面是官僚買辦資本和國民黨政權的經濟政策給民族工業的嚴重的摧殘。從而顯示只有打碎封建主義與帝國主義的枷鎖，爭取民族解放戰爭的最後勝利和人民民主的前途，中國人民才能獲得自由解放。同時，作者又以既不脫離現實，又不脫離群眾的精神，努力創造多樣性的形式，以求達到照顧讀者水平而又能提高讀者的目的。這些作品，不論在茅盾的文學道路上，或者在我國現代文學史上來看，都是重要的收穫。

除了小說劇本以外，在這時期，茅盾繼續寫了許多多彩的散文。集結為《見聞雜記》《時間的記錄》《生活之一頁》等。

在《見聞雜記》中，作者描繪了 1940 年冬到 1941 年春，大後方自南至

〔註 3〕茅盾：《清明前後》後記。

北，從都市到鄉村在戰時所起的變化。《時間的記錄》是在「良心上有所不許而又有所不安」這樣的心情下寫的，作者在後記中說：

> 貪官污吏，多如夏夜之蠅，文化掮客，幫閒篾片，囂然如夜之蚊，人民的呼聲，悶在甕底，微弱得不可得聞。在此時間，應當寫的實在太多，而被准許寫的又少得可憐，無可寫而又不得不寫，待要閉目歌頌吧，良心不許，擱筆裝死吧，良心又不安，於是凡能見於刊物者，大抵半通不通，似可懂又若不可懂，……這些小文章本身到真是這「大時代」的諷刺……名曰《時間的記錄》者，無非說從 1943～1945 年這震憾世界的人民的世紀中，古老中國的大後方，一個「良心上有所不許」，以及「良心上有所不安」的作者所能記錄者，亦惟此而已。

收集有針砭社會現象的，討論文藝問題的，評價作品的和追悼懷念文化人的等各方面的文章。

茅盾這樣給我們指出：

在戰時的大後方，有畸形發展起來的城市（《「戰時景氣」的寵兒——寶雞》，《某鎮》等），也有日益貧窮敗落的農村（《「天府之國」的意義》）；有囤積居奇，投機倒把，過著花天酒地生活的土包子的暴發戶和神通廣大、不可思議的投機家（《「戰時景氣」的寵兒——寶雞》）；也有聽任保長勒索抽丁，像害了黃疸病似的「勞動力」和彎腰屈背，死力掙扎翻越秦嶺而養活家口還有困難的「拉拉車」（《拉拉車》），有「滿街紅男綠女，娛樂場所鬥奇競艷，商場之類應節新開，勝利年的呼聲嘈嘈盈耳，宛然一片太平景象」但同時「在國府路公館住宅區的一個公共防空洞中，確有一個餓殍擱在那裡三天」的「霧重慶」——到處都充滿了這樣的「矛盾、無恥、卑鄙與罪惡」，而人們又都不以為奇，處之泰然！這就是戰時的大後方！

但在同一個時候，在中國的另一片土地上，作者給我們描繪出這樣一種生活：

> 夕陽在山，乾坼的黃土正吐出它在一天內所吸收的熱，河水湯湯急流，似乎能把淺淺的河床中的鵝卵石都沖走了似的。這時候，沿河的山坳裏有一隊人，從「生產」歸來，興奮的談話中，至少有七八種不同的方音。忽然間，他們又用同一的音調，唱起雄壯的歌曲來了。他們的爽朗的笑聲，落到水上，使得河水也似在笑。看他

們的手，這是拿慣調色板的，那是昨天還拉著提琴的弓子伴奏著「生產曲」的，這是經常不離木刻刀的，那又是洋洋灑灑下筆如有神的，但現在，一律都被鋤鍬的木柄磨起了老繭了。他們在山坡下，被另一群所迎住。這裡正燃起熊熊的野火，多少曾調朱弄粉的手兒，已將金黃的小米飯，翠綠的油菜，準備齊全。這時候，太陽已經下山，卻將它的餘暉幻成了滿天的彩霞，河水喧嘩得更響了，跌在石上的便噴出了雪白的泡沫，人們把沾著黃土的腳伸在水裏，任它沖刷，或者掬起水來，洗一把臉。在背山面水這樣一個所在，靜默的自然和彌滿著生命力的人，就織成了美妙的圖畫。

在這裡，藍天明月，禿頂的山，單調的黃土，淺瀨的水，似乎都是最恰當不過的背景，無可更換，自然是偉大的，人類是偉大的，然而充滿了崇高精神的人類的活動，乃是偉大中之尤其偉大者！

〔註4〕

這是一幅描繪解放區幸福生活的細緻而逼真的工筆畫，既富有畫意，更洋溢著詩情。以崇高精神和緊張勞動來改造自然的人，是自然的主人，是這幅畫的靈魂和主體。在這裡，人與自然，人與人之間，是那樣的和諧，那樣的充滿著歡樂！

這是生活的速寫，在樸素的筆調中，滲透著作家的鮮明的愛與憎。

在《談鼠》一文中，在敘述了一些使人「啼笑皆非」的「鼠患」故事以後，對於鼠的特性作者這樣寫道：

「鼠竊」這一句成語，算是把它們的善於鬼鬼祟祟，偷偷摸摸，永遠不能光明正大的特性，描摹出來了。……不但嗅覺屬害，老鼠大概又是多疑的，而且警覺心也提得相當高。鼠藥也不能絕對有效。

對於「凡有人類居住的地方，就不會沒有偷偷摸摸的又狡猾又貪婪的醜類。所差者，程度而已」，這樣一個「社會問題」，作家表示無比的憤慨。同時，對於「養尊處憂，借鼠以自重」的貓們，也加以嚴厲的鞭撻：

在鼠患嚴重的地方，貓是照例不稱職的，換過來說，也許本來是貓不像貓，這才使老鼠肆無忌憚，而且又因為鼠患太可怕了，貓被當作寶貝。貓既養尊處憂，借鼠自重，當然不肯出力捕鼠了；不要看輕它們是畜生，這一點騙人混飯的訣竅似乎也很內行呢！

〔註4〕茅盾：《風景談》，《時間的記錄》，1945年，良友版。

　　這段文字，在表現形式上雖然比較曲折一些，但是只要稍一思考，作者的用意不是很容易理解的嗎？

　　《白楊禮讚》，是一篇優美的散文詩。作者熱情的歌頌「雄壯」「偉大」的西北高原，禮讚「雖在北方的風雪的壓迫下卻保持著倔強挺立」的白楊樹！

　　　當你在積雪初融的高原上走過，看見平坦的大地上傲然挺立這麼一株或一排白楊樹，難道你就只覺得樹只是樹，難道你就想不到它的樸質，嚴肅，堅強不屈，至少也象徵了北方的農民；難道你竟一點也不聯想到，在敵後的廣大土地上，到處有堅強不屈，就像這白楊樹一樣傲然挺立的守衛他們家鄉的哨兵，難道你又不更遠一點想到這樣枝枝葉葉靠緊團結，力求上進的白楊樹，宛然象徵了今天在華北平原縱橫激蕩用血寫出新中國歷史的那種精神和意志。

　　　白楊不是平凡的樹，它是西北極普遍，不被人重視，就跟北方農民相似；它有極強的生命力，磨折不了，壓迫不倒，也跟北方的農民相似。我讚美白楊樹，就因爲它不但象徵了北方的農民，尤其象徵了我們民族解放鬥爭中所不可缺的樸質、堅強、力求上進的精神。

　　在這裡，不是很明白的嗎？作者所禮讚的不只是白楊樹，而是禮讚勤勞、勇敢、堅貞不拔的中國人民，禮讚守衛著他們的家鄉、捍衛著祖國的人民軍隊，禮讚領導民族解放鬥爭，創造中國歷史新頁的中國共產黨。

　　《生活之一頁》和《脫險雜記》記錄了在日本帝國主義者侵佔香港時期，作者自己和朋友們的避難，脫險的經歷，描寫了淪陷前後香港的社會生活：英帝國殖民主義者的外強中乾，在殖民地社會中的某些小有產者的庸俗自私的市儈心理，一些知識分子和下層勞動者的堅強，正直的性格，記錄了中國共產黨在危險關頭對進步文化人的關懷和保護。

　　《蘇聯見聞錄》記錄了作者旅蘇時的見聞感觸，給中國人民報導了蘇聯的社會主義建設和蘇聯人民的幸福生活，顯示蘇聯人民保衛世界和平的堅決意志，粉碎了反蘇造謠家的謊言。對中蘇兩大民族友誼的鞏固及文化交流之增進都有貢獻。文筆簡練清新，是很優美的散文。

　　這些作品有的描寫自由幸福的解放區，亦有描寫黑暗腐朽的國統區，有的描寫帝國主義統治的殖民地，有的則描寫社會主義國家。在兩種社會、兩個世界的對比中，顯示出方生未死的中國社會的時代特徵，歌頌了新的生活

的歡樂，指示出中國人民的光明幸福的前途。在形式風格方面，這些散文也多種多樣：有隨筆，也有生活的速寫，有匕首一樣的雜文，也有雋永的散文詩，這些作品儘管題材不同，形式多樣，可是都著獨特的藝術風格，鮮明的時代精神和深刻的現實意義。

抗戰初期，文藝界對於文藝和政治的關係問題，也就是文藝如何服務於抗日民族解放戰爭的問題，認識是有些模糊的。可是茅盾卻堅持了他的正確觀點。他說：

> 要表現新時代曙光的典型人物，也要暴露正在那裡作最後掙扎的舊時代的渣滓。〔註5〕

作者所要求的「表現新時代曙光的典型人物」具有怎樣的特徵呢？可以從他對郁茹的《遙遠的愛》的評價中看出。《遙遠的愛》描寫了一個小資產階級知識分子走向革命的過程。茅盾認爲像作品的主人翁羅維娜那樣，「昂首闊步地」、「堅定地趕上了時代的主潮——全身心貢獻給民族」，就是「我們這偉大時代的新型女性」的典型。他又說：

> 抗戰的現實是光明與黑暗的交錯，——一方面，有血淋淋的英勇鬥爭，同時另一方面又有荒淫無恥，自私卑劣。人民是目擊這種種的，而且又是身受那些荒淫無恥、自私卑劣者的蹂躪的。消滅這些荒淫無恥，自私卑劣，便是爭取最後勝利之首先第一的要件。目前的文藝工作必須完成這一政治任務。〔註6〕

要求文藝服務於抗日民族解放戰爭，歌頌光明，歌頌人民群眾的革命鬥爭，暴露和批判危害人民群眾的黑暗勢力，便是茅盾在抗戰初期對文藝工作所持的基本觀點。

到了抗戰後期，「深入社會，面向民眾」的觀點便是茅盾文藝觀點的核心。他說：

> 是是非非，善善惡惡，人民心中自有其天秤，作家筆下亦自有其繩墨。一句話來說，該讚美的自然要讚美，該批判的自然亦不能不批判……文藝必須配合整個的民主潮流，「深入社會，面向民眾」，表現人民的喜怒愛憎，說出人民心坎裏的話。文藝工作者的對象不能不從城市讀者觀眾群的小天地擴展開去。這是爲了擴大影響，同

〔註5〕 茅盾：《八月的感想》。
〔註6〕 茅盾：《論加強批評工作》，《抗戰文藝》，2卷1期，1938年7月。

時也爲了充實自己。客觀的困難和束縛，要努力以求解除，主觀的努力也要努力增強。世界在前進，中國也不能不前進，中國的文藝運動也一定得前進，只要我們堅持著「深入社會，面向民眾」的大原則，從內容、從形式，克服知識分子的優越感以及好爲艱深新奇的偏向。〔註7〕

不民主，中國就沒有前途，文藝應當配合今天的民主運動，而要在大時代中擔當起本身的任務，文藝界應當加強自我檢討：對於民眾的認識是不是充分？有沒有站在民眾之上或站在民眾之外的非民眾立場的觀點？如何更能接近民眾？如何虛心學習，從民眾的活的語言中吸取新的血液以補救蒼白生硬的知識分子的「白話文」？如何批判地運用和改進民間形式？如何掌握民間形式而眞正實現「文藝下鄉」？如何挹取民間形式的精英作爲創造民族形式的一個原素？只有在這樣加強自我檢討的過程中，新文藝方能更益壯大，方能普及而又提高，方能有效地遏止文藝上的反民主的各種黑潮，方能配合當前的民主運動，作新時代的號角。〔註8〕

毛澤東同志的《在延安文藝座談會上的講話》發表以後，在國統區也是發生了指導作用的。茅盾指出文藝應該配合當前的民主運動，要求作家「深入社會，面向民眾」，正是「講話」精神在國統區特殊條件下的體現。這就是說，在抗戰後期，在文藝思想上，茅盾是明確地接受了毛澤東同志的觀點並據以分析、論述和解決當前的文藝問題的。

文藝爲政治服務，在抗日民族解放戰爭時期中，就是要求爲抗日民族解放戰爭和愛國民主運動服務，文藝創造必須眞實地反映現實，可是必須要有明確的立場，對光明的一面，對新生的力量必須加以歌頌，對危害人民群眾的黑暗勢力必須加以暴露和批判，不僅在群眾中吸取題材，更要批判地運用和改進民間形式，挹取民間文藝的精英來創造民族新形式，使新文藝日益壯大，普及而又提高。茅盾的這些見解，正是社會主義現實主義的理解，並且在他的創作實踐中得到具體體現的。

總之，在抗日戰爭時期，茅盾的創作實踐和文藝思想，是統一著的，並且在社會主義現實主義的道路上又前進了一步。

〔註7〕茅盾：《文藝節的感想》，《時間的記錄》。
〔註8〕茅盾：《五十年代是人民的世紀》，《時間的記錄》。

結　語

　　三十多年來，茅盾始終堅持在文藝戰線上，除了對文藝運動的組織領導工作外，他是在理論上的探索和創作實踐，兩方面同時下功夫的，他用理論來指導自己的創作實踐，又以創作實踐來體現和豐富自己的理論，而這兩方面的功夫又為了一個共同的目的：為了發展我國的文學事業，為了我國現代文學的現實主義而鬥爭。由於逐步掌握了無產階級的世界觀和社會主義現實主義的創作原則，在他的文藝思想和作品中，表現出日益明顯的社會主義傾向。從現實主義到社會主義現實主義，便是茅盾的文學道路。也正是我國現代文學的道路。

　　茅盾的創作，真實地反映了幾十年來我國社會生活中的重要事變：五四前夕，我國封建勢力、資本主義力量、改良主義等相互間的利用和鬥爭，五四浪潮對知識分子的衝擊作用，轟轟烈烈的大革命運動，第二次國內革命戰爭和抗日戰爭時期我國社會中的複雜的階級關係。表現了反動統治的經濟基礎及其政權的本質，中國社會在向資本主義發展過程產生的畸形狀況──殖民地化；也表現了我國人民為爭取民族獨立，實現民主主義革命而進行的各種形式的鬥爭。而反帝反封建反對官僚資本主義，就是茅盾作品的基本主題。

　　作家所塑造的人物是異常廣泛的。有形形色色的封建地主、資本家、反動統治者及其爪牙，有渾渾噩噩的小市民，也有正在日益覺醒的工人、農民和小資產階級知識分子，由於作家傑出的典型化手法，這些人物不僅形象鮮明，並且有著各自不同的典型意義。這些藝術形象構成為一條豐富的藝術畫廊。他們的藝術生命不僅活在現在並且將永遠的和文學史同在。

　　茅盾創作的藝術形式和藝術風格，也是多樣而多彩的，它在我國現代文

學寶庫中放射著獨特的光輝。

茅盾，這位傑出的現實主義作家，周揚同志曾稱之爲我國「當代語言藝術的大師」〔註1〕，顯然這並不是過譽。

這些成就和榮譽的獲得，首先是由於他一直堅持在革命的立場上，對於馬克思列寧主義，他是下過一番研究工夫的，他懂得歷史發展的規律，把握住生活的前進方向，他更認眞地進行自我改造，努力克服自己思想上的弱點，堅持革命的立場，爲人民的利益而戰鬥過來。

其次是他有著廣泛的文藝修養，他對中國的舊學問也經過研究，注譯過《莊子》《墨子》等書，同時他對西洋文學也十分愛好，他曾譯過許多外國作家的創作。對於古代的中外神話，他更下過湛湛的研究工夫。這就多方面的培養了他的藝術才能。

第三，茅盾的創作態度是一貫嚴肅認眞的，他說過：「我所能自信的，只有二點，一、未嘗敢『粗製濫造』；二未嘗爲要創作而創作——換言之，未嘗敢忘了文學的社會意義。」〔註2〕他又經常進行自我批評，從自己的創作實踐中吸取經驗教訓，他更力求創新，不爲「自己最初鑄定的形式所套住」〔註3〕。這樣茅盾就給我國文藝界貢獻了許多思想深刻、形式、風格多樣的作品。

人民共和國成立後，茅盾擔任了政府文化部門和文藝團體的領導工作，又積極參加世界和平運動，創作雖然不多，可是對於建設我國社會主義的文化和文藝事業，對維護世界和平，卻有著卓著的貢獻。

〔註1〕周揚：《建設社會主義文學的任務》，《中國作家協會理事會會議「擴大」報告，發表集》。
〔註2〕茅盾：《我的回顧》。
〔註3〕茅盾：《我的回顧》。

茅盾的文學道路
（1979年11月修訂版）

邵伯周 著

提　要

　　本書對茅盾的文學道路作了較為細緻的探討、分析和評論。書中是分為四個部分論述的，即「五四」時期和第一次國內革命戰爭時期、第二次國內革命戰爭時期、抗日戰爭時期和人民解放戰爭時期、社會主義革命和社會主義建設時期等。對於每個時期的時代背景、茅盾的文藝思想，都聯繫具體作品進行了分析和評論，可以清楚地看出茅盾的文藝思想和創作是怎樣發展的以及他的創作的主要成就。

　　本書初版於一九五九年，這次再版，作者作了較大的修改，增寫了第五部分「為發展我國的社會主義文藝而鬥爭」。新編了《茅盾主要著譯書目》。

　　本書據長江文藝出版社 1979 年 11 月修訂版重印。

目次

前　言

「五四」時代，是一個偉大的時代，光輝的時代。

五四運動揭開了我國歷史的新紀元。從「五四」開始，我國資產階級領導的舊民主主義革命轉變爲無產階級領導的人民大眾的反帝反封建的新民主主義革命。中國共產黨的成立，更使中國革命的面貌煥然一新。

五四運動爲我國培育和造就了一支文化新軍。由於中國無產階級和中國共產黨登上了中國的政治舞臺，這支文化新軍，「就以新的裝束和新的武器，聯合一切可能的同盟軍，擺開了自己的陣勢，向著帝國主義文化和封建文化展開了英勇的進攻。」在社會科學領域和文學藝術領域的各個方面，都取得了巨大的戰果。「而魯迅，就是這個文化新軍的最偉大和最英勇的旗手」。〔註1〕

「五四」以後，以魯迅爲旗手的這支文化新軍就在無產階級及其先鋒隊中國共產黨的領導和影響下，自覺地或不自覺地用文藝這一武器，來暴露舊社會的黑暗，抨擊反動勢力，歌頌勞動人民，表達人民群眾要求社會變革的願望，探索前進的道路。他們的文藝活動，對我國現代文學起了奠基的和開闢道路的作用，對我國人民革命事業，作出了應有的貢獻。魯迅的親密戰友，我國現代語言藝術的大師——茅盾，就是傑出的代表人物之一。

茅盾比魯迅晚誕生十五年。在他開始社會生活的時候，代表中國人民新覺醒的新文化運動正在展開，「五四」愛國運動就是在他進入社會後的第三年爆發的。這個偉大的時代爲茅盾提供了一個可以比較順利地走上革命道路的客觀條件。

〔註1〕毛澤東：《新民主主義論》、《毛澤東選集》第二卷第六五八頁。

茅盾從事文學活動，開始，還只是出發於個人對於文藝的愛好和民主主義覺悟。在前進的道路上，在無產階級思想影響和黨的教育下，經受了激烈的階級鬥爭的考驗，逐步接受馬克思列寧主義，並逐步成長為一位忠實於黨的文藝路線的無產階級文藝戰士。

茅盾的理論批評工作，對於促進我國現代文學運動和創作的發展，對於我國現實主義文藝理論的建設，有著巨大的作用。他的理論批評文字，具體反映出他的文藝思想。在創作實踐方面，茅盾善於吸收現實生活中的重大題材，因而，他的創作都富有強烈的時代精神，真實地反映了幾十年來我國社會生活中的重大事變，反映了我國人民為爭取民族獨立，實現民主革命而進行的各種鬥爭；對我國現代文學寶庫提供了許多有價值的作品。

魯迅雖然在五十六歲時就被病魔奪去了生命，但他卻以自己光輝的鬥爭實踐和作品，特別是雜文，體現了我國新文化的方向——社會主義的方向。茅盾的文學活動也是循著社會主義的方向發展的。在魯迅逝世以後，他以自己的鬥爭實踐迎來了抗日戰爭和人民解放戰爭的勝利，迎來了我國新民主主義革命的偉大勝利——中華人民共和國的成立。他還以自己在文藝戰線上的辛勤勞動和鬥爭實踐為我國的社會主義革命和社會主義建設作出了巨大的貢獻。在經歷了歷時十一年的無產階級文化大革命後，又迎來了我國社會主義革命和社會主義建設的新的發展時期。現在，茅盾已經是八十多歲的高齡了，仍然鬥志昂揚，滿懷豪情地為實現新時期的總任務、為把我國建設成為四個現代化的社會主義強國而貢獻力量。

中國共產黨所領導的中國革命，是分兩步走的，第一步是新民主主義革命，第二步才是社會主義革命。從新民主主義革命到社會主義革命，就是中國現代革命所經歷過的道路。在新民主主義革命時期，由於無產階級領導的緣故，所以在政治、經濟領域內就都具有起決定作用的社會主義的因素，因而在文化和文學藝術領域內也同樣具有起決定作用的社會主義的因素。這種因素是隨著革命的發展而逐步發展、增長的，到了社會主義革命和社會主義建設時期，我國社會主義的文化和文學藝術就獲得迅速發展，並在整個文化和文學藝術領域內占優勢了。

從民主主義到社會主義，是我國現代文學發展的道路，也是茅盾在文學上所經歷過的道路。

「我總以為倘要論文，最好是顧及全篇，並且顧及作者的全人，以及他

所處的社會狀態，這才較爲確鑿。要不然，是很容易近乎說夢的。」〔註2〕魯
迅所指出的這條評論作家作品的原則，是一條馬克思列寧主義的原則。本書
力求遵循魯迅的這一教導，把茅盾在不同歷史時期的文學活動和創作與當時
的政治形勢、文藝思想鬥爭形勢結合起來進行分析評論，並著重把文藝思想
與創作成就兩方面結合起來，聯繫他的思想發展過程，來闡明茅盾在文學上
從民主主義到社會主義所經歷過的道路，並進而就他對我國現代文學的發展
所作的貢獻和提供的經驗作一初步的探索。

〔註 2〕魯迅：《且介亭雜文二集・「題未定」草（七）》。

一、起點和第一步——「五四」時期和第一次國內革命戰爭時期的茅盾

我希望從此以後就是國內文壇的大轉變時期。

——茅盾：《大轉變時期何時來呢？》

　　茅盾原名沈德鴻，字雁冰。茅盾是他在一九二七年發表《幻滅》時使用的筆名。此外，他還用過冰、郎損、方壁、玄珠、M.D、止敬、蒲牢、佩韋、逃墨館主等筆名。

　　一八九六年四月，茅盾誕生於浙江桐鄉縣烏鎮〔註1〕的一個大家庭裡。他的父親在當時是一個維新派的中醫，有一定的民主主義思想，所以茅盾在幼年時就有機會讀到一些介紹自然科學知識的「新書」。茅盾十歲時父親去世了，遺囑希望茅盾以後學工業技術，將來成為一個實業家。

　　辛亥革命的那一年，茅盾正在浙江省立第二中學（在嘉興）讀書。武昌起義的消息傳到學校裡時，他曾熱情地歡迎過。但這次革命在社會上並沒有引起多大變化，在少年茅盾思想中也沒有留下多大印象。革命後，新來的學監要「整頓」學風，少年茅盾因和同學們起來反對而被開除。以後轉入杭州安定中學。一九一三年中學畢業後，考入北京大學預科第一類（預備升文、法、商三科）。預科畢業時，因家庭經濟日益困難，不能再繼續讀書了，經友人介紹，於一九一六年八月入商務印書館編譯所工作。

　　青年茅盾進入商務印書館工作的時候，「五四」新文化運動正在掀起。

　　辛亥革命沒有完成反帝反封建的歷史任務。在帝國主義及其走狗封建軍

〔註1〕茅盾出生於桐鄉縣青鎮。青鎮隔一小河與吳興縣屬烏鎮相對。今兩鎮合併，名烏鎮，屬桐鄉縣。

閥的統治下，中國人民仍然生活在水深火熱之中。就在這個時候，中國社會階級關係發生了新的變化。一九一五年爆發的第一次世界大戰，各帝國主義國家集中全部力量在歐洲進行你死我活的大搏鬥，暫時放鬆了對中國的經濟侵略，於是中國薄弱的民族工業獲得了迅速的發展，中國工人階級也就迅速成長壯大起來，中國的資產階級也有了一定程度的發展。隨著中國社會中新的經濟力量和政治力量的發展，代表中國人民新覺醒的新文化運動也就出現了。

一九一五年創刊的《青年雜誌》，從第二卷起改名為《新青年》，舉起民主和科學兩面旗幟，反對封建主義的舊文化、舊思想和孔孟之道，鼓吹資產階級的民主主義思想和科學精神。與此相適應，白話文運動和文學革命運動也跟著興起。一九一八年五月《新青年》第四卷第五期上發表的魯迅的第一篇白話小說《狂人日記》，就是一篇反封建的宣言書，文學革命的第一聲春雷。接著魯迅又發表了《孔乙己》、《藥》等短篇小說，顯示了文學革命的實績；並由於這些作品「『表現的深切和格式的特別』，頗激動了一部分青年讀者的心」。〔註2〕

十月社會主義革命開闢了人類歷史的新紀元，也給中國人民送來了馬克思列寧主義，使中國人民找到了爭取解放的強大的思想武器。

中國工人階級的成長和十月社會主義革命的影響，一九一九年五月，在北京爆發了五四運動。這是一個徹底地不妥協地反帝反封建的革命運動。五四運動所進行的文化革命是徹底地反對封建文化的運動。「當時以反對舊道德提倡新道德、反對舊文學提倡新文學，為文化革命的兩大旗幟，立下了偉大的功勞」。〔註3〕在這個運動中，青年茅盾的民主主義覺悟迅速提高，對新文學的興趣也大為增進。

從一九一七年發表第一篇譯文《三百年後孵化之卵》（科學幻想小說）開始到一九二〇年的五年間，茅盾在《學生雜誌》、《東方雜誌》、《新青年》上發表了二十多篇譯文和論文。其中有關於自然科學、社會科學和文學的，也有文學作品，還編寫創作了多種寓言、童話，表現了多方面的興趣。這些譯文和論文，就其思想傾向來說還是比較複雜的，基本上屬於民主主義範疇，體現了新文化運動所提倡的民主與科學精神，也反映了茅盾要求瞭解馬克思列

〔註2〕魯迅：《且介亭雜文二集·〈中國新文學大系〉小說二集序》。
〔註3〕毛澤東：《新民主主義論》，《毛澤東選集》第二卷第六六〇頁。

寧主義和十月革命後蘇俄社會狀況的迫切心情。

一九二〇年間，茅盾積極參加了上海馬克思主義小組的活動。一九二一年中國共產黨成立後，他和一些早期的共產黨人一起，積極參加革命工作。

「五四」新文化運動是茅盾文學道路的起點。

商務印書館出版的《小說月報》，原來是一個基本上屬於鴛鴦蝴蝶派的刊物，只刊載舊體詩文和用文言文翻譯的外國小說。在「五四」文學革命運動的影響下，商務印書館打算加以初步革新。一九二〇年一月開始茅盾參加了這一革新工作。就在這個月出版的第十一卷第一期《小說月報》上，茅盾發表了短評《新舊文學平議之評議》，指出新文學應該「表現人生指導人生」，「注意思想，不重格式」，「用語體來做」等論點。同時他又在《東方雜誌》上發表了《現在文學家的責任是什麼？》（署名佩韋），這是他的第一篇文學論文。〔註4〕他指出文學是「表現人生」的，一篇作品所描寫的雖然只是一二人或一二家，但所反映的卻是社會的和民族的生活。作家研究了全社會全民族的生活，然後，「請出幾個人來做代表」，「用文字描寫出來，這才是表現人生的文學」。他強調說文學家的責任是在「把德謨克拉西充滿文學界，使文學社會化，掃除貴族文學的面目，放出平民文學的精神」。〔註5〕這些見解體現了以民主主義思想為核心的現實主義文藝觀。對「五四」文學革命的發展和理論建設都是有積極意義的。

一九二〇年年底，商務印書館請沈雁冰擔任《小說月報》的編輯，準備加以徹底改革。這時候，在北京的一些新文學的愛好者也在醞釀組織一個文學會，出版一種文學雜誌。經過聯繫，文學研究會便於一九二一年一月在北京中山公園正式成立，並以《小說月報》作為它的代用機關刊物。在該刊第十二卷第一號上發表了《文學研究會宣言》。在這個《宣言》裡簽名的有周作人、朱希祖、蔣百里、瞿世英、沈雁冰、鄭振鐸、葉紹鈞、耿濟之、王統照、郭紹虞、孫伏園、許地山十二人。

文學研究會與創造社以及魯迅指導下的未名社、語絲社等都是「五四」文學革命後出現的、在我國現代文學史上有很大影響的文學團體。《小說月報》是我國現代文學史上第一個純文學的、有很大影響的文藝雜誌。它曾得到魯迅的有力支持，《端午節》、《社戲》、《在酒樓上》等小說，就是在《小說月報》

〔註4〕茅盾同志給本書作者的信中所肯定的。
〔註5〕《東方雜誌》第十七卷第一號（一九二〇年一月十日）。

上發表的。一九二三年鄭振鐸接編《小說月報》，茅盾仍參與編輯工作。一九二四年以後，茅盾參加實際革命工作，仍經常爲它寫稿，一直到一九三二年「一二八」事變，商務印書館爲日本帝國主義的炮火所毀，《小說月報》停刊時止。文學研究會還在上海《時事新報》上出版《文學旬刊》，後改名《文學週報》，獨立出版。茅盾也是這個刊物的主要撰稿人之一。

文學研究會的活動，是茅盾文學道路上的第一步。

文學研究會的成員的文學觀點是不一致的，就在它的十二個發起人之間也這樣。但在開始，卻是有一個共同的基本態度的。在《文學研究會緣起》〔註6〕這個帶有宣言性質的文件裡，說明了組織文學研究會的目的，《緣起》說發起這個會有三點意思：第一，是「聯絡感情」。要使治新文學的人「時常聚會，交換意見，可以互相理解，結成一個文學的中心團體」。第二，是「增進知識」。第三，是「建立著作工會的基礎」。他們認爲「將文藝當作高興時的遊戲或失意時的消遣的時候，現在已經過去了」。「相信文學是一種工作，而且又是於人生很切要的一種工作；治文學的人也當以這事爲他的終身事業，正同勞農一樣」。所以他們組織一個文學團體，希望「不但成爲一個普通的文學會，還是著作同業的聯合的基本，謀文學工作的發達與鞏固」。這個《緣起》把文學工作看得和勞農一樣，還準備建立「著作工會」，表明已受到馬克思主義的影響。

在《小說月報・改革宣言》中，對第三點作了更具體的申述，明白宣告他們要「切實介紹」「寫實主義文學」。〔註7〕

後來茅盾在談到文學研究會的文學觀點時說：「將文藝當作高興時候的遊戲或失意時候的消遣的時候，現在已經過去了」。這句話，正表明了文學研究會的共同的基本態度。這一個態度，在當時是被理解爲「文學應該反映社會的現象，表現並且討論一些有關人生一般的問題」〔註8〕的。這樣的理解，也正是他們所提倡的「寫實主義文學」的具體解釋。

在文學研究會中，茅盾的文藝觀點是最有代表性的。

理論批評工作是茅盾這時期文學工作的一個重要方面。從一九二一到一九二五年間，先後發表了《文學與人生》、《大轉變時期何時來呢？》、《論無產階

〔註6〕見《小說月報》第十二卷第一號。
〔註7〕見《小說月報》第十二卷第一號。
〔註8〕茅盾：《中國新文學大系・小說一集序言》。

級藝術》等文藝論文。反對「爲藝術」的文學，反對唯美主義、頹廢主義，提倡「爲人生」、「爲無產階級」的文學，對我國現實主義文學的理論問題，作了有益的探討，反映了並促進了我國文壇的「大轉變時期」的來到。這些論文，不僅記錄了當時茅盾的文藝觀點，並且也是我國現代文學史上的重要文獻。

　　現在我們試就茅盾在這時期所寫的文藝論文，對他的文藝觀點作一次探索。

　　首先，茅盾提倡和宣揚了「爲人生」的文藝觀點。

　　「『文學是人生的反映』。人們怎樣生活，社會怎樣情形，文學就把那種種反映出來」。〔註9〕這是茅盾對文學與人生關係的基本觀點。從這一觀點出發，他認爲文學和人生的關係，具體表現在人種、環境、時代和作家人格等四個方面。因此，他認爲要研究文學，「至少要有人種學的常識，至少要懂得這種文學作品產生時其地的環境，至少要瞭解這種文學作品產生的時代精神，並且要懂這種文學作品的主人翁的身世和心情」。〔註10〕

　　文學和人生既有這樣密切的關係，那麼對於人生自然也就有積極的意義了。茅盾指出：

　　　　文學不是作者主觀的東西，不是一個人的，不是高興時的遊戲或失意時的消遣。……文學是綜合地表現人生，不論是用寫實的方法，是用象徵比喻的方法，其目的總是表現人生，擴大人類的喜悅和同情，有時代的特色做它的背景。……文學者表現的人生應該是全人類的生活。……這樣的文學，不管他浪漫也好，寫實也好，表象神祕也都好，一言以蔽之，這總是人的文學──眞的文學。〔註11〕

他認爲新文學運動的最終目的就是要：

　　　　使文學更能表現當代全體人類的生活，更能宣泄當代全體人類的感情，更能聲訴當代全體人類的苦痛與期望，更能代替全體人類向不可知的命運作奮抗與呼籲。〔註12〕

〔註 9〕沈雁冰：《文學與人生》，見《松江第一次暑期學術講演會演講錄》第一期（一九二二年七月）。

〔註10〕沈雁冰：《文學與人生》，見《松江第一次暑期學術講演會演講錄》第一期（一九二二年七月）。

〔註11〕沈雁冰：《文學和人的關係及中國古來對於文學者身份的誤認》，載《小說月報》十二卷二期（一九二一年一月）。

〔註12〕沈雁冰：《新文學研究者的責任與努力》，載《小說月報》十二卷二期（一九二一年二月）。

不過他認為「在現時種界國界以及語言差別尚未完全消滅以前，這個最終目的不能驟然達到」的情況下，應該使我國的新文學運動帶有「民族色彩」

茅盾的這種文藝觀點，是和泰納的社會學的觀點有著密切的聯繫但卻又有所不同的。泰納認為文學的構成有三個要素：人種、環境和時代，三者缺一，便不能構成文學。而在這三者之中，泰納強調了人種，他認為人種是最重要的，是文學的根源。而茅盾呢？他除了在三個要素之外加上一個「作家的人格」以外，特別強調了社會背景（環境和時代）的作用。他認為「什麼樣的背景便會產生什麼樣的文學」，只有「表現社會生活的文學才是真文學」。並且更注意到當時中國的條件，他認為我國新文學更應該反映「兵荒屢見，人人感著生活的不安與苦痛，真可以說是亂世」〔註13〕的社會背景。

茅盾肯定了文學的社會作用，認為文學是「表現人生」、「為人生」的。但所表現的、所為的「人生」是什麼樣的人生呢？當時的茅盾還沒有明確的階級觀點，還不能用階級觀點來觀察分析社會、人生。在他心目中的人生只是抽象籠統的「全人類」的生活而不是階級社會的人生。但儘管如此，他的眼光還是注意到被壓迫群眾的，他認為「『怨以怒』的文學是亂世文學的正宗」，被壓迫民族的文學就應該去「描寫黑暗專制，同情於被損害者」，並且因我國「創作小說的人大都是念書研究學問的人，未曾在第四階級社會內有過經驗」，「反映痛苦的社會背景的小說不能出現」〔註14〕而感到遺憾，對於那些「對於罪惡的反抗和對於被損害者的同情」的作品及其作者，他表示非常的敬意。〔註15〕由此可見，茅盾初期的文藝思想，已經包含有模糊的階級觀點了。

關於文學創作問題，在《什麼是文學》〔註16〕中，茅盾指出文學創作必須描寫「社會黑暗，用分析的方法解決問題」，提倡「於材料上最注重精密嚴肅，描寫一定要忠實」的「寫實主義」。

在《自然主義與中國現代小說》〔註17〕一文中，他更全面地分析了中國當時創作小說的缺點並指出補救的方法。他把中國當時創作小說分為新舊兩派，他認為舊派小說在思想上完全受遊戲的消遣的金錢主義的文學觀念所支

〔註13〕 沈雁冰：《社會背景與創作》，載《小說月報》十二卷七期（一九二一年七月）。
〔註14〕 沈雁冰：《社會背景與創作》，載《小說月報》十二卷七期（一九二一年七月）。
〔註15〕 沈雁冰：《春季創作壇漫評》，載《小說月報》十二卷四期（一九二一年四月）。
〔註16〕 《中國新文學大系・文學論爭集》第153頁。
〔註17〕 《小說月報》十三卷七期（一九二二年七月）。

配，在技術上沒有客觀的觀察和描寫，是毫無藝術性的；至於新派小說，思想雖然要正派得多，但仍有「內容單薄與用意淺顯」的毛病，技術則和舊派一樣，因而藝術上也無甚可取。要補救這些缺點，他認爲就得提倡「自然主義」。

在描寫方法上，茅盾指出要學習「自然主義」的兩件法寶：實地觀察和客觀描寫。他特別推崇左拉，他認爲左拉的把實地觀察所得照實描寫出來的方法，最大的好處是「眞實和細緻」。他認爲採用「自然主義」的方法，既可表現「全體人生的眞的普遍性」，同時又能表現「各個人生的眞的特殊性」。

在題材的採取上，他指出「自然主義是經過近代科學的洗禮的，它的描寫法，題材以及思想，都和近代科學有關」，他認爲「應該學習自然派的作家，把科學上發現的原理應用到小說裡，並應該研究社會問題、男女問題、進化論等種種學說」。

顯然，在創作理論上，茅盾是接受了「自然主義」的影響的。但必須指出，茅盾這時期雖然推崇左拉，提倡「自然主義」，但他所提倡的「自然主義」，和我們今天所理解的「自然主義」，在含義上是有所不同的。如他一方面提倡「自然主義」，同時又提倡「寫實主義」（即現實主義），並且把現實主義大師巴爾札克看作「自然主義」的先驅者等。但重要的是：茅盾是根據他自己的理解來提倡「自然主義」的。大家知道，現代文學上的自然主義在描寫生活事件的時候，只求表面的眞實，對於個別的現象只作記錄式的描寫，而不表現這些現象的內在意義，不顯露本質的、典型的、合乎規律的東西。而茅盾卻認爲自然主義最大的目標是「眞」，因爲描寫了眞實，就能把個別和一般統一起來。這就是「既能表現全體人生的眞的普遍性，又能表現各個人生的眞的特殊性」。他並且用屠格涅夫的創作爲例，說明創作必須發掘題材的目的性，他說：「小說家選取一段人生來描寫，其目的不在此段人生本身，而在另一內在的根本問題」。〔註 18〕大家知道，「自然主義」的表面是非政治的，它所強調的「正確性」、「客觀性」是引導人們向現有社會制度屈服的一種武器，「『自然主義』的方法並不是與必須消滅的現實進行鬥爭的方法」。〔註 19〕茅盾雖然強調要學習「自然主義」的純客觀的態度，但其目的卻是爲了要表現

〔註18〕沈雁冰：《自然主義與中國現代小說》，載《小說月報》十三卷七期（一九二二年七月）。

〔註19〕高爾基：《給格羅斯曼》，見《給青年作者》（中國青年出版社一九五五年版）。

人生，服務人生。並且還要「隱隱地指出未來的希望，把新的理想、新的信仰灌到人心中」，要教育人們「拿不求近功信託眞理的精神，去和黑暗奮鬥」。〔註20〕換句話說，茅盾的強調實地觀察和照實描寫，目的就是要眞實的反映現實，教育人們去認識現實，並起來作變革現實的鬥爭。

由此可見，在創作理論上，茅盾實際上所提倡的還是現實主義。

泰納的社會學的文藝觀，是受孔德的實證哲學和達爾文的進化論的影響的，他把文藝作品，看作不外乎依靠實驗科學的法則而被創造的東西。而「自然主義」者也是明白地以實證主義哲學、進化論學說作爲自己的理論基礎的。左拉就是把泰納的文藝觀應用在創作上的人。顯然，泰納的社會學的文藝觀和左拉的「自然主義」，是以共同的哲學觀點和近代科學知識爲根據的。

民主與科學，是「五四」精神的兩個方面，也是「五四」新文藝精神之所在。同時，發揚民主與科學，也就是新文學的使命。茅盾的接受泰納的文藝觀點和左拉的「自然主義」的影響並加以改造，提倡「爲人生」的文藝觀和「寫實主義」，並不是偶然的，而是爲「五四」精神——民主與科學的要求所決定的，並且他所提倡的「爲人生」的文藝觀和「寫實主義」，是滲透著「五四」精神——民主與科學的精神的。建立在現代科學知識基礎上的文學理論是反對封建主義的「文以載道」和風流名士的「遊戲文學」觀點的對症良藥。要求文學創作要以現實社會生活作背景，同情被損害者，眞實地反映他們的痛苦生活和要求變革現實的願望。正是民主精神的體現。〔註21〕

就這樣，茅盾接受了泰納社會學的文藝觀和左拉的「自然主義」中的個別論點和一些原則，在「五四」精神——民主與科學的基礎上加以改造和發展，形成了他自己早期的現實主義的文藝觀。

一九二三年二七運動後，隨著革命形勢的發展，中國共產黨就直接注意到文藝運動了。當時一些著名的共產黨人如鄧中夏、惲代英等就根據中國革命的要求，給文藝運動提出了反帝反封建的任務。他們一致反對「新浪漫主義」或「爲藝術而藝術」的文學。惲代英同志認爲「這種文學終不過如八股一樣的無用，或者還要發生些更壞的影響，我們正不必問他有什麼文學上的價值，我們應該像反對八股一樣的反對他。」

對於「爲人生而藝術」的觀點，他們認爲基本上是對的，但要區別爲什

〔註20〕沈雁冰：《創作的前途》，載《小說月報》十二卷七期（一九二一年七月）。
〔註21〕惲代英：《八股》，載《中國青年》第八期（一九二三年十二月）。

麼樣的「人生」。鄧中夏同志指出:「有些是很柔和地標榜『爲人生而藝術』,不過,他們的人生,是個人的人生(少爺小姐的人生),絶不是社會的人生。」〔註22〕他認爲應該爲「社會的」人生,而不應去爲少爺小姐的個人的人生。鄧中夏同志又指出:

> 我們承認人們是有感情的動物。我們承認革命固是因生活壓迫而不能不起的經濟的政治的奮鬥,但是警醒人們使他們有革命的自覺,和鼓吹人們使他們有革命的勇氣,卻不能不首先要激動他們的感情。激動感情的方法,或仗演說,或仗論文,然而文學卻是最有效的工具。〔註23〕

惲代英同志更進一步指出要用新文學來「激發國民的精神,使他們從事於民族獨立與民主革命的運動。」〔註24〕

這就是說,在鄧中夏、惲代英等同志看來,文學是一種鬥爭的武器,中國革命的性質是反帝反封建,要求民族獨立和民主革命,那麼,革命工作者就要用文學這一工具來教育和動員人民群衆來參加民族解放和民主革命的鬥爭。

鄧中夏同志還要求文藝青年「從事實際的革命活動」,他指出「坐在深閣的安樂椅上」做文章,是寫不出「深刻動人」的作品的。〔註25〕惲代英同志還指出「要有革命的感情,才會有革命文學」,他指出一個沒有革命感情,腦筋裡只有金錢、虛榮與戀愛的人,儘管在他的作品中寫上「奮鬥」、「革命」等字樣,只不過是「鸚鵡學舌」,算不得革命文學的。所以他進一步勸告文學青年先去做一個「腳踏實地的革命家」。他說:

> 倘若你希望做一個革命文學家,你第一件事是要投身於革命事業,培養你的革命的感情。〔註26〕

這些意見是完全正確的,已經接觸到革命文學的根本問題——作家的立場、思想感情和生活經驗等問題了。正在探索中的茅盾,很快就接受了這一觀點。一九二三年十二月間,他在一篇題名叫做《雜感》〔註27〕的文章中說:

〔註22〕鄧中夏:《思想界的聯合戰線問題》,載《中國青年》第十五期。
〔註23〕鄧中夏:《貢獻於新詩人之前》,載《中國青年》第十期(一九二三年十二月)。
〔註24〕鄧中夏:《貢獻於新詩人之前》,載《中國青年》第十期(一九二三年十二月)。
〔註25〕惲代英:《八股》,載《中國青年》第八期(一九二三年十二月)。
〔註26〕惲代英:《文藝與革命》,載《中國青年》第三十一期(一九二四年五月)。
〔註27〕見《文學週報》一〇一期。

> 代英君……提出抗議來了，他說：「現在的新文學若能激發國民
> 的精神，使他們從事於民族獨立與民主革命的運動，自然應當受一
> 般人的尊敬；倘若……，我們應當像反對八股一樣的反對他，」我
> 不知道這種勇敢堅決的抗議，能不能促起國內青年的注意？青年文
> 藝家！反對也好，贊成也好，第一得先注意這個問題啊！第一，你
> 們得先從空想的樓閣中跑出來，看看你周圍的現實狀況，……

這裡，茅盾表示贊成惲代英所提出的任務，新文學要能激發國民的精神，「使
他們從事於民族獨立與民主革命的運動」，並號召青年文藝家都來注意這一個
問題。接著，又在《大轉變時期何時來呢》〔註28〕一文中說：

> 我們相信文學不僅是供給煩悶的人們去解悶，逃避現實的人們
> 去陶醉；文學是有激勵人心的積極性的。尤其在我們這時代，我們
> 希望文學能夠擔當喚醒民眾而給他們力量的重大責任。我們希望國
> 內的文藝青年，再不要閉了眼睛冥想他們夢中的七寶樓臺而忘了自
> 身實在是位在豬圈裡，我們尤其決然反對青年們閉了眼睛忘記自己
> 身上帶著鐐鎖，而又肆意識笑別的想努力脫除鐐鎖的人們，阿 Q 式
> 的「精神上勝利」的方法是可恥的！

這正體現出在二七運動以後，對文學的社會作用問題，茅盾的看法和鄧中夏、
惲代英等的見解是完全一致的。他號召文藝青年要注視現實，用文藝這一武
器來喚醒民眾，起來進行反帝反封建的鬥爭，為民族解放和民主革命服務。
這裡，茅盾已經把新文學運動和中國共產黨所領導的反帝反封建的革命鬥爭
更密切的結合起來了。

　　在「五卅」的前夕，茅盾參加了中國共產黨領導的實際的革命工作，在
文藝思想上也有了更為顯著的發展。一九二五年五月間寫的《論無產階級藝
術》〔註29〕一文，系統地提出建設無產階級藝術的主張。

　　首先，文章論述了無產階級藝術產生的社會條件：

> 俄國的社會革命成功，無產階級由被治者的地位，一變而為治
> 者，於是一向被視作愚昧無識污濊的無產階級突然發展了潛伏的偉
> 大創造力，對人類文化克盡其新貢獻。……無產階級藝術對資產階
> 級──即現有的藝術而言，是一種完全新的藝術。新藝術需要新的

〔註28〕見《文學週報》一○三期。
〔註29〕見《文學週報》一七二、一七三、一七六、一九六期。

土地和新的空氣來培養，如果不但泥土空氣是陳腐的，甚至還受到壓迫，那麼這個新的藝術之花難望能茂盛了。資產階級支配一切的社會裡的無產階級藝術正處在地土不良，空氣陳腐而又有壓迫的不利條件之下，這便是現今惟有蘇聯獨多無產階級藝術的緣故了。

接著，文章論述了無產階級藝術的性質，指出無產階級藝術是：

1. ……無產階級藝術並非即是描寫無產階級生活的藝術，所以和舊有的農民藝術是有極大的分別的。……無產階級藝術決非僅僅描寫無產階級生活即算了事，應以無產階級精神為中心而創造一種適應新的世界（就是無產階級居於治者地位的世界）的藝術。無產階級的精神是集體的。……

2. ……無產階級藝術……，在描寫勞動者如何勇敢奮鬥的時候，或者也描寫到他們對於資產階級極端憎恨的心理，但是只可作為襯托，如果不然，把對於資產階級的憎恨作為描寫的中心點，那就難免要失卻了階級鬥爭的高貴理想，……無產階級為求自由，為求發展，為求達到自己的歷史使命，為求永久和平，便不得不訴之武力，很勇敢的戰爭，但並非為復仇，並且是堅決地反對那些可避免的殺戮的。

3. ……無產階級的集體主義，群眾的首領不過是群眾的集合力量的人格化，是集合的意志之表現，是群眾理想的啟示者，……無產階級藝術……，沒有智識階級所有的個人自由主義。

第三，文章論述了無產階級藝術的內容和社會使命：

一個年歲幼稚而處境艱難的階級之初生的藝術，當然不免有內容淺狹的毛病。而所以不免於淺狹之故，一因缺乏經驗，二因供給題材的範圍太小，……我們要知道現今無產階級藝術內容之偏於一方面，乃是初期的不得已，並非以此自限，無產階級藝術之必將如過去的藝術以全社會及全自然界的現象為汲取題材的泉源，實在是理之固然，不容懷疑的。

無產階級必須力戰而後達到他們的理想，但這理想並不是破壞而是建設，──要建設全新的人類生活。這新的生活不但是「全」新的，並且是無量的複雜，異常的和諧。

……無產階級藝術……應當助成無產階級達到終極的理想。

總之，論文所提出的無產階級藝術的產生和成長的社會條件、無產階級藝術的性質、內容及其社會使命等問題，都是當時革命文學運動中的重大問題，作者試著從馬克思列寧主義的觀點上加以論述，這對我國現代文學的發展，起了積極的推動作用；顯示出茅盾的現實主義的文藝思想，已開始接受馬克思列寧主義的觀點；更顯示出一個革命民主主義者在認識了馬克思列寧主義的普遍真理以後，企圖進一步用來解決我國文學運動的實際問題時所作的可寶貴的努力。

從「為人生」到為「無產階級」，這在茅盾的文藝思想上是一個重大的發展，同時也是我國現代文學的現實主義文藝理論的一個重大發展。對於建設我國現代文學的現實主義的理論體系，推進我國的文學運動和創作的發展，是有著巨大貢獻的。

這時期，茅盾在創作方面，只有在五卅慘案後寫的：《五月三十日下午》、《暴風雨》、《街角的一幕》〔註30〕等幾篇散文。

《五月三十日下午》描寫了五卅慘案後幾小時南京路上的景象。作者以非常憤激的感情，揭露帝國主義者的狠毒醜惡的本質，批判了「穿著豔冶夏裝的太太們，晃著紅噴噴的大面孔的紳士們」以及「體面的商人們」的麻木不仁，帝國主義者的走狗，改良主義者的卑怯無恥，歌頌了為爭自由而死的戰士們的英勇，指出在強橫暴虐的帝國主義壓迫下的中國人民，只有一個辦法：「以眼還眼，以牙還牙，不甘心少，也不要多！」並預言暴風雨的即將來到。

《五月三十日下午》是一篇充滿激情的散文詩，中國人民反帝鬥爭的頌歌。

在這一時期，茅盾還非常重視翻譯和介紹外國文學的工作，並特別重視弱小民族的文學和俄國革命民主主義者的作品。在他編輯《小說月報》的時候，就編輯了「被損害民族文學號」（第十二卷第十期）和「俄國文學研究專號」（第十二卷增刊）。他自己寫過不少介紹外國作家作品的文章，如：《匈牙利愛國詩人裴都菲百年紀念》、《百年紀念祭的濟慈》、《紀念佛羅貝爾一百年生日》等等。茅盾還從事古代神話的研究，寫了《中國神話研究 A、B、C》等論著。茅盾當時所進行的這些工作，對他自己後來從事文學創作，是非常有益的，對我國現代文學的發展，也有積極意義。

〔註30〕載《文學週報》一七七、一八〇、一八二期。

　　在「五四」時期，茅盾從民主主義立場出發，出現在文藝戰線上，從事編輯、理論批評和翻譯介紹外國文學的工作，對我國現代文學的發展，有著巨大的貢獻。隨著中國革命的發展，茅盾的思想也迅速發展，並參加了實際革命活動。在第一次國內革命戰爭的高潮時候，作為一個已經接受無產階級的政治領導和思想影響的革命民主主義者的茅盾，他的昂揚的戰鬥意志，不僅體現在行動上、文藝觀點上，也體現在他當時僅有的幾篇散文中。

　　茅盾在文學道路上所跨出的第一步，是踏實的。

二、曲折的歷程——第二次國內革命戰爭時期的茅盾（上）

　　我看見了什麼呢？我只看見滿天白茫茫的愁霧。

——茅盾：《賣豆腐的哨子》

　　悲觀頹喪的色彩應該消滅了……我們要有蘇生的精神，堅定的勇敢的看定了現實，大踏步的往前走。

——茅盾：《從牯嶺到東京》

（一）從武漢到東京

　　一九二四年間，在中國共產黨的領導下，建立了革命統一戰線，發動了一九二四～一九二七年的大革命。一九二六年七月，革命軍從廣州出發北伐，在半年時間內，就打敗了直系軍閥的軍隊。到一九二七年春，革命軍隊已經到達長江流域。在北伐進軍過程中，轟轟烈烈的工人運動和農民運動，有力地援助了革命戰爭。

　　隨著工農運動的發展和北伐戰爭的勝利，反動勢力妄圖作垂死掙扎，革命與反革命的鬥爭日益尖銳起來。混在革命陣營內部的國民黨右派在帝國主義的支持下，加緊進行反革命的陰謀活動。一九二七年四月十二日，蔣介石在上海發動了反革命政變，屠殺大批共產黨人和革命群眾，四月十五日，又在廣州進行了大屠殺。接著就在南京建立國民黨政府。在武漢的革命政府對蔣介石的反革命政變表示了強烈的聲討，中國共產黨繼續領導工農運動，湖南、湖北地區的工農運動有了進一步的發展。這時候，還留在武漢政府中的

以汪精衛爲代表的國民黨上層分子，打著「左」的旗號，暗中與蔣介石勾結，用各種藉口壓制工農運動，禁止工人、店員參加工廠、商店的管理；解散了湖北省兩個最大的縣農民協會——黃岡和黃陂的農民協會；北伐軍中的一些反動軍官也紛紛叛變，五月十七日，原駐在武漢西面的獨立十四師師長夏斗寅在蔣介石的策動下進攻武漢，幾天後，長沙許克祥又發動了「馬日事變」，許多地方的土豪劣紳也蜂起反攻倒算。七月十五日，汪精衛終於撕下了假「左」派的僞裝，宣佈正式與共產黨決裂，公開背叛革命，在武漢地區進行更大規模的屠殺。由於陳獨秀的右傾投降主義，未能及時組織力量去抵抗反動派的進攻，轟轟烈烈的第一次國內革命戰爭遭到失敗。

一九二七年大革命失敗以後，國內階級關係發生了新的變化。大資產階級叛變了革命，民族資產階級也站到反動陣營方面去了，一部分小資產階級知識分子也離開了革命。於是只有工人階級、農民階級和小資產階級在中國共產黨的領導下，堅持革命鬥爭。這時期，在全國範圍內，敵人力量大大超過革命力量，革命暫時轉入低潮。

在革命運動一步步向高潮發展的時候，許多進步的文藝工作者都紛紛投入革命的洪爐，獻身於革命事業。革命失敗後，這些人一部分隨著革命力量深入到農村，一部分遭受了反動派的屠殺，亦有一部分投降變節。但其中的大部分人因爲對革命的認識不足，雖然在理論上接受了馬克思列寧主義，並經受了革命戰爭的鍛鍊，但暫時還沒有取得堅定的無產階級立場，在革命形勢突變以後，一時便失去了依靠和方向。但是他們的革命意志並沒有消沉，在從武裝鬥爭的戰線中退出來以後，又回到文學陣地上，仍然在中國共產黨的領導下，堅持鬥爭。

一九二四年間，茅盾在上海參加了中國共產黨所領導的實際革命工作。一九二六年春去革命根據地廣州，從事宣傳工作。不久即回上海，擔任國民通訊社的主編，年底去武漢，擔任了《國民日報》的主筆。大革命失敗以後，茅盾被反動派通緝，離開武漢，到廬山牯嶺小住後，於八月底回到上海。

大革命失敗後，革命暫時轉入低潮。茅盾思想上受到很大衝擊。由於「對於當時革命形勢的觀察和分析是有錯誤的，對於革命前途的估計是悲觀的」，〔註1〕所以思想情緒一度陷於悲觀失望的境地。就在這種情況下寫了《幻滅》、

〔註1〕茅盾：《茅盾選集·自序》，見《茅盾文集》第二卷（人民文學出版社一九五八年版）。

《動搖》、《追求》三部中篇小說和《創造》等幾篇短篇小說。在上海，因受反動派迫害，又懷著「改換一下環境」，把自己的「精神蘇醒過來」的想法，茅盾於一九二八年十月到了日本。在日本住了約一年半，一九三〇年四月回國。

在這幾年間，中國革命形勢發生了新的巨大的變化。一九二七年十月，毛主席領導秋收起義後，進軍湘贛邊界，建立了井岡山革命根據地，開闢了中國革命唯一正確的道路。一九二九年初，工農紅軍向贛南發展，建立了中央革命根據地，於是中國革命又重新向前發展了。在文化思想戰線上，一九二八年初開始，創造社、太陽社倡導了革命文學運動，並與魯迅展開了一場激烈的論爭。當時創造社、太陽社中的一些人對魯迅的攻擊是完全錯誤的，他們的文藝思想也存在著唯心主義和教條主義的傾向。但這場論爭還是有積極意義的，那就是初步宣傳了馬克思主義文藝理論的一些基本觀點，對我國現代文學的發展起了促進作用。

就在這一歷史背景下，茅盾到了日本以後不久，就表示了這樣的決心：

　　……我希望以後能夠振作，不再頹唐；我相信我是一定能的，我看見北歐運命女神中間的一個很莊嚴地在我面前，督促引導我向前！她的永遠奮鬥的精神將我吸引著向前！

　　……

　　悲觀頹喪的色彩應該消滅了，一味的狂喊口號也大可不必再繼續下去了，我們要有蘇生的精神，堅定的勇敢的看定了現實，大踏步往前走，然而也不流於魯莽暴躁。〔註2〕

在日本的一年多時間裡，茅盾一方面在思想上進行深刻的自我解剖，逐步克服悲觀頹唐的情緒；一方面繼續勤奮地寫作，寫下了《賣豆腐的哨子》、《霧》等十來篇散文；《詩與散文》、《色盲》、《曇》等短篇小說，（其中《詩與散文》、《曇》和在國內時寫的《創造》、《自殺》、《一個女性》等五篇於一九二九年七月集結為《野薔薇》出版，這是茅盾的第一本短篇小說集）；還寫了長篇小說《虹》（未寫完）。此外，還寫了長篇論文《從牯嶺到東京》、《讀〈倪煥之〉》。

這些作品和論文，生動地記錄了茅盾在這幾年間思想的轉變過程，也體現了他在文學上探索前進的過程。

〔註 2〕茅盾：《從牯嶺到東京》，載《小說月報》第十九卷第十期。

（二）思想情緒悲觀失望的反映——《蝕》、《野薔薇》

《幻滅》、《動搖》、《追求》三部曲於一九二七年到一九二八年間第一次以茅盾這個筆名陸續發表於《小說月報》，一九三〇年合為一集題名《蝕》出版。

三部作品都有各自的主人翁，情節也不完全連貫，分開來看，是三個獨立的中篇，但作品的精神卻是一貫的，所以合起來看，又是一個整體。作者的目的是要描寫「現代青年在革命浪潮中所經過的三個時期：1. 革命前夕的亢昂興奮和革命既到面前時的幻滅；2. 革命鬥爭激烈時的動搖；3. 幻滅動搖後又不甘寂寞，尚思作最後之追求」。〔註3〕

《幻滅》是三部曲的第一部，描寫大學生靜女士在大革命前夕和革命高潮中的行動和精神面貌。

靜女士，在「五四」浪潮的啟示下離開了自己閉塞的家鄉，在中學的時候領導過學生運動。後來到上海進了大學。她有理想，但在現實生活中卻一次又一次的失望，不得不苦悶徬徨。在苦悶徬徨中，她愛上了自己的同學抱素。但很快的她就發現在愛情上他是不忠實的，並且還是一個軍閥的暗探。這給她以很沉重的打擊，於是又一交跌入悲觀、失望和幻滅中去了。幸而正在趨向高潮的革命運動又給予她新的勇氣和信心，在同學李克（作者在他身上所花筆墨不多，並由於要爭取公開發表，也沒有明確交代他的政治身份，但讀者還是看得出作者是把他作為一個革命者來描寫的）的教育、動員下，她滿懷熱情的來到當時革命運動的中心武漢，參加了革命工作。在實際工作中，也曾一度使她得到「新的希望，新的安慰，新的憧憬」。但在短短幾個月內，她先後換了三次工作：政治宣傳工作，婦女工作和工會工作。她每到一個新的工作崗位，所看到的都只有混亂、浮誇、醜惡的現象，使她感到厭惡和不滿，一次又一次地感到幻滅。但她並沒有停止追求，在幻滅以後，又到醫院裡去當了看護。由於工作關係她愛上了一個連長，享受著熱情的、浪漫的生活。不幸的是當她正沉浸在幸福中時，她的愛人又要打仗去了，於是又幻滅。

靜女士這一形象，反映了大革命時期一部分小資產階級青年女性的性格特徵：對現實不滿，憑個人主義的熱情追求新的生活，但由於她們本身的脆弱、怯懦，特別是對自己所追求的理想缺乏明確的認識，她雖然參加了革命

〔註3〕茅盾：《從牯嶺到東京》，載《小說月報》第十九卷第十期。

工作，但並沒有眞正理解革命工作的意義，因而就不可能熱愛自己的工作，全心全意投身到工作中去，並在實際鍛鍊中提高自己的認識，改造自己的思想。因而她性格中的那些弱點也就不可能得到克服。魯迅曾經指出：「革命是痛苦，其中也必然混有污穢和血，決不如詩人所想像的那般有趣，那般完美；革命尤其是現實的事，需要各種卑賤的，麻煩的工作，決不如詩人所想像的那般浪漫」；「所以對於革命抱著浪漫諦克的幻想的人，一和革命接近，一到革命進行，便容易失望。」〔註4〕靜女士就是這樣一個「對於革命抱著浪漫諦克的幻想」的青年女性的形象，是有一定的典型意義的。

在《幻滅》裡，作者通過靜女士的眼光所反映出來的當時上海的一些社會現象、革命高潮到來前上海大學生中的思想動態和政治分野：既有李克這樣革命者的活動，又有抱素這樣的封建軍閥的暗探的反革命活動，等等，都是有一定的歷史眞實性的。但通過靜女士的眼光所反映出來的革命隊伍內部的混亂、浮誇、醜惡現象，雖然也有其眞實性的一面，但那只是支流、是非本質的方面。應該指出，當時革命隊伍內部，嚴肅認眞、埋頭苦幹、勇於自我犧牲地進行工作，才是主流，才是本質的方面。但這些方面在《幻滅》中並沒有得到應有的反映。我們認爲這是《幻滅》的主要缺點。

《動搖》是三部曲中最好的一部。

小說反映了一九二六年底到一九二七年「七·一五」武漢政府背叛革命前夕，長江中游、湖北省一個小縣城裡的階級鬥爭形勢：工農群眾運動正在如火如荼地興起，店員也組織起來了，要求加薪和保障生活，得到了從四鄉來的、手持梭標、大箬笠掀在肩頭的農民自衛軍的支持，藍衣的糾察隊、黃衣的童子團在監視反動店東的活動，反映出革命力量正似暴風驟雨般地洗刷舊社會。反動勢力也在負隅頑抗，耍弄種種手段來破壞革命。作爲一個縣的領導機關的縣黨部又被投機分子篡奪了領導權，又由於叛軍（即前面提到的夏斗寅部）的進逼和縣城內的反動勢力的裡應外合，終於使工農群眾運動受到摧殘，革命力量不得不從縣城撤向南鄉。這些描寫，是反映了歷史的眞實的。

在革命與反革命的激烈鬥爭中，作者塑造了幾個有一定典型意義的人物形象：

方羅蘭，作爲縣黨部的一個部長，對那個縣城裡的革命活動，具有舉足輕重的作用。他雖然以「左」的面貌出現，他的性格卻是那樣的軟弱，遇事

〔註4〕魯迅：《二心集·對於左翼作家聯盟的意見》

總是調和折中，力主維持現狀。在工農群眾與土豪劣紳、反動店東的激烈搏鬥中，他「總想辦成兩方面都不吃虧」。他既不去依靠和正確引導已經動員了起來的工農群眾的力量，又不敢堅決打擊反動勢力，動搖於革命和反革命之間，在日益囂張的反動勢力面前，束手無策，結果為反動傢伙胡國光鑽了空子。方羅蘭的動搖，體現了一個未經改造過的知識分子的性格特徵，更表明了在國共合作時代，國民黨政策的「左」、右搖擺，必然要為右派勢力所利用。國民黨的某些基層領導成員像方羅蘭這樣的人，本身雖然還不屬於右翼，不是大地主大資產階級的代表，但在執行政策時「左」右搖擺的結果，不僅使革命受到嚴重損害，他自己在反動勢力的進逼下也只能落荒而走。這是方羅蘭的悲劇。作者賦予方羅蘭這個形象的政治涵義，是有一定深度的。

三等劣紳胡國輔，本來是革命的對象，當革命風暴襲來時，他卻搖身一變，改名胡國光，以一個「激進的革命派」的面貌出現。他混進革命隊伍以後，蒙蔽了部分群眾，利用上級特派員的官僚主義，篡奪了縣黨部的領導權，從革命隊伍內部來破壞革命。待到上級查清了他的老底，派人來「拿辦」他的時候，他又居然漏網。胡國光是一個典型的「積年的老狐狸」、野心家。他的一舉一動，都懷著反革命的罪惡目的。他的突出手法就是以極左的姿態出現，欺騙群眾，掀風作浪，混水摸魚。魯迅在《阿 Q 正傳》裡描繪了一個辛亥革命時代的洋裏洋氣的投機分子假洋鬼子，茅盾所塑造的胡國光，則是大革命時代土產的「假革命的反革命」，他那陰險狠毒的性格，是被描繪得淋漓盡致的。這兩個反面形象使讀者清楚地看到：在革命高潮中，魚龍混雜，泥沙俱下，階級敵人是怎樣混入革命陣營進行破壞活動的。和「假洋鬼子」一樣，胡國光這個形象也是有典型意義的。

李克，在《幻滅》裡，是章靜（靜女士）的同學。他作風正派，思想敏銳，是一個使軍閥的暗探害怕的人物。正是他，教育、動員靜女士去參加革命。在《動搖》裡，他是以省特派員的身份出現的。他分析、批評了方羅蘭等人過去工作上的缺點、錯誤，揭露胡國光的罪行，冒著生命的危險去處理店員工會的問題。當反革命力量暫時得勢的時候，他把革命力量轉移到南鄉去。使讀者感受到革命雖然受到挫折，鬥爭將繼續下去。李克雖然不是作品中的主要人物，作者在他身上所化筆墨不多，並且為了爭取使作品能夠公開發表，所以沒有明確交代他的政治身份，但讀者也還是能夠體會得出來的。《動搖》中由於有了這樣一個正面人物形象，這就加強了作品的積極的現實意義。

　　從上面的分析中可以看到：《動搖》是一部寫得比較眞實，在思想內容方面有一定深度的作品。

　　《追求》是三部曲的第三部，描寫一群知識分子在革命失敗以後的遭遇。

　　王仲昭爲了要把自己從苦悶徬徨中拯救出來，決心投身新聞界，並準備用自己在新聞工作上的成績去贏得一個愛人。在新聞事業上他雖然想有所作爲，可是阻礙重重，就是他的「半步主義」也不可能實現，愛人呢？追求到手了，卻又意外受傷，使他完全失望。

　　張曼青，在經過緊張熱烈的革命風暴以後，轉向安靜的，不求近功的刻苦生活，以教育事業作爲自己最後的憧憬，最後的出路。他準備從教育青年著手來解決社會問題，同時也想找一個理想的妻子。結果呢？不僅他的教育青年的理想很快就破產，甚至被迫參加「壓迫青年的行動」也只好忍受下來。妻子是找到了，但性格卻和他的理想完全相反。於是事業和戀愛都失敗了。

　　章秋柳因在白色恐怖下找不到出路而無聊、苦悶、浪漫、頹廢，而又不甘心就此浪費了一生，她還要前進，但撞來撞去，結果還是讓自己在尋歡作樂、追求刺激中墮落下去。爲好奇心所驅使，要以自己的肉體去把自己的朋友、懷疑派哲學家、自殺未遂的史循從頹廢中挽救起來，然而史循又突然因暴病死了，她所追求的也就完全落空。

　　王仲昭、張曼青、章秋柳他們，都曾因革命狂潮的衝激而狂熱過，但因爲沒有眞正和工農結合，在革命形勢突變以後便失去了依靠和方向，在白色恐怖統治的黑暗社會裡，所有的追求都落空了，最後都不可避免地演出了悲劇——是小資產階級知識分子的悲劇，也是社會的悲劇。

　　《幻滅》、《動搖》、《追求》三部作品中的「現代青年」，都是善良、熱情的，他們不滿現實，嚮往革命，並且也確實走上革命的道路。但是正像對黑暗現實的不理解一樣，他們對於革命的認識也是很模糊的，並且帶著濃厚的幻想色彩和個人主義思想。這樣，他們雖然參加了革命，卻看不到革命的本質方面和革命的主力，更不能很快的和革命的主力結合，對革命的艱苦性也缺乏認識。因而當他們一看見革命隊伍內部某些混亂現象、某些缺點的時候，便會產生不滿和失望的情緒；特別是鬥爭一步步尖銳的時候，就要惘然和動搖，甚至從革命隊伍中游離了出來。可是從革命隊伍中游離了出來以後卻又不甘消沉，掙扎追求，仍企圖有所作爲，但他們所選擇的道路卻仍然是個人主義，因而他們的掙扎追求，也必然是軟弱無力，找不到出路的。

由此可見，作品對小資產階級知識分子性格上的內在矛盾，小資產階級知識分子的階級本性的揭露是非常深刻的。但作者的描寫並不是孤立進行的，而是密切的結合著現實的，如對革命高潮到來前夕的沉悶空氣和軍閥的暗探活動，革命高潮中工農武裝力量的洶湧壯大，革命隊伍中的陰暗面和反動勢力對革命的反撲，革命失敗後白色恐怖統治下空氣的沉悶和反動勢力的為非作惡等歷史場景的描寫，都是非常真實的。這就充分顯示出靜女士等人性格上的矛盾，他們的悲劇命運，固然是他們的階級本性所造成，但也正是這樣的現實社會的產物。這樣，也就使作品具有濃厚的時代色彩。由此可見，靜女士等形象是有著一定的歷史真實性的，是有著一定的典型意義的。

但是作品所反映的只是革命運動中的消極，陰暗的那一方面，所描寫的人物也都是軟弱、動搖、悲觀、消沉，找不到出路的，並且作者只是忠實地加以描繪而沒有站在更高的思想水平上來加以批判，因而作品中就充滿著濃厚的悲觀色彩，也因而減低了作品的思想意義。

雖然作品中充滿了濃厚的悲觀色彩，既沒有給讀者以鼓舞，更沒有給讀者指引出路，但因為它成功地創造了幾個典型形象，真實地反映了大革命時期中國現實社會的某些側面和一部分小資產階級知識分子的精神面貌，用歷史的眼光來看，仍然不失為一部優秀的現實主義作品。

由於作品本身的缺點和當時文藝批評中的教條主義，《蝕》發表以後就立刻受到尖銳的批評。為此，茅盾曾於一九二八年七月寫了《從牯嶺到東京》〔註 5〕一文來答辯。在這篇文章中，茅盾說明了寫作《蝕》的經過和主觀目的，也申述了自己對當時文藝運動的意見。

> 我是真實地去生活，經驗了動亂中國的最複雜的人生的一幕。終於感得了幻滅的悲哀，人生的矛盾，在消沉的心情下，孤寂的生活中，而尚受生活執著的支配，想要以我的生命力的餘燼從別方面在這迷亂灰色的人生內發一星微光。
>
> 我有點幻滅，我悲觀，我消沉，我很老實的表現在三篇小說裡。……我不能使我的小說中人有一條出路，就因為我既不願昧著良心說自己以為不然的話，而又不是大天才能夠發現一條自信得過的出路來指引給大家。……所以《幻滅》等三篇只是時代的描寫，是自己想能夠如何忠實便如何忠實的時代描寫。

〔註 5〕載《小說月報》十九卷十期。

作者的這幾段自白，實際上說明了：作品之所以有一定程度的歷史真實性，是因為作者對自己所描寫的那段生活，有親身的、直接的感受，在創作時又抱著「能夠如何忠實便如何忠實」的現實主義態度。作品之所以充滿濃厚的悲觀色彩，是因為作者在大革命失敗以後，一時迷失了方向，對整個革命形勢缺乏全面的觀察和分析，看不見革命的前途。因而使自己的思想情緒變得極端的悲觀、消沉。雖然主觀願望要忠實於現實，但在悲觀、消沉的思想情緒指導下，現實的全部情況，它的主導方面，自然是無從看見了，自然也就無法去「忠實」的描寫了。作者所能看見的，能夠去「忠實」地加以描寫的便只有陰暗的，與自己的悲觀情緒起共鳴的那一側面，因此雖然強調作品只是「客觀的描寫」，但實際上還是讓自己的，也就是小資產階級的幻滅、悲觀、消沉的思想情緒在作品中流露出來，並佔有主導的地位。〔註6〕這正證明了當作家在觀察生活、分析生活，選取題材、進行藝術概括時，他的立場、世界觀必然要起主導作用的。

由於作品本身的特點，所以它一發表就在社會上引起廣泛的注意和很不相同的反響。有人讀了《幻滅》之後說：「擱下了書，垂目回味書中的情味；而一年來我所經歷的往事電影般一幕一幕地反映到我的腦筋裡來」，「我不由得對於《幻滅》的作者起了一片感謝之心，為的是他把我所欲表現的很精細的強有力地表現了，把我所欲說的話而自己不會說的說出來了」。〔註7〕有人說當他讀《追求》這部小說時，不自覺地有「一種力量命令我的眼睛一行一行的看下去，……覺得有些地方彷彿是自己曾親臨其境的，至少限度也應該認識其中的幾位」。〔註8〕有人認為《動搖》中所寫的情形與他的故鄉「委實太相像了」：「不特事件是這樣，就是其中的幾個人物，如投機主義的胡國光，動搖無定的方羅蘭，和浪漫豪爽的孫舞陽，也可以找幾個很相同的人物出來。不過《動搖》中所寫的，自然較為典型一點罷了」。〔註9〕有人說《動搖》這篇小說「雖然有許多缺陷，但在現代我國的文學作品中，實難找到幾本有同樣價值的」。〔註10〕但也有人持完全否定的觀點。有人認為「《幻滅》本身的

〔註 6〕關於《蝕》的缺點，在一九五二年開明版《茅盾選集》的《自序》中有具體分析。
〔註 7〕張眠月：《〈幻滅〉的時代描寫》，見伏志英編：《茅盾評傳》（上海現代書局一九三一年十二月初版）。
〔註 8〕辛夷：《〈追求〉中的章秋柳》，見伏志英編：《茅盾評傳》。
〔註 9〕林樾：《〈動搖〉和〈追求〉》，見伏志英編：《茅盾評傳》。
〔註10〕賀玉波：《茅盾創作的考察》，見伏志英編：《茅盾評傳》。

作用對於無產階級是爲資產階級麻痺了的小資產階級底革命分子，對於小資產階級分明指示一條投向資產階級底出路，所以對於革命潮流是有反對的作用的。……他所描寫的雖然是小資產階級，他的意識仍然是資產階級的，對於無產階級是根本反對的；」《動搖》這部小說「除暴露了他自身機會主義的動搖外，是沒有什麼意義的。更進一步講，它的動搖純然是動搖，資產階級意識完全支配作品，對於無產階級底效果依然是反對的」。〔註11〕

有人認爲對小資產階級來說，《幻滅》只給予他們以一種「幻滅」的激動，《動搖》是推動他們加緊「動搖」起來，《追求》於他們是一無所得，所以這三部小說「是會動搖、迷亂一部分思想不穩定的青年」的，因此，「必得加以詳細的批判」。〔註12〕這些論斷表明：評論家們不是用辯證唯物主義和歷史唯物主義的觀點對作品作具體的分析評價，過分地誇大了它的缺點，完全否定了它的現實主義成就，是有很大的片面性的。因而很難使人信服。解放以後在一些有關著作中對《蝕》的缺點的分析，有些意見也是值得商榷的，比如吳奔星、張畢來等同志的看法，已經有評論家指出來了，〔註13〕我是同意的。

最後談一談《蝕》三部曲在我國現代文學史上的意義。「五四」文學革命後的第一個十年，新文學創作在小說領域，特別是在短篇小說方面，是有顯著成績的。魯迅的《彷徨》和《吶喊》，以深刻的思想內容和圓熟的藝術技巧給我國新文學奠下了堅實的基礎。文學研究會的葉紹鈞、冰心、王統照、王魯彥，創造社的郁達夫等，以他們各有特色的短篇擴大了文學革命的成果。但是在新文學的第一個十年裡，中篇和長篇小說的創作卻還不多。蔣光慈的中篇小說《少年飄泊者》、《短褲黨》，老舍的《老張的哲學》、《二馬》，王統照的《一葉》、《黃昏》，楊振聲的《玉君》等等，雖然都有各自的特色，但也由於都存在這樣或那樣的缺點，這些作品在讀者中的影響似乎都不很大。較爲成熟的、在讀者中有影響的中篇和長篇小說的出版，是在一九二八年以後、三十年代初才逐漸多起來的。這一現象是容易理解的，因爲創作長篇巨製需要作家在生活上有更多的積累，在藝術技巧上有更充分的準備。《幻滅》、《動搖》、《追求》三部作品在一九二七年到一九二八年之間出現，說明「五四」

〔註11〕克興：《評茅盾君的〈從牯嶺到東京〉》，載《創造月刊》二卷五期。

〔註12〕錢杏邨：《從東京回到武漢》，伏志英編：《茅盾評傳》（上海現代書局一九三一年十二月初版）。

〔註13〕樊駿：《茅盾的〈蝕〉和〈虹〉》，見《文學研究集刊》第四冊。

以後我國新文學作家在經過了十來年的生活積累和藝術實踐，已經有可能寫出一些較好的中篇或長篇小說來了，也預示了我國新文學中的中、長篇小說創作的豐收期將要來到。當然，真正成熟的、傑出的長篇巨製的出現，還需要有一個新的積累生活經驗和創作經驗的過程，需要有一個提高整個新文學隊伍的思想水平和藝術水平的過程。

《野薔薇》是茅盾的第一本短篇小說集。《創造》、《自殺》、《一個女性》三篇與《動搖》、《追求》寫於同一個時期；《詩與散文》、《疊》寫於日本。

《創造》中的嫻嫻，作者企圖把她寫成一個具有「偏激的政治思想」又積極參加社會活動、抵制了丈夫的阻撓而「先走一步」的青年婦女，「過去的，讓它過去；未來的，不要空想；我們只抓住了現在，用我們現在的理解，做我們應該做的事」是她的信念。但小說中的嫻嫻，卻是一個很模糊的形象，讀者既看不出她的「偏激的政治思想」到底是什麼思想，也看不出她參加了什麼社會活動，她「先走一步」，讀者更看不出她要走到哪裡去。《自殺》中的環小姐，她「執著現在」，卻又因受不住現實的壓迫而自殺。《一個女性》裡的瓊華，以天真、純潔的少女姿態進入社會，結果卻被社會同化成為一個無憎亦無愛的人，一個自我主義者，抑鬱而死。《疊》裡的張女士，雖然驕狷自尊，卻連婚姻自主的權利也沒有爭取到，最後不得不以「還有地方逃避的時候，姑且先逃避一下」來作為自己的出路。至於《詩與散文》中的桂奶奶，是一個追求肉欲滿足的青年寡婦，在她身上，看不出有任何進步思想。

《野薔薇》中的人物，性格中是充滿矛盾的：厭惡現在而又依戀現在；要求反抗而又沒有力量；憧憬自己的理想而又擺脫不了舊影響；甚至只是追求肉欲的滿足；總之，始終逃不出個人主義的泥坑。因而在那樣一個沉悶的社會裡，她們所扮演的，只能是悲劇的角色。茅盾說：「在我看來，寫一個無可疵議的人物給大家做榜樣，自然很好，但寫一些平凡者的悲劇或暗淡的結局，使大家猛省，也不是無意義的」。要說《野薔薇》的意義，也只有這麼一點。

茅盾在《寫在〈野薔薇〉的前面》一文中說：

> 真的勇者是敢於凝視現實的，是從現實的醜惡中體認出將來的必然，是並沒把它當作預約券而後始信賴。真的有效的工作是要使人們透視過現實的醜惡，而自己去認識人類偉大的將來，從而發生信賴。不要感傷於既往，也不要空誇著未來，應該凝視現實，分析現實，揭破現實；不能明確地認識現實的人，還是很多著。

這個觀點在《野薔薇》中並沒有得到體現。我們認爲這是作者的思想觀點還沒有根本的轉變，暫時還看不到生活中的前進力量。他還說：挪威現代小說家包以爾在一個短篇裡說，有一個人讚美野薔薇的色香，但是憎惡它的刺，他的朋友拔去了野薔薇的刺，做成一個花冠。「人生便是這樣的野薔薇。硬說它沒有刺，是無聊的自欺，徒然憎恨它有刺，也不是辦法。應該看準那些刺，把它拔下來。如果我的作品尚能稍盡拔刺的功用，那即使傷了手，我亦欣然。」這就是茅盾把他的第一本短篇集題名爲《野薔薇》的用意。但是，人生的刺是什麼，作者又是怎樣把它拔掉的，在作品中似乎並沒有得到明確的回答。

《創造》是茅盾的第一個短篇。他有這樣的體會：

> 那時候，我覺得所有自己熟悉的題材都是恰配做長篇，無從剪短似的。雖然知道短篇小說的作法和長篇不同，短篇小說應該是橫截面的寫法，因而同一題材可以寫成長篇，也可以寫成短篇；但那時候的我笨手笨腳，總嫌幾千字的短篇裡容納不下複雜的題材。第一個短篇小說《創造》脫稿時，我總覺得比做長篇還要吃力，我不會寫短篇小說。〔註14〕

這完全是作者的自謙之辭。作爲短篇小說來看，《創造》的篇幅是長了一些，但在藝術上仍然有它的特色：結構完整，描寫細膩。

茅盾在日本時所寫的散文，無論是寫景、敘事或記人，都滲透了作者強烈的感情色彩。

《賣豆腐的哨子》寫早晨醒來時聽到窗外賣豆腐的哨子聲時的聯想與感觸。作者說哨子聲引起了他「難言的」「悵惘」，聯想到在夜市時看到冒著寒風叫賣的小販子時，他也有一種「說不出的悵惘的心情」。這種「悵惘的心情」，實質上就是頹唐、苦悶的心情。文章末尾寫道：「我看見了什麼呢？我只看見滿天白茫茫的愁霧」。在這裡，就不只是寫自然界的「霧」，而是作者自己對革命前途沒有一個明確看法的悲觀心情的流露。

《鄰一》寫鄰居一個少婦的「不可排解的寂寞」心情，《鄰二》寫一個「寂寞的小孩子」。寂寞、寂寞，其實這也都是作者自己心情的反映。看紅葉，在日本是熱鬧的活動，但這似乎也引不起作者多大的熱情，《紅葉》寫看紅葉時的感受，別人聽到會哈哈大笑的琴聲，在作者聽來調子也是「悲哀」的，這「悲哀」，也同樣是作者自己的。

〔註14〕茅盾：《我的回顧》，見《茅盾自選集》（天馬書店一九三三年四月初版）

但是，這寂寞、悲哀的情緒，作者是竭力想加以排除的。《霧》寫了那「白茫茫的濃霧吞噬了一切，包圍了大地」，使人「苦悶」、「頹唐、闌珊」，表示他要「詛咒這抹煞一切的霧」；還寫了水池中的紅鯉魚「不堪沉悶的壓迫」，跳出了「死一樣平靜的水面」。他還表示：暫時「沒有杲杲的太陽」，「寧願有疾風大雨」。這些寓情於景的描寫，反映出作者迫切要求擺脫悲觀、失望、苦悶的情緒，重新振作精神向前走的心情。

（三）重新開始前進——《虹》

《野薔薇》出版以後不久，茅盾發表了《讀〈倪煥之〉》〔註15〕一文，對葉紹鈞的小說《倪煥之》作了分析評價，同時繼續申述了他對革命文學的見解，特別是對於當時正在倡導的新寫實主義文學的時代性，作了透闢的闡述，他認為現代的新寫實主義文學所要表現的時代性，除了「表現時代的空氣而外」還應該有兩個要義：

> 一是時代給予人們以怎樣的影響；二是人們的集團的活力又怎樣地將時代推進了新方向，……即是怎樣地由於人們的集團的活動而及早實現了歷史的必然。

要使新寫實主義文學獲得燦爛的成績，他認為：

> 必然地須先求內容與外形——即思想與技巧，兩方面之均衡的發展與成熟。作家們應該覺悟到一點點耳食來的社會科學常識是不夠的，也應該覺悟到僅僅用群眾大會時煽動的熱情的口吻來做小說是不行的。準備獻身於新文藝的人須先準備好一個有組織力、判斷力，能夠觀察分析的頭腦，而不是僅僅準備好一個被動的傳聲的喇叭；他須先的確能夠自己去分析群眾的噪音，靜聆地下泉的滴響，然後組織成小說中人物的意識；他應該刻苦地磨練他的技術，應該揀自己最熟悉的事來描寫。

這裡顯示出作家已明確的認識到新寫實主義文學不僅要真實地反映時代，並且要擔負推進社會發展的使命，同時也注意到作家對於獲得先進的世界觀，以及先進的世界觀在創造人物形象上的重大意義了。這在茅盾的文藝觀點上是一步重大的發展。《虹》（一九二九年四月到七月寫成）這部長篇小說，可以說便是在這樣一個思想指導下創作的。

〔註15〕載《文學週報》第三百七十期。

在《虹》裡，茅盾塑造了一個「虹一樣的人物」梅行素，描寫她思想發展和參加革命的過程。

十八歲的梅行素女士正在秘密地愛著在團部裡當一名書記的表兄韋玉，但她的父親卻要把她許給她所討厭的蘇貨鋪老闆、姑表兄柳遇春，這使她感到無比的苦惱。「為什麼沒有權利去愛自己所愛的人？為什麼只配做被俘虜被玩弄的一個溫軟的肉塊」？對於這個問題，除了「薄命」兩個字外，她找不到別的答案。正在這時候，五四運動的浪潮沖到了她的家鄉成都。托爾斯泰、易卜生、社會主義、無政府主義、男女社交公開、人的發現……等形形色色的思想學說，擴大了知識青年們的眼界，使他們獲得了前進的力量。於是「新」字輩的雜誌就成了苦悶中的梅女士的好朋友，要反對買賣婚姻，又不願使父女感情決絕，這使她採取：「將來的事，將來再說，現在有路，現在先走」的「現在主義」。但「人的發現」使她認識到人的價值，「對於合理生活的憧憬，對於人和人融和地相處的渴望」的理想給予她向前衝的力量，而「性的解放」更影響了她的處世方針，使她勇於去冒險，使她把自己的「終身大事」看作不甚重要，使她準備獻身更大的前程。

個人鬥爭幾乎把她引向絕路。柳遇春的「牢籠」和教師生活使她看到了社會的真相：舊勢力還是根深蒂固，醜惡活動在新思潮的外衣下進行，使她到處碰壁，也使她看到自己不但脆弱，且又看事太易，把自己的力量估量得太高，把環境的阻礙估量得太低了。這樣，她的「現在主義」破產了，對自己的新信仰也起了懷疑。但雖然在煩惱焦灼的情緒中，她的心的深處潛伏著的叛逆的烈火還在燃燒，天性中的果敢和自信還能支持她，終於衝出了「牢籠」，衝出了三峽，走向廣闊自由的天地。

在上海，她看見了許多新的同時又是她所不理解的事情，特別是革命工作者對工作的虔誠更吸引了她，在「比一比，看誰強些」和「幫忙」的動機下參加了革命工作。從她開始鬥爭到現在，一直都還沒有感覺到個人以外還有「群」的存在。參加革命工作以後不久，她又接觸到馬克思主義書籍。這些書籍在她面前展開了一個新的宇宙，她的心情彷彿有些像六年前初讀「新」字輩的書刊那樣了。思想的開展和實際鬥爭的鍛鍊，終於使她看見了「被壓迫的民眾已經有了相當的訓練」，「時代的壯劇就要在這東方的巴黎開演」，「遍及全中國各處的火焰」，將要「把帝國主義，還有封建軍閥，套在我們頸上的鐵鍊燒斷」！並且決心把自己交給「主義」，擔負起「歷史的使命」。

最後，在「五卅」的暴風雨中，梅女士終於以勇敢的戰士的姿態出現在南京路上的示威遊行隊伍中。

梅女士，是一個生動而又眞實的形象，體現了現代中國青年思想發展的歷程：怎樣接受「五四」浪潮的影響，衝出了家的「牢籠」，走向社會，從要求性的解放到要求社會的解放，從「人」的發現到「群」的發現，從個人鬥爭到獻身革命。通過梅女士的生活經歷及其社會聯繫，反映了「五四」到「五卅」這一歷史時期中國社會的某些本質方面及其歷史動向。

《虹》的創作，作者原來打算要「爲中國近十年（即指「五四」以後的十年）之壯劇，留一印痕」，〔註16〕但只寫了原計劃的三分之一，沒有完稿。就已寫出的十章來看，第一章梅女士搭乘的川江輪船正在駛出四川的大門——夔門，是梅行素兩個生活時期的重要分界線。第二章到第七章回敘梅行素在四川時的生活，第八到第十章寫梅行素在上海時的活動。從作者創作意圖來看，重點是在後半部；從作品的實際情況來看，是前半部寫得生動、細緻；後半部三章卻寫得不夠充分，梅女士的形象也不及前半部飽滿、生動，在藝術結構上也有頭重腳輕的缺點。

總的看來，《虹》的思想傾向是健康的，我們同意這樣的看法：由於作家「思想上的弱點，《蝕》只寫出了小資產階級知識分子的幻滅、動搖和墮落」；而《虹》通過對梅女士的道路的描寫，說明了作者「肯定了知識分子在革命鬥爭中自我改造的可能性及其積極意義，肯定了已經成爲現實中一種巨大力量的革命勢力對於這種改造的重大保證作用」；表示作家的「思想是向前發展了」。〔註17〕這也反映出作家不僅已經能夠「分析群眾的噪音，靜聆地下泉的滴響」，並且已經能夠「從現實的醜惡中體認出將來的必然」〔註18〕了。

現在我們再來探索一下《虹》這部長篇作者只寫了三分之一，以後就沒有再續寫下去的問題。

作者自己在一九三〇年二月寫的《跋》中說，他在一九二七年四月到七月寫了十章後，八月中「因移居而擱筆」，「爾後人事倥傯，遂不能復續」。「島國多長，晨起濃霧闐牖，入夜凍雨打檐，西風半勁時乃有遠寺鐘聲，苦相逼拶。抱火缽打瞌睡而已，更無何等興感」。〔註19〕一九三二年作者在《我的回

〔註16〕茅盾：《虹·跋》，見《茅盾文集》第二卷（人民文學出版社一九五八年版）。
〔註17〕樊駿：《茅盾的〈蝕〉和〈虹〉》，見《文學研究集刊》第四册。
〔註18〕茅盾：《讀〈倪煥之〉》，載《文學週報》第三百七十期。
〔註19〕茅盾：《虹·跋》，見《茅盾文集》第二卷（人民文學出版社一九五八年版）

顧》一文中又說《虹》的創作，到一九二九年冬天「因爲生病而停頓」，病後又「神經衰弱，常常失眠」、「無力續完」。他在談到創作題材時還說：大革命時期的生活他是熟悉的，但在當時要「從新估定」那些題材的「價值」，他「還沒有把握」，他認爲：「自己覺得寫出來時仍是『老調』，還不如不寫」。〔註20〕從作者的這些誠懇的表白中可以看到：《虹》的沒有續寫下去，除了健康情況不允許這個原因外，還有思想認識上的原因。一九二七年大革命的失敗，確實使茅盾受到很沉重的打擊，並在思想情緒上留下了嚴重的創傷。到一九二九年間，悲觀頹唐的情緒雖然基本上克服，決心振作精神繼續前進了。但由於作者當時身處異域，遠離火熱的鬥爭生活，因此，要對一九二七年的事件作出新的分析，對中國革命的形勢作出正確的估量，也就存在一定的困難，要通過藝術形象來加以表現，困難就會更多一些。《虹》再寫下去，在它的主人翁梅行素的前進道路上就要碰到大革命從勝利到突然轉爲失敗這個問題。那麼，她將會怎樣呢？經受得起這一場嚴酷鬥爭的考驗嗎？她也可能在鬥爭中成長，但在鬥爭中成長起來的梅女士的新的精神面貌又是怎樣的呢？這些問題對當時的茅盾來說，在思想認識上還是不很明確的，用他自己的話來說，就是「沒有把握」的，要寫，就很容易唱《蝕》的「老調」。那麼，「還不如不寫」。於是，《虹》就沒有再續寫下去了，梅行素以後將會怎樣，讀者也就無從推測了。在這以後不久，茅盾又寫了在題材和思想傾向都和《創造》等篇沒有什麼兩樣的短篇《陀螺》，就是一個證明。不過，《陀螺》在題材和思想傾向上雖然和《創造》等篇沒有什麼兩樣，在技術上卻有了一些新的發展。作者開始採取橫截面的寫法，情節上更爲集中，擺脫了從前那種「無以剪短似的」拘束局促了。

《虹》與《蝕》比較起來，它們所概括的社會生活的範圍是不一樣的：《蝕》只寫了從一九二六年底到一九二七年大革命失敗後的大約一年左右的時間，而《虹》則概括了從「五四」到「五卅」這一歷史時期。梅行素與章靜、章秋柳等的經歷與個性也是不同的，她們參加革命時的思想認識也不一樣。作者所賦予作品的思想傾向也是很不相同的。但能不能由此得出結論說，梅行素與章靜、章秋柳等走的是不同的道路呢？我認爲是不能得出這一結論的。章靜、章秋柳等參加革命，有的在革命的勝利發展過程中就感到「幻滅」了，有的在革命失敗後走上消極頹廢的道路。梅行素呢？作者只寫她懂得了一些

〔註20〕茅盾：《我的回顧》，見《茅盾自選集》（天馬書店一九三三年版）。

革命的道理，開始參加實際的革命活動，以後就沒有再寫下去了。以後怎樣，作者既沒有寫，讀者無法推測，因而也就無從比較了。葉紹鈞的長篇小說《倪煥之》中所描寫的小學教師倪煥之，「五四」以後從農村來到上海，在時代思潮的影響下，在革命者的幫助下，逐步走上了革命的道路，五卅運動時參加了實際革命活動，但沒有經受住殘酷的階級鬥爭的考驗。大革命失敗以後，他憤慨、悲哀，看不到革命的前途而幻滅，以至抑鬱而死。這和茅盾《追求》中的人物是沒有什麼兩樣的。假使葉紹鈞筆下的倪煥之只寫到他在五卅運動中的表現，誰能推測到在大革命失敗後他會抑鬱而死呢？

話再說回來，《虹》與《蝕》比較起來，可以看出作者的思想還是有發展的，悲觀、頹喪的心情已經基本上克服，重新振作起精神朝前走了。

魯迅曾以我國現代革命運動的第一聲號角——五四運動時期的新舊知識分子作為自己創作的重要主題之一，探索他們在社會劇變時期的出路問題。那麼，以一九二五～一九二七年的大革命為中心的我國現代革命運動的第一個高潮時期的知識分子的生活與命運，在茅盾的創作中就得到了一定程度的反映。不像魯迅小說中的魏連殳那樣有著沉重的歷史負擔，比涓生和子君的爭取婚姻自由的鬥爭又前進了一步。《蝕》、《野薔薇》、《虹》、《陀螺》中的知識分子，是屬於新的一代的。他們在「五四」浪潮的衝激下覺醒，在爭取「人的解放」的鬥爭中取得過勝利。時代推動他們前進，賦予他們新的使命——反帝反封建，要求他們在前進中改造自己。從人的解放到社會的解放，從民主主義到馬克思主義，從個人鬥爭到與工農結合，便是他們的前進道路。但是這條道路並不平坦，障礙是重重的；他們的步伐有快慢，認識、意志和毅力都不一樣。有的人接受了馬克思列寧主義，真正跑到工農群眾中去，鍛鍊成為中國人民革命運動的中堅力量和骨幹力量。有的人雖然狷傲自信，熱情追求，可是沒有經得起考驗，中途從火熱的鬥爭中游離了出來，終不免徬徨苦悶，消沉頹廢。但可惜前面那一種知識分子在茅盾這一時期的創作中並沒有得到足夠的反映，他主要是真實地描繪了後面那一種類型的小資產階級知識分子的面影，揭露了造成他們悲劇命運的內在的和外在的原因。

《蝕》、《野薔薇》、《虹》等作品，思想水平並沒有停留在一點上，體現出作家的面對現實，執著現實，認真地探索前進的精神。在藝術上，對小資產階級知識分子的心理描寫，的確是刻劃入微、淋漓盡致的。顯示出作家卓

越的藝術才華和獨特的個人風格。同時，也顯示出茅盾的不肯「使自己粘滯在自己所鑄成的既定的模型中」，〔註21〕而是力求有所創新的創作。

（四）文藝思想上的曲折歷程──《從牯嶺到東京》、《讀〈倪煥之〉》

在日本的一年多時間裡，茅盾還寫了《從牯嶺到東京》、《讀〈倪煥之〉》等幾篇文藝論文。

一九二八年七月寫的《從牯嶺到東京》，說明他創作《幻滅》、《動搖》、《追求》的經過、創作動機和創作時的思想情緒。這些說明對三部小說的消極方面帶有辯解的意味，但態度是誠懇的，對讀者理解這三部小說是有幫助的。同時並對創造社、太陽社正在倡導的革命文學運動發表了他的看法。這篇文章發表後招來了更多的批評，如克興的《評茅盾君的〈從牯嶺到東京〉》，錢杏邨的《從東京回到武漢》，潘梓年的《到了東京的茅盾》，李初梨的《對於所謂「小資產階級革命文學」底抬頭，普羅列塔利亞文學應該怎樣防衛自己？》等。接著茅盾又於一九二九年五月發表了《讀〈倪煥之〉》，對葉紹鈞的長篇小說《倪煥之》作了分析評價，對一些批評作了答辯，進一步申述了他的革命文學運動的意見。這兩篇文章，正面表述了茅盾當時的文藝思想。

對於當時正在開展的「革命文學」運動，茅盾提出了一些不同的意見。

第一，他認為革命文學的倡導者們「主張是無可非議的」，但表現在作品上，卻已經走上了「標語口號文學」的「絕路」。為什麼呢？因為「有革命熱情而忽略了文藝的本質，或把文藝也視為宣傳工具──狹義的，──或雖無此忽略與成見而缺乏文藝素養的人，是會不知不覺地走上這條路的」。因而他希望革命文學的倡導者要敢於「承認這失敗的原因，承認改進的必要」。

第二，關於革命文藝的讀者對象問題。茅盾認為「五四」以來的革命文藝並未走進群眾裡去，「現在的『革命文藝』則地盤更小，只成為一部分青年學生的讀物，離群眾更遠」，原因是「新文藝忘記了描寫它的天然的讀者對象」，他認為一方面「為勞苦群眾而作的革命文學實際上只有『不勞苦』的小資產階級知識分子來閱讀」是一種「能力的誤費」；另一方面是：「幾乎全國十分之六是屬於小資產階級的中國，然而它的文壇上沒有表現小資產階級的作品」，是一種「怪現象」。因而他認為：為革命文藝的前途計，「第一要務在使它從青年學生中間出來走入小資產階級群眾，在這小資產階級群眾中植立了腳跟」。

〔註21〕茅盾：《〈宿莽〉弁言》，見《宿莽》（上海大江書鋪一九三一年五月初版）。

　　第三，茅盾認爲要使新文藝走到小資產階級市民的隊伍中去，在題材方面應該「轉移到小商人、中小農等等的生活」，在描寫的技巧方面，「不要太多的新名詞，不要歐化句法，不要新思想的說教似的宣傳，只要質樸有力的抓住了小資產階級生活的核心的描寫」。

　　茅盾並沒有說他反對「革命文學」，並且他對革命文學的批評和建議的某些意見也有著正確的部分，但就其主要論點來看，他的立論是卻從小資產階級的立場出發的。他把「爲被壓迫的勞苦大眾」和「爲小資產階級」對立起來，撇開「爲被壓迫的勞苦大眾」的問題不談，撇開作家的思想立場問題不談，卻片面的要求去描寫小資產階級，去照顧小資產階級的閱讀興趣和習慣，這樣使新文藝到小資產階級群眾中去立定腳跟。顯然，這裡所反映的並不是工農大眾的要求，而是小資產階級的要求。同時，對於當時正在提倡的「新寫實主義」，茅盾又作了錯誤的解釋。

　　《從牯嶺到東京》所表達的文藝觀點，正是小資產階級文藝觀點的具體反映。

　　一九二五年間，茅盾已參加了實際的革命工作，在當時革命高潮的鼓舞下，無產階級思想的影響下，作爲一個革命知識分子的茅盾，不僅有著革命的要求和熱情，在認識上也開始接受馬克思列寧主義，並嘗試用馬克思主義的觀點來分析文藝問題。在這樣的情況下寫了《論無產階級藝術》，這在當時，的確是茅盾思想認識上的一步很大的發展。可是由於他的小資產階級的立場觀點並沒有得到徹底的改造，所以在形勢劇變，革命趨於低潮時期，以前的熱情便一變而爲悲觀失望，馬克思主義的觀點也就完全「喪失」了。眞實地還他的一個本來面目。

　　《從牯嶺到東京》發表後，茅盾就受到創造社、太陽社的更爲尖銳的批判。

　　李初梨認爲茅盾當時所提出的文學主張，就是「小資產階級革命文學」，〔註22〕錢杏邨更認爲「茅盾的目的並不是要推進無產階級文藝的發展」，「只是要打倒無產階級革命文藝運動來提倡小資產階級的革命文藝運動」〔註23〕他們還認爲「小資產階級革命文學」「是根本不能成立的」，因爲小資產階級

〔註22〕 李初梨：《對於所謂小資產階級革命文學底抬頭，普羅列塔利亞文學應該怎樣防衛自己？》，載《創造月刊》二卷六期。

〔註23〕 錢杏邨：《從東京回到武漢》，見伏志英編：《茅盾評傳》（上海現代書局一九三一年十二月初版）。

的思想意識只不過是資產階級思想意識的特殊形態，所謂小資產階級革命文學無非是資產階級文學的一種現象。所以他們還斷言茅盾「與政治上的中間黨派演著同一的任務」是「替我們的敵人來抹殺蒙蔽混淆普羅列塔利亞特底階級意識」的，所以是無產階級的「直接的鬥爭對象」。〔註24〕此外，他們還說文藝除了作為宣傳階級意識的工具以外，就沒有什麼特點了，標語口號文學是不可避免的等等。

創造社、太陽社對茅盾的批評，有正確的方面，但也存在著唯心主義和教條主義的嚴重錯誤。茅盾在《讀〈倪煥之〉》一文中作了答辯，進一步申述了對革命文學的見解。他認為現代的新寫實主義文學所要表現的時代性，除了表現「時代的空氣而外」，還應該有兩個要求：「一是時代給予人們以怎樣的影響；二是人們的集團的活力又怎樣地將時代推進了新方向，……即是怎樣地由於人們的集團的活動而及早地實現了歷史的必然」。要使新寫實主義文學也就是革命文學獲得燦爛的成績，他認為：

> 必然地須先求內容與外形——即思想與技巧，兩方面之均衡的發展與成熟。作家們應該覺悟到一點點耳食來的社會科學常識是不夠的，也應該覺悟到僅僅用群眾大會時煽動熱情的口吻來做小說是不行的。準備獻身於新文藝的人須先準備好一個有組織力、判斷力，能夠觀察分析的頭腦，而不是僅僅準備好一個被動的傳聲的喇叭；他須先的確能夠自己去分析群眾的噪音，靜聆地下泉滴響，然後組織成小說中人物的意識；他應該刻苦地磨練他的技術，應該揀自己最熟悉的東西來寫。

這段文字顯示出茅盾已明確的認識到新寫實主義文學不僅要真實地反映時代，並且要擔負推動社會前進的使命。而作家呢？不能滿足於一些教條或徒有熱情的空喊，也不應被動地做一個傳聲的喇叭，而是要真正的獲得馬克思主義的思想武裝，並用來觀察生活，塑造藝術形象。這些見解，是完全正確的。

雖然茅盾在文章中聲明他是「素來不輕易改變主張」的，在《讀〈倪煥之〉》中所談的關於革命文學的一些意見只是因為《從牯嶺到東京》這篇文章「寫得太隨便，有許多話沒有說完全」而作的一些補充。但我們仔細分析兩

〔註24〕 李初梨：《對於所謂小資產階級革命文學底抬頭，普羅列塔利亞文學應該怎樣防衛自己？》，載《創造月刊》二卷六期。

篇文章，《讀〈倪煥之〉》中所涉及的關於革命文學的一些見解確實是《從牯嶺到東京》一文的一些補充。但在幾個根本問題上，如認爲新寫實主義文學必須具有「怎樣地由於人們的集團的活動而及早實現歷史的必然」的特點，而作家必須獲得馬克思主義的思想武裝等觀點，是《從牯嶺到東京》一文中所沒有的。但是卻和創造社太陽社等人的觀點相一致的，並且也是和他自己在《論無產階級藝術》一文中所提出的觀點相一致的。

由此可見，創造社、太陽社和茅盾之間的關於革命文學的論爭，是有著一些原則性的分歧的。創造社，太陽社的倡導無產階級文學的熱情是應該肯定的，他們從教條主義出發，對茅盾的創作和文藝思想全部加以否定，就令人難以完全信服。茅盾的要新文藝創作多多反映小資產階級的生活，要到小資產階級群眾中去立定腳跟的那一套主張，雖然是從當時文藝工作的實際情況出發的，但從思想上來說，卻是和當時的革命文藝運動有所牴觸的。可是我們也應該認識到茅盾當時提出小資產階級文藝的主張，並不是有意識的要來反對革命文藝，反對無產階級文藝運動。而是革命的小資產階級在革命失敗後，迷失了前進的方向，動搖徬徨、苦悶的立場、觀點的自發的反映。當然，對這種自發的反映也是有必要進行批判的。

總之，在一九二八年到一九二九年間的革命文學論爭中，創造社、太陽社中的一些人對茅盾的批評，對於幫助茅盾克服小資產階級的文藝觀，對於我國革命文藝運動的發展，也還是起了積極作用的。

從《蝕》到《野薔薇》再到《虹》，從《從牯嶺到東京》到《讀〈倪煥之〉》，反映了茅盾在大革命失敗以後思想上的一個重大轉折過程：從悲觀、頹唐到重新振作起精神，從小資產階級的動搖到重新站到革命立場上進行戰鬥。這樣一個轉折，在當時的知識分子中是有典型意義的。茅盾在這個轉折過程寫下的《蝕》和《虹》，還爲文藝創作提供了一些有益的經驗教訓：一個作家要寫出成功的作品，豐富的生活經驗、進步的世界觀、語言藝術技巧方面的基本功訓練，這三個方面的條件是缺一不可的。前面談到：一九二七年以前，茅盾對外國文學的翻譯、介紹和研究工作，對他以後從事文藝創作，是有重大作用的，這裡不再論述了。現在只就《蝕》和《虹》的成就和缺點，來看他給文藝創作提供的經驗教訓。

茅盾曾引用一個英國批評家的話說：「左拉因爲要做小說，才去經驗人生；托爾斯泰則是經驗了人生以後，才來做小說。」而他自己呢？他認爲更

近於托爾斯泰，「不是為的要做小說，然後去經驗人生」，而是「真實地去生活，經驗了動亂中國的最複雜的人生的一幕」以後，才開始創作的。〔註 25〕的確，茅盾是直接參加了一九二五年到一九二七年的革命鬥爭的。由於工作關係，他「和當時革命運動的領導核心有相當多的接觸」，同時他又「經常能和基層組織與群眾發生關係」。因而他當時不僅獲得了比較豐富的生活經驗，並且「有可能瞭解全面，有可能作比較深刻的分析」。〔註 26〕然而，《蝕》卻只反映了當時革命鬥爭生活的一些消極方面，作品中也沒有出現肯定的正面人物（李克是正面人物，但不占主導地位，形象也不夠鮮明）。為什麼呢？並不是作家當時所接觸的生活中沒有肯定的正面人物，而是由於作家當時的「思想情緒是悲觀失望的」。正是這種悲觀失望的情緒使他忽略了正面人物的「存在及其必然的發展」。後來茅盾談到這一教訓時說：「一個作家的思想情緒對於他從生活經驗中選取怎樣的題材和人物常常是有決定性的：這一個道理，最初我還不承認，待到憬然猛省而深悔昨日之非，那已是《追求》發表一年多以後了」。〔註27〕這裡所說的思想情緒，其實質就是世界觀問題。大革命失敗以後，作家的小資產階級世界觀起了主導作用，使他對當時的革命形勢作了錯誤的分析，對革命的前途作了悲觀的估計，在創作時對自己的生活經驗也就不可能作全面的正確的分析和描寫了。在這裡我們看到，對作家來說，有了豐富的生活經驗以後，世界觀就起重大作用了。

　　但是，有了先進的世界觀是否就能寫出成功的作品來呢？把《虹》和巴金的《家》作一比較，是很有意義的。這兩部長篇小說有著某些相類似的地方：他們的主人翁都出生在四川成都，都在「五四」新思潮的影響下開始有了民主主義的覺悟，都經過鬥爭衝出了封建家庭的「牢籠」去上海。所不同的是：《家》只寫到它的主人翁覺慧離家上了去上海的輪船為止，而《虹》還描寫了它的主人翁梅行素到了上海，在革命者和馬克思主義的影響下參加了革命，參加了轟轟烈烈的五卅運動，以一個戰士的姿態出現。從作品的思想傾向來看，《家》的基本思想是民主主義思想，而《虹》則具有鮮明的無產階級思想的因素，更具有積極意義。因為創作時作家已克服了悲觀失望的情緒，

〔註25〕茅盾：《從牯嶺到東京》，載《小說月報》十九卷十期。

〔註26〕茅盾：《茅盾選集‧自序》，見《茅盾文集》第二卷（人民文學出版社一九五八年版）。

〔註27〕茅盾：《茅盾選集‧自序》，見《茅盾文集》第二卷（人民文學出版社一九五八年版）。

指導思想是正確的。但是，從三十年代初到今天，《家》卻有更多的讀者，有更爲廣泛的影響。這又是什麼原因呢？當然，原因是多方面的，但有一點是很清楚的：《虹》所描寫的生活，作者並沒有直接的經驗，它的故事和人物都是虛構出來的。《家》所描寫的生活和人物，都有作者自己的生活經歷作基礎。因此，作品就更具有眞實性，更富有生活氣息，作品中的人物更是有血有肉的，他們的悲歡，就更容易引起讀者的共鳴。在這裡我們看到：當作家在先進的或者基本上是進步的世界觀指導下進行創作時，除了技巧的因素外，是否有堅實的生活經驗作基礎，就具有重大的作用了。

在《蝕》、《虹》等創作中我們看到：作者的生活經驗與世界觀是辯證地起作用的：有了豐富的生活經驗但沒有先進的世界觀作指導，就寫不出眞正優秀的作品；有了先進的世界觀作指導，但沒有生活經驗作基礎，同樣也是寫不出成熟的作品來的。

三、創作豐收時期──第二次國內革命戰爭時期的茅盾（下）

讓大雷雨沖洗出個乾淨清涼的世界。

──茅盾：《雷雨前》

（一）與魯迅並肩戰鬥

一九三〇年四月，茅盾從日本回到上海。

茅盾從日本回到上海的時候，中國革命已經出現了一個完全新的局面。

一九二九年間爆發的資本主義世界經濟危機，使帝國主義國家之間、帝國主義與殖民地之間、帝國主義國家內的資本家與工人之間的各種矛盾，急遽地尖銳化。帝國主義為了轉嫁經濟危機，除了加強對國內無產階級的剝削與壓迫外，並竭力準備重新分割殖民地和勢力範圍的戰爭。

一九三一年九月十八日，日本帝國主義發動了對我國東北的進攻，由於國民黨反動政府推行反共賣國政策，致使日本侵略者在短短兩個月內就佔領了東北全境。日本帝國主義的進攻，改變了中國的社會階級關係和政治形勢。為了挽救民族危亡，在全國範圍內迅速地出現了一個廣泛的抗日反蔣浪潮。

與此同時，我國的農村革命與文化革命也都在深入。在以毛澤東同志為代表的正確路線的領導和影響下，到一九三〇年，工農紅軍的武裝鬥爭和各個革命根據地都有了很大的發展。黨在國民黨統治區內的工作，雖然受到李立三、王明「左」傾機會主義路線的嚴重干擾，也有了相當的恢復，黨員和黨的基層組織增加了，上海等大城市的地方總工會也先後恢復了，領導工人進行了一些勝利的罷工鬥爭。中國革命重新走向高潮。

在國民黨統治區，文化革命也在衝破反動派的白色恐怖中逐步發展。由於中國共產黨人和革命知識分子的努力，馬克思列寧主義在我國文化思想界有了進一步的傳播。特別是經過一九二八～一九二九年間的革命文學論爭，提高了革命文藝工作者的思想水平，認識到加強團結的必要性。同時，黨也加強了對文化運動和文學運動的領導。一九三○年三月二日，有魯迅以及原創造社、太陽社的成員參加的革命文學團體——中國左翼作家聯盟成立。在成立大會上，魯迅發表了題爲《對於左翼作家聯盟的意見》的講話，批判了「左」傾教條主義，告誡左翼作家要警惕右的傾向，給左聯提出了一個完整的戰鬥綱領。左聯的工作雖然也受到左傾機會主義路線的影響，但總的來說，它的工作是有成績的，把我國革命文學運動大大地向前推進了一步。

左聯的成就是以魯迅爲旗手的左翼文化大軍與國民黨反動派作了堅決的鬥爭以後取得的。蔣介石建立了國民黨新軍閥統治，就實行了封建買辦的、法西斯的文化教育政策：逮捕和暗殺革命文化工作者，搗毀文化機構，封閉書店，禁扣書刊，各種卑鄙手段都用上了。還頒佈了《出版法》、《宣傳品審查標準》、《圖書雜誌審查辦法》等一系列反動法令，把人民的言論出版權利，剝奪淨盡。反動派以爲共產黨，共產主義和革命文化是可以「剿盡殺絕」的，但結果是軍事「圍剿」和文化「圍剿」都慘敗了。「作爲軍事『圍剿』的結果的東西，是紅軍的北上抗日；作爲文化『圍剿』的結果的東西，是一九三五年『一二九』青年革命運動的爆發。而作爲這兩種『圍剿』之共同結果的東西，則是全國人民的覺悟。」「而共產主義者的魯迅，卻正在這一『圍剿』中成了中國文化革命的偉人。」〔註1〕

茅盾回到上海後，就參加了中國左翼作家聯盟，並曾擔任過左聯的執行書記，參與領導工作。在新的革命高潮的鼓舞下，在中國共產黨人的幫助下，茅盾又認眞學習了馬克思列寧主義，自覺改造世界觀，這樣，終於使他克服了大革命失敗以後的那種悲觀失望的思想情緒，從小資產階級立場轉到無產階級立場這一方面來了。

茅盾和魯迅是在一九二七年間認識的。茅盾從牯嶺回到上海後不久，魯迅也從廣州到了上海。兩人正巧住在同一條里弄裡。那時茅盾因受到國民黨反動派的「通緝」，行動不自由，魯迅特地到茅盾家裡看望他。茅盾參加了左聯以後，見面的時候也多了。在文化思想戰線上的反「圍剿」鬥爭中，茅盾

〔註1〕毛澤東：《新民主主義論》，《毛澤東選集》第二卷第六六二、六六三頁。

與魯迅並肩戰鬥，成為魯迅的親密戰友。一九三四年間，茅盾協助魯迅創辦了專門介紹、譯載外國文學作品的《譯文》月刊。一九三五年底，上海文藝界積極響應黨中央發出的建立抗日民族統一戰線的號召。一九三六年春，左聯解散。十月間，上海各方面有代表性的文藝工作者魯迅、茅盾等二十一人發表了《文藝界同人為團結禦侮與言論自由宣言》，標誌著文藝界抗日民族統一戰線的初步形成。

在共同戰鬥中，茅盾與魯迅建立了親密的友誼。一九三五年底，魯迅健康情況不好，友人們勸魯迅出國療養，魯迅不肯離開戰鬥崗位，茅盾就受委託對魯迅做勸說工作。魯迅對茅盾也是很尊重和愛護的，許廣平同志有這樣一段記述：

> ××先生（按：指茅盾）從東洋回來了，添了一支生力軍，多麼可喜呢！那時候，壓迫並不稍寬，××先生當即被注意了。先生和他以前在某文學團體裡（按：指文學研究會）本有友情，這回手挽手地做民族解放運動工作，在艱難環境之下，是極可珍視的。有時遇到國外友人，詢及中國知識界的前驅，先生必舉××先生以告，總不肯自專自是，且時常掛念及××先生身體太弱，還不及他自己。……或對××先生頗有異議時，先生輒不惜唇焦舌敝，再三曉說：「對外對內，急需人材，正宜互相愛護，不可減輕實力，為識者笑而仇者快。」〔註2〕

左聯的六年間，是茅盾創作力最旺盛的時期。他的創作視野擴大了，從表現小資產階級到表現工農大眾，描寫社會各階層的生活，是三十年代我國社會生活的傑出畫家。特別是一九三三年一月《子夜》的出版，更是茅盾文學道路上的一塊重要的里程碑，也是我國現代文學史上的一件大事。在理論批評方面，他用馬克思列寧主義的觀點來觀察分析當時的文藝問題，評論作家作品，對促進我國文學創作和培養新生力量，有著他的貢獻。

（二）開始改換題材和描寫方法——《大澤鄉》、《路》和《三人行》

茅盾從日本回到上海以後，已經「深深厭惡自己的初期（一九二八～一九二九）作品的內容和形式」，決心要「改換題材和描寫方法」，〔註3〕但又由

〔註2〕許廣平：《魯迅和青年們》，見《欣慰的紀念》（人民文學出版社一九五一年版）。
〔註3〕茅盾：《我的回顧》，見《茅盾自選集》（天馬書店一九三三年四月初版）。

於生活經驗不足，沒有新的題材，於是便打算「寫一篇歷史小說，寫中國歷史上第一次農民起義」。當時計劃很龐大：要寫陳勝、吳廣，還要寫項羽、劉邦，「而以劉邦竊取了農民起義的果實，建立漢帝國爲結束」。爲此，他一度埋頭故紙堆中，研究戰國時代的經濟發展、思想潮流、乃至典章文物。收集了不少資料，寫了不少札記之後，又覺得這樣的歷史小說，「即使寫得很好，畢竟也是脫離群眾，脫離現實的。把太多的勞力和時間花在這一面，似乎不值得。而且這也是一種變相的逃避現實。」〔註4〕有了這一想法以後他又改變了主意。這時候剛巧有一刊物向他約稿，他就利用已整理過的部分材料，改寫爲短篇小說的形式，這就是《大澤鄉》。同時，他還用《水滸傳》中的故事寫了兩篇也可看作是歷史小說的《石碣》、《豹子頭林沖》。〔註5〕

《大澤鄉》寫陳勝、吳廣在大澤鄉起義的故事。秦始皇的兩個軍官押送由「閭左貧民」組成的戍卒九百人到漁陽去攻打匈奴，被大雨阻在大澤鄉這個地方，糧食吃光了，騷動和怨嗟充滿了每個營房。戍卒們在覺醒，他們意識到「到漁陽去，也還不是捍衛了奴役他們的富農階級的國家，也還不是替軍官那樣的富農階級掙家私，……」，結果自己還是一個死；他們期望「掙斷身上的鐐索」，並相信這個日子已經到了。他們還相信「始皇帝死而地分」的傳說，「想起自己有地自己種的快樂」，「覺到只有爲了土地的緣故才值得冒險拚命」。他們認定陳勝眞的「王」了，那麼，這個「王」「一定得首先分給他們土地，讓他們自己有地自己種」。這時候，「統治階級的武裝者」——押送的軍官也在殺氣騰騰地打算對「賤奴」們先下手。於是「一場拚死活的惡鬥」來到了，「賤奴」們奪取了軍官手中的武器起義了。最後作者這樣寫道：

> 地下火爆發了！從營帳到營帳，響應著「賤奴」們掙斷鐵鍊的巨聲。從鄉村到鄉村，從郡縣到郡縣，秦皇帝的全統治區域都感受到這大澤鄉的地下火爆發的劇震。即今便是被壓迫的貧農要翻身！他們的洪水將沖毀了始皇帝的一切貪官污吏，一切嚴刑峻法！
>
> 風是凱歌，雨是進擊的戰鼓，彌漫了大澤鄉的秋潦是舉義的檄文；從鄉村到鄉村，郡縣到郡縣，他們九百人將盡了歷史的使命，將燃起一切茅屋中鬱積已久的忿火！

〔註4〕茅盾：《後記》，見《茅盾文集》第七卷（人民文學出版社一九五九年版）。
〔註5〕這三篇作品收入《宿莽》中。

這篇作品，雖然寫的是歷史題材、但現實性是很強的。作品描寫了被壓迫被奴役的「賤民」不願再爲統治階級賣命，他們要土地，要爲掙斷統治階級強加在他們身上的鎖鏈而鬥爭的精神，實質上正是革命根據地人民、特別是農民正在進行轟轟烈烈的土地革命的寫照。它的最後兩個小段，不僅是對大澤鄉的起義者的頌歌，同時也是對革命根據地人民的熱情的頌歌。在這裡也反映了作者立場、世界觀的轉變。《大澤鄉》在寫法上也有了改變，最顯著的特點就是寫得「短」了，只有四千多字，不再像以前那樣名曰短篇，每篇至少萬把字，像中篇一樣了。這篇小說的缺點是：對陳勝、吳廣這兩位起義英雄的形象沒有得到具體的描寫；對一些歷史問題如陳勝、吳廣及其九百人以及兩個軍官的階級地位的論斷也還可以討論。

《豹子頭林沖》把「八十萬禁軍教頭」寫成原來是農家子，在他身上有著農民的原始的反抗性，受到朝廷的迫害後逐漸覺醒，認識到朝廷只是「一夥比豺狼還兇的混帳東西！「是一夥吮咂老百姓血液的魔鬼！」而秀才也是「農民的對頭」。他還期待著「大智大勇的豪傑」出現來領導他們進行鬥爭。《石碣》則揭露了當權者假造「天意」來愚弄群眾的眞相。這三篇作品，作者自己曾謙遜地說是「逃避現實」的，其實是作者巧妙地借用了歷史題材來進行現實的戰鬥：對反動統治者進行揭發和諷刺，歌頌了農民的覺醒和鬥爭，是密切配合了當時正在開展的農村土地革命鬥爭的。

茅盾在《宿莽·弁言》中說：「一個已經發表過若干作品的作家的困難問題，也就是怎樣使自己不至於黏滯在自己所鑄成的既定的模型中，他的苦心不得不是繼續地探求著更合於時代節奏的新的表現方法。」《大澤鄉》等三篇作品，是他改變題材的開始，也是改變描寫方法的開始：第一回寫眞正「短」的短篇小說；也反映了作者決心衝破「自己所鑄成的既定的模型」的創新精神。

稍後，茅盾又寫了兩部以知識分子爲題材的中篇：《路》和《三人行》。

《路》是一九三〇年多開始寫作的，一九三一年春完成，原稿在《教育雜誌》社中，「一二八」事變時被日本帝國主義炮火所毀，一九三二年五月出單行本。

《路》寫一個懷疑主義者的大學生火薪傳是怎樣找到他自己的「路」的。

大學生火薪傳，是所謂破產的士大夫階級的子弟。因受慣經濟壓迫，常恐被人看作唯利是圖因而不知不覺間養成了一種傲氣。快要畢業了，出路問

題擺在他的面前。他愛著一個富商的女兒,她可以在經濟上幫助他,也可以幫助他解決出路問題,但他高傲的習性使他不願有求於她。「脅肩諂笑是不屑,詐取豪奪又不能」,戀愛問題和出路問題同樣的使他苦惱,使他對一切都抱懷疑的態度。

軍閥內戰,紅軍力量的強大造成時局的緊張,學校內部也由於反動統治和派系鬥爭造成非常混亂的情況,火薪傳卻獨自沉浸在夢幻迷離的一角,讓自己的懷疑主義更快的發展起來。

軍閥走狗,教育界的孟賊迫害學生,薪的懷疑主義也受到意外的打擊,天生傲氣促使他參加反對學校當局的鬥爭。由於收買政策和白色恐怖統治,鬥爭被鎮壓下去了。懷疑主義者的薪又增加了幾分頹唐。對共產黨紅軍的種種謠傳他不明真相,國民黨的屠殺政策更使他憤憤,「殺盡自己所鄙視者而後死,多麼痛快」,懷疑主義的火薪傳在向虛無主義發展。

正當他懷疑苦悶到極點的時候,碰見了自己的舊同學,正在幹著革命工作的雷,雷的談話和行動給火薪傳很大的啟發,促使他從別一方面去考慮人生的意義。當鬥爭重新展開的時候,頹唐苦悶了差不多兩星期的薪,「彷彿一覺醒來看見了聽見了新生的巨人的雄姿和元氣旺盛的號召」,「這新生的巨大的光芒射散了他的懷疑苦悶的浮雲,激發出他的認識和活力」,於是他重新投入了鬥爭,並且顯得那樣的狂熱。

在鬥爭中,他受了傷,但是他不再消極了,血的教訓使他懂得鬥爭必須堅韌,必須持久,「只有前進,前進才有活路」,他,懷疑主義的火薪傳,終於找到了自己的「路」。

從懷疑到虛無,從虛無到革命,便是火薪傳的道路。作者是企圖通過火薪傳這一形象,說明知識分子的出路的。作品所反映出來的作者的政治立場是正確的,但人物概念化,藝術上卻是失敗的。

《三人行》這個中篇,則是明確地認識了「這樣的錯誤(按:指《蝕》的思想傾向)而且打算補救這過去的錯誤」〔註6〕這樣的動機之下,有意地寫作的。作品寫了這樣三個人:

青年許,出身於破產的書香人家。在中學即將畢業的時候,為愛情和「飯碗」所苦。他也看到社會矛盾得厲害:「一方面是要求文憑,要求資格;另一

〔註6〕茅盾:《〈茅盾選集〉自序》,見《茅盾文集》第二卷(人民文學出版社一九五八年版)。

方面，有飯吃的人大都沒有文憑，沒有和那文憑相符的辦事能力」，他要在這矛盾的夾牆中飛出去，但「不可知」的定命論思想阻礙他行動，母親的死，使他擺脫了束縛，由頹喪消極一變而爲勇敢堅決，像唐·吉訶德先生一樣，幹起行俠的事情來了：爲了挽救幾個受苦的人，他要去暗殺擺煙燈放印子錢的惡霸，結果死於非命。

惠，出身於正在沒落的小商人家庭。他對一切都採取冷諷的態度，他盼望革命，認爲舊社會應該改造，「奇跡將降臨這世界，而且一切都將平反」，革命來了，又覺得不是自己理想中的面目，「火是太熱，血是太腥」，因而又認爲：「一切都應當改造，但是誰也不能被委託去執行」。後來，他對自己的「政綱」作了一些修改，說是可以委託去改造社會的人「雖然一定要產生，但現今卻尚未出現」。最後，當這位中國式的虛無主義者感覺到"全中國都在咆哮"的時候，發狂了。

雲，是一個農家子。他家有五十畝田，有時候，還能雇用幾個短工；他的父親因不識字而受過地主紳士的侮辱，打算要兒子來爭回這一口氣，就這樣，他就幸運地被送到城市去上中學。雲是實際的，有幾分安命，不多管閒事，反對一切大道理，主張「生活問題比一切都重要」，他勤勤懇懇的下工夫，目的只是爲了向上爬。後來因爲被地主惡霸誣爲共產黨而失掉了五十畝田，本來，他已模糊地感覺到這世界有些地方根本不對，受了這一次打擊，有了比較明確的認識了，於是走向革命。

英雄好漢的俠義主義，是妨礙群眾的階級鬥爭的，當然應該暴露和批判，但三十年代中國的書香人家，是不會產生這樣人物的。對一切都採取冷諷態度，是革命的敵人，是必須用全力打擊的，但作品中對虛無主義的批判，不僅沒有力量，反而使人憐惜。雲是被作爲正面人物來描寫的，企圖顯示小資產階級知識分子怎樣走上革命的道路，但作品中的形象，實際上卻是一個典型的市儈主義者。總之，作者是企圖用兩個否定的人物來陪襯一個肯定的正面人物，通過正面人物的描寫來批判否定人物，並顯示小資產階級知識分子的出路。從作品的思想傾向來看，作者的悲觀失望的情緒已經完全擺脫了，政治立場是正確的。但作者的意圖並沒有得到藝術上的表現：「故事不現實，人物概念化」，所著手描寫的三個人物「都不是有血有肉的活人」，並且出於「構思過程也不是胸有成竹，一氣呵成，而是零星補綴」的，因而結構很鬆散，描寫也比較粗糙。

《路》和《三人行》，作者是企圖用新的觀點來描寫在白色恐怖統治下的知識分子的生活道路和精神面貌，有所批判，有所肯定，顯示出現實生活中的主導力量及其歷史動向，體現出作者的思想立場已有了根本的改變，不再是「既不願意昧著良心說自己不以為然的話，而又不是大天才能夠發現一條自信得過的出路來指引給大家」〔註7〕那樣一種情況了。但藝術上卻是失敗的，為什麼呢？作者在當時「實在沒有到學校去體驗生活的可能，也很少接觸青年學生；既沒有體驗，也缺乏觀察」，〔註8〕因而這兩個作品是沒有生活經驗的基礎的。同時，作者企圖改變自己的藝術方法，卻不自覺的接受「辯證唯物主義創作方法」的影響，因而離開了現實主義的原則。在三十年代初，我國革命文藝界曾受到蘇聯「拉普」（俄羅斯無產階級作家協會俄文簡稱的音譯）的影響。「拉普」提倡的辯證唯物主義的創作方法，就是用馬克思主義的科學方法來代替文藝創作中的現實主義，背離了文藝創作必須遵循形象思維這一特殊的規律。《路》和《三人行》在藝術上失敗這也是一個重要原因。

茅盾自己在回顧從《蝕》到《三人行》這一段創作道路上的得失時，曾經多次談過自己的體驗。

他說：「一個作家的思想情緒對於他從生活經驗中選取怎樣的題材和人物常常是有決定性的」。〔註9〕這裡所說的思想情緒實質上就是指世界觀。他又說：「一個做小說的人不但須有廣博的生活經驗，亦必須有一個訓練過的頭腦能夠分析那複雜的社會現象，尤其是我們這轉變中的社會，非得認真研究過社會科學的人每每不能把它分析得正確」。〔註10〕這裡所說的社會科學，就是指馬克思主義，「訓練過的頭腦」，就是指具有馬克思主義的世界觀。在現代，只有樹立了馬克思主義的世界觀，才能對複雜的社會現象作出正確的分析，把握主流，看到歷史發展的方向。這對於作家來說，是有非常重要意義的。

另一方面，茅盾又認識到：「對於一個作家來說，進步的世界觀雖然提供

〔註7〕茅盾：《從牯嶺到東京》，載《小說月報》第十九卷第十期。

〔註8〕茅盾：《〈茅盾選集〉自序》，見《茅盾文集》第二卷（人民文學出版社一九五八年版）

〔註9〕茅盾：《〈茅盾選集〉自序》，見《茅盾文集》第二卷（人民文學出版社一九五八年版）

〔註10〕茅盾：《我的回顧》，見《茅盾自選集》（天馬書店一九三三年四月初版）。

給他一個分析並提煉社會現實的基礎，卻還不能使他立即有比較成熟的題材以供形象描寫」。〔註 11〕他還認識到：「徒有革命的立場而缺乏鬥爭生活，不能有成功的作品」。〔註12〕這就是說：生活是創作的源泉。沒有生活，即使有革命的立場和進步的世界觀，也是寫不出好的作品來的。

茅盾的這些體驗，生動地說明了世界觀和生活經驗的辯證關係。

要寫出成功的，除了革命的立場、進步的世界觀和豐富的生活經驗外，還要有藝術上的準備。茅盾說：「沒有讀過若干前人的名著，──並且是讀的很入迷，而忽然寫起小說來，並且又寫得很好的作家」，世界上是不多的。世間也有未嘗讀過前人的名著而就能夠寫了好作品的人，「大概總受到過民間的口頭文學的影響」，「受到過很大的好處」。他說：「赤手空拳毫無憑藉的作家，事實上是不會有的」。所以他認為：「寫小說的人倘使除了研究『人』而外還有什麼應得研究的，就是前人的名著以及累代相傳的民間文學」。而他自己開始寫小說時的憑藉則主要是「以前讀過的一些外國小說」〔註 13〕。這也是一條很重要的經驗。

茅盾從自己的創作實踐中總結出來的這些經驗教訓，對茅盾自己來說是重要的。正是由於他能夠不斷地總結經驗教訓，所以能夠不斷地前進，後來寫出了像《子夜》這樣成功的作品。這些經驗教訓，對別的作家來說，他是重要的，因為這些經驗教訓，對文藝創作來說，帶有普遍的意義。

（三）我國現代長篇小說創作的里程碑、革命現實主義巨著──《子夜》

一九三三年一月，長篇小說《子夜》的出版，無論是在茅盾的文學道路上或是在我國現代文學發展史上都有著里程碑意義。

《子夜》的寫作是在一九三一年十月開始的，到一九三二年十二月脫稿。中間因病和「一二八」上海戰事停頓了幾個月，實際寫作約共花了八個月時間。出版前其中的兩章曾分別以《火山上》、《騷動》為題在左聯刊物《文學月報》上發表過。

〔註11〕茅盾：《後記》，見《茅盾文集》第七卷（人民文學出版社一九五九年版）。

〔註12〕茅盾：《茅盾選集·自序》，見《茅盾文集》第二卷（人民文學出版社一九五八年版）。

〔註13〕編者按：原版缺文。今保留原版樣式，不另補文。

　　茅盾於一九三〇年間開始醞釀寫這部小說時，面對著這樣的形勢：

　　蔣介石建立了國民黨新軍閥統治後，新舊軍閥各個派系之間，仍然矛盾重重。蔣介石雖然多次打敗了他的敵手，但反蔣勢力並沒有被打垮。一九三〇年四月，馮玉祥、閻錫山、李宗仁聯合起來反蔣，東起山東，西迄襄樊的中原地區爆發了一場大混戰。

　　資本主義世界的經濟危機也在這時候波及上海。中國的民族資本家，在外資的壓迫下，在世界經濟恐慌的威脅下，為了轉嫁本身的危機，更加緊了對工人的剝削，引起了工人的強烈反抗。同時上海各大城市的工人運動正在恢復並逐步高漲起來。工人每一次對資本家的經濟鬥爭都很快地轉變為政治鬥爭。

　　在一九三〇年的文化思想界，出現了一場關於中國社會性質問題的論戰。以《新思潮》雜誌為代表的一派認為：當時中國的社會仍舊是半封建半殖民地的社會；以《動力》雜誌為代表的一派則認為大革命失敗以後在中國社會中資本主義已經佔優勢了，中國已經是資本主義社會了。前者是符合中國社會實際的。毛主席在一九二八年寫的《井岡山的鬥爭》中就已指出大革命失敗後中國仍然是半封建半殖民地社會，中國當時革命的任務是：「對外推翻帝國主義，求得徹底的民族解放；對內肅清買辦階級的在城市的勢力，完成土地革命，消滅鄉村的封建關係，推翻軍閥政府。」〔註14〕後者則完全是托陳取消派的觀點。陳獨秀把蔣介石的反動統治看作是資產階級民主革命的勝利，胡說中國資產階級民主革命已經完成，無產階級只能去搞合法鬥爭，等將來中國資本主義發展以後，再去搞所謂的社會主義革命，從而根本取消革命。一九二九年十一月陳獨秀被開除出黨後，和其他托派分子組成托陳取消派，專門進行反革命活動。所以關於中國社會性質問題的論戰，實質上是關於中國革命的兩條道路、兩條路線鬥爭的反映。

　　茅盾於一九一六年進商務印書館工作，除一九二六年、一九二七年間分別短期去過廣州和武漢，一九二八年去過日本住了一年多外，長期住在上海，對上海社會情況本來就很熟悉。一九三〇年從日本回來後，每天訪親問友，有目的地去瞭解上海社會，進一步學習了馬克思主義，「向來對社會現象，僅看到一個輪廓的我，現在看得更清楚一點了。」「看了當時一些中國社會性質的論文，把我觀察得到的材料和他們的理論一對照，更增加了我寫小說的興

〔註14〕毛澤東：《井岡山的鬥爭》，《毛澤東選集》第一卷第七六頁。

趣」。〔註15〕便產生了「大規模地描寫中國社會現象的企圖」。〔註16〕

《子夜》所描寫的故事發生於一九三○年的上海，作品所反映的社會矛盾和鬥爭是多方面的、複雜的，但作者所要解答的問題只是一個。他說：

> 我那時打算用小說的形式寫出以下三方面：一、民族工業在帝國主義經濟侵略的壓迫下，在世界經濟恐慌的影響下，在農村破產的情況下，爲要自保，便用更加殘酷的手段加緊對工人階級的剝削；二、因此引起工人階級的經濟的政治的鬥爭；三、當時的南北大戰，農村經濟破產以及農民暴動又加深了民族工業的恐慌。
>
> 這三者是互爲因果的。我打算從這裡下手，給以形象的表現，這樣一部的小說，當然提出了許多問題，但我所要回答的，只是一個問題，即是回答了托派，中國並沒有走向資本主義發展的道路，中國在帝國主義的壓迫下，是更加殖民地化了。〔註17〕後來，他又進一步加以說明：

> 原來的計劃是打算通過農村（那是革命力量正在蓬勃發展的）與城市（那是敵人力量比較集中因而也是比較強大的）兩者的情況的對比，反映出那時候的中國革命的整個面貌，加深革命的樂觀主義。〔註18〕

由此可見，茅盾的創作《子夜》，就是意圖通過藝術形象，大規模地反映一九三○年那一時期中國的社會現象，一方面回答托派：「中國並沒有走向資本主義發展的道路，中國在帝國主義的壓迫下，是更加殖民地化了。」一方面顯示一九三○年那一時期中國革命運動的歷史特點，暗示中國革命正處在一個新的高潮前面。子夜，是黎明前最黑暗的時候，可是雖然黑暗，黎明的到來卻已不遠了。作者把他的小說題名「子夜」，正是有這樣一個用意的：中國人民即將經過子夜時的黑暗走向黎明。

《子夜》的全部故事，是圍繞在工業資本家吳蓀甫爲了發展民族工業而進行的鬥爭這條主線上展開的。在這條主線上，作家描寫了民族資產階級與

〔註15〕茅盾：《〈子夜〉是怎樣寫成的》，載一九三九年六月一日《新疆日報·綠洲》。
〔註16〕茅盾：《子夜·後記》，見《茅盾文集》第三卷（人民文學出版社一九五八年版）。
〔註17〕茅盾：《〈子夜〉是怎樣寫成的》，載一九三九年六月一日《新疆日報·綠洲》。
〔註18〕茅盾：《茅盾選集·自序》，見《茅盾文集》第二卷（人民文學出版社一九五八年版）。

買辦資產階級的矛盾和鬥爭，民族資產階級內部的矛盾和鬥爭，公債市場上的投機活動，工人群眾的罷工運動、農村騷動等等生活場景。在這些互相交織著的矛盾和鬥爭中，作家創造了吳蓀甫、趙伯韜等幾個典型形象及其周圍人物，非常深刻地反映了一九三〇年的那一時期中國的社會現象及其本質特徵，顯示出革命形勢的發展方向。

吳蓀甫，這個工業資本家，裕華絲廠的老闆，是一個有著十八世紀法國資產階級性格的人。他有手腕，有魄力，善用人，能把「中材調弄成上駟之選」；他有比較雄厚的資金，去過歐美，有一套比較進步的管理企業的方式；他更富有冒險精神和發展民族工業的宏大志願。對於自己，他從來不肯妄自菲薄，對那些沒有見識，沒有膽量、沒有手段、把企業弄得半死不活的庸才，他就毫無憐憫地要將他們打倒。把他們手裡的企業，拿到自己的「鐵腕」裡面來。事實也正是這樣，當他的同業有困難的時候，他就用非常狠毒的手段去併吞他們。朱吟秋的絲廠和陳君宜的綢廠，就這樣變成了他的企業。他又和太平洋輪船公司總經理孫吉人、大興煤礦公司總經理王和甫、金融界巨頭杜竹齋等組織益中信託公司以五六萬元的廉價收盤了價值三十萬元的八個小廠。這八個廠，都是日用品製造廠，如熱水瓶廠、肥皂廠、陽傘廠等，又準備擴充這八個廠，要使它們的產品走遍全中國的窮鄉僻壤，並且使從日本遷移到上海來的同部門的小廠都受到致命的打擊。不僅這樣，他還想得更遠：「高大的煙囪如林，在吐著黑煙，輪船在乘風破浪，汽車在駛過原野。」

作為一個資本家的吳蓀甫，他是循著資本主義的發展規律在前進的，不管他自己是不是意識到這一點。

作為一個中國的民族資本家，他不滿國民黨新軍閥的統治，反對內戰，他希望「國家像個國家，政府像個政府」。這樣，他的企業才有出路，才能順利發展。可是他又不願放棄當時特殊的社會條件，他在準備實現一個規模巨大的計劃的同時，又插足於公債投機市場，他希望通過公債投機市場上的活動來增加他的企業活動的資本，因而他又希望內戰能夠拖延下去，在內戰的炮火聲中，混水摸魚。所以他一方面參與趙伯韜以鉅款賄買西北軍「打敗仗」，以便製造謠言，在公債市場上掀風作浪，獲取暴利的陰謀，另一方面又勾結汪派政客唐雲山，販買軍火，支持西北軍來延長內戰。

吳蓀甫的這種投機活動和政治活動，固然為他的社會階級地位所決定，同時也由於他的那種冒險精神。中國民族資產階級的兩面性，通過吳蓀甫這

一個資本家的矛盾性格，得到生動的表現。

吳蓀甫出身於「世家」。後來投身工業界，成為「二十世紀機械工業時代的英雄騎士和王子」，可是他並沒有忘記他的家鄉——雙橋鎮。除了以全部精力來經營他的企業外，他又用另一隻眼睛看著農村。他打算以一個發電廠為基礎，建築起「雙橋王國」來。在開辦了發電廠後的幾年內，相繼開辦了米廠、油坊、當鋪、錢莊。不管他自己是不是意識到這一點，在吳蓀甫一步步地按資本主義的方式來改造中國的農村的同時，他並沒有忘記用封建高利貸的方式來剝削農民。顯然，吳蓀甫的建築「雙橋王國」的理想，並不是為了農村，而是為了發展他的資本主義企業。

通過吳蓀甫這一個資本家的獨特的社會關係及其「事業」，反映了中國民族資產階級的另一特徵：和中國封建主義的血緣關係。

當吳蓀甫在企業活動或在公債投機市場上告急的時候，便自然的回到企業內部，進一步的壓榨工人：延長工時，減削工資，剋扣工人米貼。為了達到自己的目的，不惜開除工人，收買工賊破壞工人團結，雇用流氓，利用反動軍警等毒辣手段來鎮壓工人，可是在工人的合理要求面前他也講了這樣的話：

> 這絲廠老闆真難做，米貴了，工人們就來要求米貼，但是絲價賤了，要虧本，卻沒有人給我絲貼。
>
> 鬼迷了麼？哈，哈！我知道這個鬼！生活程度高，她們吃不飽！
>
> 可是我還知道另外一個鬼，比這更大更利害的鬼：世界產業凋弊，廠經跌價！

吳蓀甫和工人階級之間的矛盾，反映出資產階級與工人階級之間的不可調和的矛盾，同時也反映出中國民族資產階級和帝國主義的矛盾。通過吳蓀甫這一個民族資本家對工人群眾的態度的描寫，集中地反映出一九三〇年那一時期中國民族資產階級的本質特徵。

吳蓀甫雖然精明能幹，可是他的事業並不是一帆風順的。他不得不用他的全部精力在三條火線的圍攻下進行掙扎。

在對付工人運動這一條戰線上，由於他的陰謀手段，由於反動軍警的殘酷鎮壓，也由於工人運動本身指導路線的錯誤，吳蓀甫是獲得一些勝利的，這些勝利是他付出了一筆不小的秘密費和他的許多精力以後得來的，可是這些勝利並沒有挽救他的厄運。

　　爲了要保衛他的「雙橋王國」，吳蓀甫必須鎭壓農民起義。當他得到武裝起義的農民佔領了雙橋鎭的消息的時候，他是那樣的憤怒，特別是當他感覺到當權者的無能而自己的權力又不能直接去鎭壓起義者的時候，他的憤怒更甚。在對付農民起義這一條火線上，吳蓀甫是有鞭長莫及之感的。

　　給予吳蓀甫壓力最大的還是以趙伯韜爲代表的以美國的金融資本爲後臺的買辦資產階級的勢力。吳蓀甫爲了在公債投機市場上獲得暴利，參與了趙伯韜收買西北軍打敗仗的陰謀。可是吳蓀甫雖然精明，還是上了趙伯韜的當。八萬銀子「報效了軍餉」。可是這次小小的打擊並沒有挫敗吳蓀甫的銳氣，他一方面準備獨資併呑朱吟秋的絲廠，一方面合夥辦益中信託公司，進行大規模的活動。當他一步步實行他的計劃的時候，趙伯韜又加以阻撓破壞。朱吟秋的絲廠和陳君宜的綢廠變成「吳蓀記」了，益中公司的攤子也攤開了，而趙伯韜的經濟封鎖也跟著來了。又由於軍閥混戰的影響，益中公司所屬八個廠的產品找不到銷售市場，而散在「雙橋王國」的資金又因農民起義的影響調動不起來，這樣不僅使他無力擴充他的企業，就是資金周轉也不靈了。儘管他頑強掙扎，最後還是失敗在趙伯韜手裡。益中公司所屬的八個廠出盤給日本和英國的商人，自己的絲廠和住宅也都抵押了出去。

　　吳蓀甫，這個工業資本家，他富有冒險精神，有發展民族工業的雄圖；他有魄力，有手腕，有比較雄厚的資本；更有黃色工會和反動軍警供他利用。吳蓀甫，他正在走資本主義的道路，他認爲完全有可能壓倒任何競爭者，而使自己處於勝利者的地位。但是他不是處在資本主義上升的時代，而是處在資本主義已經發展到帝國主義的時代；他不是處在資本主義國家，而是處在半封建半殖民地的中國，在大地主、大資產階級統治下的中國。帝國主義時代的歷史條件和半封建半殖民地的社會條件，不允許他順利地發展資本主義，而是迫使他崩潰，向帝國主義妥協，走買辦化的道路。

　　吳蓀甫，這個工業資本家，他有他自己的社會地位，有他獨有的生活經歷和命運，有他自己獨有的思想、作風，是一個具體的、獨特的存在，是一個典型的第二次國內革命戰爭時期的中國民族資本家的形象。

　　與吳蓀甫同命運的有孫吉人等幾個資本家。

　　孫吉人、王和甫和杜竹齋是吳蓀甫的三位合作者。杜竹齋，這位吳府至親，好利而多疑的金融巨頭，最早退出了益中公司，並且又是他，在最緊急的關頭，給予吳蓀甫以最沉重的一擊。由於他的穩紮穩打，好利多疑，甚至

至親關係也可以完全拋開，使他在驚濤駭浪的投機市場中的地位有可能多維持一些時候。有眼光、有毅力的太平洋輪船公司總經理孫吉人，肯死心去幹的大興煤礦公司總經理王和甫，是和吳蓀甫同在一條船裡的，他們的命運自然也和吳蓀甫一樣。絲廠老闆朱吟秋、綢廠老闆陳君宜和光大火柴廠老闆周仲偉，他們比吳蓀甫更軟弱、更無力、他們的必然失敗，也是他們「命」裡早已注定了的。

孫吉人、王和甫、杜竹齋、朱吟秋以至周仲偉等與吳蓀甫同命運的大小資本家的形象，也都有著一定的典型性。

通過吳蓀甫及與吳蓀甫有直接或間接關係的幾個資本家的形象，他們之間的矛盾和鬥爭，生動地反映出一九三〇年前後那一時期，在世界經濟危機的影響下，在帝國主義及其走狗買辦資產階級的壓榨下的中國民族資產階級的困難處境和悲慘命運。

屠維岳，在《子夜》中也是一個比較突出的人物，當他以一個小職員的身份第一次和吳蓀甫談話時，就帶著一副強硬的滿不在乎的神氣。這是可以理解的：屠維岳的父親是吳老太爺的生前好友，又是上一代老侍郎的門生，正是所謂世家子弟，對統治階級的統治術是熟諳的。他憑吳老太爺的一封信來到吳蓀甫的工廠裡，暫時沒有得到重視，但是他等待著。在二年多的小職員生活期間，他摸熟了工廠的底細，也摸透了吳蓀甫的性格、脾氣。這樣在一次談話以後，就得到了吳蓀甫的賞識和提拔。在屠維岳，他知道如何取得吳蓀甫的信任；他善於使用流氓打手和反動軍警，可是他更善於偽裝自己；他知道怎樣利用工人群眾的憤激情緒，把它引導到有利於自己的這方面來，他又巧妙的利用黃色工會內部的派別鬥爭，借刀殺人，來達到自己的目的，作家不僅真實而生動地描繪了一個資本家的忠實的走狗的形象，並且正由於屠維岳這一形象的存在，才有力的反映出一九三〇年那一時期工人運動的複雜性和鬥爭的艱苦性，更顯示出當時工人運動的時代特點。

小說描寫了與吳蓀甫有直接的或間接的關係的三個地主形象。

曾經是頂括括的「維新黨」的吳老太爺。因為一連串的不幸事件，消蝕了他的英年浩氣，轉而虔奉《太上感應篇》，「二十五年來，他不曾經驗過書齋以外的人生」！吳老太爺在實際上已成為「幽暗的墳墓」裡的「僵屍」了。這個「僵屍」，因為「土匪」囂張和共產黨紅軍的「燎原之勢」，被吳蓀甫接到上海來。但他一到上海，就因經受不住資本主義生活方式的刺激而腦充血

死掉了。「古老的僵屍」從幽暗的墳墓中出來，與時代的空氣一接觸，自然就要「風化」的。這雖然帶著濃厚的象徵色彩，但也顯示出資本主義勢力對封建主義的衝擊作用。

曾滄海，這個雙橋鎮有名的「土皇帝」，因國民黨「新貴」的排擠而感到苦悶，又因兒子參加了國民黨又重新燃起了希望。可是在他美夢方甜的時候，就被武裝起義的農民逮住了。——在崩潰過程中的封建主義，是經不起農民武裝力量的一擊的。

用「長線放遠鷂」的方式對農民進行高利貸剝削的地主馮雲卿，利用軍閥孫傳芳過境的機會爬上了政治舞臺，又因「土匪」蜂起，農民騷動，逃到上海來做「海上寓公」。這個僵屍卻沒有「風化」，他一方面依靠姨太太的「法力」來維持身家性命的安全，一方面依靠剝削所得在投機市場中得到了生存。在公債庫券的漲風下，雖然一跤跌得很重，可是他並不情願就此罷休，爲了「翻本」，不惜出賣自己的女兒。馮雲卿這一形象，一方面體現出資本主義勢力對封建宗法關係的破壞作用，一方面體現出封建勢力在半殖民地社會中的轉化過程和適應性。

三個不同生活經歷、不同性格和不同遭遇的地主形象，反映出中國封建社會崩潰的必然性、在其崩潰過程中的轉化；反映出中國封建主義對畸形發展的資本主義的適應性；反映出半封建半殖民地的中國的社會特徵。

作品描寫了資產階級知識分子和婦女的群像。動搖於吳蓀甫趙伯韜之間，最後還是投靠趙伯韜的經濟學教授李玉亭；口頭上看不起「資產階級的黃金」，實際上只不過是資產階級的叭兒狗的詩人范博文；「沉醉在美酒裡，消魂在溫軟的懷抱裡」的法國留學生、萬能博士杜新籜；號稱「女革命家」，實際上只是革命的旁觀者的張素素；戀愛至上主義的林佩珊；苦悶憂鬱的吳少奶奶林佩瑤；逃避在《太上感應篇》中的四小姐惠芳等等，形形色色，都有他們各自不同的個性，可是卻有著顯著的共同特點：沒有理想、沒有愛情、沒有道德觀念、仇視工農、害怕革命，在渾渾噩噩中，過著荒淫無恥、頹廢無聊的生活。這些形象反映出資產階級家庭生活和資產階級社會生活的真實面貌。

趙伯韜是一個與吳蓀甫對立的形象。

趙伯韜，這個公債市場上的魔王，他扒進各式各樣的公債，也「扒進」各式各樣的女人。他不需要任何偽裝，以荒淫無恥的生活作誇耀。他和吳蓀

甫等組織秘密公司在公債市場上掀風作浪，中間又反轉來計算吳蓀甫，使吳蓀甫在這次投機中失敗。趙伯韜一開始就是站在主動者的地位上出現的。

在吳蓀甫準備併吞朱吟秋的時候，趙伯韜又插足進去加以阻撓，在吳蓀甫等籌組益中公司的時候，他又企圖介紹國民黨反動政客尚仲禮做經理，以便從中控制益中公司，同時，他依靠美國金融資本的撐腰，進行一個陰謀計劃，企圖使美國金融資本控制中國工業資本，把像吳蓀甫這樣的一些民族企業的老闆，變成在美國金融資本支配下的管事。在益中公司的業務開展以後，他又用經濟封鎖的辦法來破壞。

在政治上，他是站在蔣介石那一邊的，在公債市場上，他也有著特殊的「魔術」。他可以命令交易所和國民黨政府的財政部制訂種種辦法，以便他操縱控制來打倒自己的對手。就這樣使得吳蓀甫在投機市場的陷阱裡，越陷越深，終於徹底破產。

趙伯韜，美國金融資本的掮客，中國民族資產階級的死敵。他依靠美國金融資本的勢力和國民黨反動政權的勢力，操縱市場，併吞民族工業使之買辦化。趙伯韜，正是一個買辦金融資本家的典型。

以吳蓀甫的活動為中心，作品又直接的或間接的反映了當時城市工人運動和農村革命鬥爭的情況。

《子夜》中所描寫的工人運動，是以吳蓀甫的絲廠為中心的。米貴了，生活程度提高了，可是工資卻被減低了。在殘酷的壓迫和剝削下，工人群眾的經濟鬥爭爆發了。由於黨的領導，每一經濟鬥爭都很快的轉變為政治鬥爭，但是這一時期工人群眾的鬥爭是在極困難的情況下進行的。一方面是資本家的威脅利誘，黃色工會和工賊的破壞，反動軍警的鎮壓；一方面是領導上的盲動主義，對客觀情況缺乏具體的正確的分析；而工人群眾自身，又缺乏鬥爭經驗，還不善於識破資本家及其走狗的陰謀詭計，因而幾次的罷工鬥爭都失敗了。但是工人們卻就在這殘酷的鬥爭中鍛鍊了自己，像陳月娥、朱桂英等，都在鬥爭中得到了鍛鍊。並且一次又一次的罷工鬥爭，反映出在工人群眾身上增長著的憤怒和力量，顯示出鬥爭的勝利前途。

與工人運動聯繫著，作者描寫了四個地下革命工作者。克佐甫和蔡真，他們是絲廠罷工鬥爭的直接領導者，可是他們的領導方法卻是以教條主義代替對客觀情況的分析，以命令主義代替教育，代替批評與自我批評。通過克佐甫和蔡真這兩個形象，反映了並且也批判了當時城市革命工作領導路線的

錯誤。蘇倫，則由於不滿領導上的命令主義、盲動主義，開始蛻化成為「取消派」了。至於瑪金，她的實際工作的經驗，使她模糊地意識到克佐甫、蔡真他們的錯誤，她認為必須改變鬥爭的方式與方法，可是她還是比較幼稚的，對克佐甫等的錯誤，她還不能從理論上來加以批判，她自己從實際工作中來的一些看法，也還不能提高到理論上來認識，並且在命令主義的領導下，她又不能暢所欲言。

對工人運動和地下革命工作者的描寫，作者是企圖反映工人運動在走向高潮的同時，分析並批判當時的城市革命工作的。這些描寫，基本上是反映了當時革命運動的實際情況的。可是對工人運動的描寫是不夠生動的，對工人幹部的描寫也不夠真實，對城市革命工作的分析與批判也不夠深入。造成這些缺點的原因，正像作者自己所分析的那樣：對工人運動和革命工作者的描寫，僅憑第二手的材料，生活體驗不夠。作者雖有從事實際革命工作的經驗，可是對於在新的情況下鬥爭的工人群眾和革命工作者是不夠熟悉的。

與城市革命工作相聯繫而又成為鮮明的對比的，是農村革命運動。

小說第四章描寫了農民的武裝力量包圍並且一度拿下了吳蓀甫的「雙橋王國」，顯示出農村革命風暴的到來。第九章中，通過經濟學教授李玉亭的嘴，指出：

> 江浙交界，浙江的溫台一帶，甚至於寧紹、兩湖、江西、福建，到處是農民騷動。大小股土匪，打起共產黨旗號的，數也數不清。長江沿岸，從武穴到沙市，紅旗布滿了山野。——前幾天，貴鄉也出了亂子。駐防軍一營叛變了兩連。戰事一天不停止，共產黨的活動就擴大一天。

在故事發展過程中，作品又一再反映出：「共產黨紅軍彭德懷所部打進岳州」，「共產黨紅軍攻打吉安，長沙被圍」等情況。

對農村革命運動，除了第四章外，作者沒有加以正面的描寫，只作為背景來敘述。因而對一九三〇年那一時期中國革命的整個面貌，也還是反映得不夠的，對農民起義的反映，也有不夠明確的缺點。但是當時農村革命運動的基本情況，在作品中還是反映出來的。

總之，通過對城市革命工作和農村革命運動的描寫，中國革命正由低潮走向高潮這一歷史特徵，是得到生動的反映的。

根據上面的分析，可見《子夜》這個長篇在思想內容方面的主要成就是：

作者在全國革命運動正在由低潮轉向高潮這樣一個時代背景中，成功地創造了工業資本家吳蓀甫和買辦金融資本家趙伯韜這兩個典型形象以及在他們周圍的一些人物，通過他們之間的矛盾和鬥爭，深刻地、大規模地反映了一九三〇年那一時期中國社會的複雜現象與本質特徵：在國民黨新軍閥各個派系之間以及國際帝國主義相互間；在民族資產階級與帝國主義及其走狗買辦資產階級、封建軍閥之間；在民族資產階級的內部；在資產階級與工人階級之間；在農民群眾與大地主、大資產階級的反動政權之間都充滿著尖銳的不可調和的矛盾，而所有這一切矛盾的焦點則是中國人民大眾與帝國主義、封建主義之間的矛盾。這些複雜的矛盾與鬥爭，說明了中國的資產階級民主革命並沒有獲得勝利，半封建半殖民地的中國民族工業，在帝國主義的控制與壓迫下，在軍閥混戰、農村破產的影響下，不僅不可能順利發展，並且必然要與封建主義妥協和投降帝國主義，走向買辦化。中國工農大眾，則在極困難的處境中，在中國共產黨的領導下，鬥爭前進。

與它在思想內容方面的高度成就相一致，《子夜》的藝術成就也是多方面的。特別是在人物的典型化方面和語言藝術方面，更顯示出作家的傑出才能。

作品的情節和結構的安排，對於人物的典型化是有重要意義的。作品的情節和結構是反映生活本身的矛盾和鬥爭的，但並不是機械的反映，而是經過作家的剪裁、經過作家的藝術處理的。因而它一方面體現了作家對現實生活中的矛盾和鬥爭的認識。另一方面又顯示作家概括和集中生活現象的能力。《子夜》所反映的社會矛盾和鬥爭是多方面的、複雜的。但所有的矛盾和鬥爭都圍繞著民族資本家吳蓀甫為了發展民族工業而進行的鬥爭這一個中心。因而作品的情節結構是錯綜複雜的，但中心線索卻是很明顯很突出的。

吳蓀甫懷著發展民族工業的熱狂：準備獨立併吞朱吟秋的絲廠，聯合幾個「同志」組織益中公司，一方面發展工業，一方面插足公債投機市場，但在他的活動一開始的時候，就碰上有美國金融資本做後臺老闆的趙伯韜這個敵手，這個敵手一出現就站在主動者的地位上，緊緊地扼住了他的脖子；而軍閥混戰又影響了他的產品的銷路；他的合作者又在緊急關頭和他分了手，這就等於拉了他的後腿，最後在重重的打擊下不得不宣告徹底失敗。吳蓀甫為了發展民族工業而進行的鬥爭以至失敗這一過程，就形成了小說情節的基本部分——開端、發展和終結，情節的開端、發展和終結，是在兩個多月的時間內完成的，它所反映的只是社會生活過程中的一個片段，但卻是一個完

整的片段。在這個片段的但又是完整的生活過程中，顯示出一九三〇年那一時期中國社會中的幾種主要社會力量，這幾種社會力量之間的矛盾和鬥爭，鬥爭的結果及其客觀意義。

這樣的情節安排，顯示出作家對當時中國社會生活中的矛盾和鬥爭的理解是正確的，顯示出作家概括和集中生活現象的能力是很高的，顯示出作家是善於使用最經濟的形式來反映生活的。這一切說明了作家對於情節的典型化是有卓越的才能的。

但是作家並沒有把生活中的主要矛盾和鬥爭孤立起來，而是在生活本身的全部複雜性中來加以描寫的，所以在小說情節的發展過程中，作家安排了一些插曲式的人物。如吳老太爺、曾滄海、馮雲卿等三個地主，以及范博文、杜新籜、張素素、林佩珊等人，他們的活動和小說情節的基本部分關係並不大，甚至是獨立於小說情節的基本部分之外的。但這些人物在小說中並不是可有可無的。作者忠實於生活，在情節的基本部分中，或者給予獨立性的章節來加以描寫。在他們的相互關係中具體地反映出社會生活各方面的具體聯繫，並且與情節的基本部分形成一個整體，顯示出生活本身的複雜性和多面性，這就構成小說情節的充實性，並且使小說具有複雜而嚴正的結構形式。

此外，像傍晚時候外灘公園的景象；吳老太爺的喪事；馮雲卿的家庭；交易所中的買空賣空；吳蓀甫的浦江夜遊等等個別生活場景和細節的描寫，都是生動出色的，以生活本身為基礎的，因而這些描寫，就加強了作品的生活氣息與生活色彩。

根據生活本身的主要矛盾組成作品的情節，在情節的發展過程中穿插一些獨立性的章節，對一些生活場景和細節加以充分的描寫，這就構成了一幅生動而真實的生活畫面。它既反映了生活的本質特徵，又充分顯示出生活本身的複雜性和多面性，生活本身的氣息與色彩。這就是說《子夜》中的環境描寫是有高度的典型性的。

通過情節結構的描寫，顯示環境的典型性，這種能體現典型環境的情節結構，對於人物的典型化，有極大的意義。只有在典型的環境——廣闊的生活背景和尖銳的鬥爭中，人物才有可能行動起來，在人物的生命最深處的東西，才有可能得到最充分的表現。

吳蓀甫這一形象之所以完整飽滿，具有高度的典型性，首先就因為作家是把吳蓀甫這一形象放在尖銳的鬥爭中來描繪的。為了實現它的發展民族工

業的雄圖，吳蓀甫不得不在三條火線的圍攻中進行戰鬥。通過吳蓀甫在雙橋鎮的活動以及他對軍閥混戰、農村革命的態度的描寫，反映了中國民族資產階級與中國封建主義的聯繫和矛盾；通過吳蓀甫在企業活動中和投機市場上與趙伯韜的關係的描寫，反映了中國民族資產階級與買辦資產階級的聯繫和矛盾；通過吳蓀甫對待工人的態度的描寫，反映了中國民族資產階級與工人階級的不可調和的矛盾，而這一切，又都是通過作為一個中國民族資本家的吳蓀甫的獨特的際遇表現出來的。

在和孫吉人、王和甫等商談組織公司的時候，作家就從吳蓀甫周圍人物的反映和吳蓀甫自己的內心活動，反映出吳蓀甫獨有的社會地位以及他那種自負的、敢作敢為的基本性格。以後在一系列的鬥爭中，作者描繪了他在不同情況下的不同的精神狀態。

當吳蓀甫著手實行他的偉大的計劃的時候，在他的想像中就立刻出現了一幅「高大的煙囪如林，……」的美麗的圖畫。這時候，理想的同時也是實際的吳蓀甫，他的氣概是那樣的自負，胸襟是那樣的開朗，精神是那樣的飽滿。

計劃開始實行了，壓力同時也就來了。當吳蓀甫知道美國金融資本在陰謀併吞中國工業資本，而他自己也有被併吞的可能的時候，起先他是藐視輕敵，再進而是站在民族工業立場上的義憤，最後是為個人利害打算，心情愈來愈黯淡。但公債投機市場和鎮壓工人罷工兩條戰線上的勝利，仍有力的鼓舞著他。

益中公司碰到重重的困難了，而吳蓀甫並不怎樣沮喪，他還能用大刀闊斧的手段來整頓他的企業，決心用全力來打倒自己當面的敵人──日本人開在上海的同部門的小廠和背後的敵人──趙伯韜。這時候他的自信力不僅還能撐住他自己，並且他的堅決而自信的眼光能夠使沒有主意的人打定主意跟著他走。

益中公司在趙伯韜的壓迫下，資金周轉不靈了。趙伯韜向吳蓀甫提出苛刻的條件，開始他是毅然地拒絕了，可是在他意識到自己從前套在朱吟秋頭上的圈子已被趙伯韜拿去放大了套在自己頭上的時候，他就突然的軟化了，完全失去了自信心和抵抗力，甚至考慮到有條件的投降。但他爭強好勝與自負的心，又使他故作強硬。可是當他一個人安靜下來的時候，在他的意識中已經絕對沒有掙扎反抗的泡沫了。發展實業的狂熱已經在他的血管中冷卻。與兩個多月前的吳蓀甫比較，似乎是兩個人一樣。

在複雜尖銳的鬥爭過程中，吳蓀甫的那種精明能幹、敢作敢爲與外強中乾、色厲內荏，剛強而又怯懦，自信而又動搖的性格特徵，得到深刻的表現。

但作家對吳蓀甫的性格的描寫，並沒有僅僅局限在主要的鬥爭中，而是注意到在不同的生活場景中，通過不同的細節描寫，來加以刻劃的，對自己弟妹的岸然道貌與浦江夜遊中的縱情戲謔；對自己太太的冷淡與在極端苦悶中的姦淫女僕；反映林佩瑤苦悶憂鬱心情的「枯萎的白玫瑰」，雖然出現了三次，可是一次都沒有引起注意，對投機市場上的活動又是那樣的敏感等生活場景與細節的描寫，更有力地揭露了吳蓀甫的「生命最深處的東西」。

吳蓀甫這個形象，概括了第二次國內革命戰爭時期中國民族資產階級的本質特徵，同時它又是一個獨特的存在，是一個具體的、感性的、有血有肉的形象，作者所描寫的正是「這一個」而不是一般的概念。第二次國內革命戰爭時期中國民族資產階級的處境和遭遇是通過吳蓀甫「這一個」資本家的形象體現出來的，吳蓀甫這一個形象的典型性也就在於這一個形象是按照自己的方式反映了第二次國內革命戰爭時期中國民族資產階級的處境與遭遇，反映了當時中國社會的本質特徵的。

對吳蓀甫這個作品中的中心人物，像前面已經分析到的，作家是從各個不同的方面來加以刻劃的。對吳蓀甫周圍的其他人物，作家善於抓住人物的獨特性格，並就其在作品中所處的不同地位，從不同的角度，用不同的手法來加以描寫。

對趙伯韜這個吳蓀甫的對立形象的描寫，作家所化的筆墨並不多，可是性格卻是很鮮明的。作家從與吳蓀甫對立而又站在主動者的地位上這樣一種情況出發來描寫趙伯韜，所以就直接用他的特徵性的語言來揭示他的狂傲、盛氣凌人、荒淫、粗俗的性格。這顯示出茅盾在人物描寫上的精煉、經濟的手法。

牢牢地抓住人物的獨特性格，對照和比較，可以把人物刻劃得更鮮明。

吳老太爺、曾滄海、馮雲卿三個地主，在他們之間有著許多共同的地方，但是吳老太爺的怪僻、執拗，曾滄海的老朽、愚蠢，馮雲卿的虛僞、無恥，各自獨特的個性，又把他們區別開來。孫吉人、王和甫、杜竹齋與朱吟秋、陳君宜、周仲偉是兩組不同類型的人物，每一類型的人物，既有許多相同的特點，又有各自不同的性格使他們互相區別。

對屠維岳，作者描寫他在吳蓀甫面前的態度和他在工人群眾中的活動，

在對比中，反映了他的「走狗」的本質。而與莫干丞的對比，則更使這一形象突出。

「詩人」范博文，言辭是那樣漂亮，心靈又是那樣的骯髒。而經濟學教授李玉亭的「理論」與行動卻又是那樣的一致。這些渣滓自己言行的對比，描繪了他們自己的精神面貌。

誇張不是典型化的唯一手法，但卻是典型化的手法之一。一方面是「詩禮傳家」，一方面又不得不容忍姨太太的放浪生活；一方面是親生骨肉的感情，一方面又是「金錢可愛」；作家對馮雲卿的描寫，顯然使用了誇張的手法。這種誇張的手法，生動的刻劃了他的虛偽無恥。對「紅頭火柴」周仲偉的描寫，則簡直漫畫化了，但這種漫畫化的誇張，並沒有妨礙人物形象的真實性。

特徵性的細節，對表現人物性格，是有重大作用的。林佩瑤的《少年維特之煩惱》與「枯萎的白玫瑰」，四小姐惠芳的《太上感應篇》，反映了她們精神生活的同樣空虛而又有所不同：在林佩瑤，是因感情別有所寄而產生的少婦式的憂鬱與惆悵，而四小姐則是因情竇初開又膽小怕羞所產生的青春的苦悶。

在《子夜》中，作者是在尖銳的矛盾鬥爭中來展開人物性格的描寫的，但是作者並沒有加以簡單化和一般化。作者在尖銳的矛盾鬥爭中描寫人物性格的同時，又從廣闊的生活背景中，以及人物在作品中所處的不同的地位，用多樣化的手法來表現人物性格的複雜性，這樣作家就使自己筆下的人物真正的行動起來，在行動中表現他們的獨特性、顯示他們的存在，這一切都證明了作家對人物典型化的手法是傑出的、卓越的，不過，在肯定作品在典型化方面的成就的同時，也應看到它的缺點：如關於性的描寫過多，對工人、農民起義者的描寫，亦還有概念化的地方。

《子夜》在創造典型形象方面的高度成就，不能不歸功於作家對現實生活的深刻的體驗與正確的理解，高度的概括能力，現實主義的創作原則以及卓越的藝術技巧。

在文學創作中，與典型化有同樣重要意義的就是語言的使用。離開語言，典型化也就不可能了。文學，是語言的藝術。文學作品的語言的美，在於它能把人物的性格、思想形象地表達出來，在於它能把生活的複雜性和多樣性正確地描繪下來。《子夜》在語言方面的成就，就在於它形象地表達出人物的性格、思想，正確地描繪了生活。

　　《子夜》中的對話可以說都是性格化的，它非常準確、深刻的反映出人物性格的特徵。朱吟秋欠杜竹齋的到期押款八萬元，要請吳蓀甫居中斡旋，展期三個月，杜竹齋在無可奈何中要同意了，可是吳蓀甫卻說出了下面這段話：

> 　　何必呢？竹齋，你又不是慈善家；況且犯不著便宜了朱吟秋。
> ——你相信他真是手頭調度不轉嗎？沒有的事！他就是心太狠，又是太笨；我頂恨這種又笨又心狠的人……這種人配幹什麼企業，他又不會管理工廠。他廠裡的出品頂壞，他的絲吐頭裡，女人頭髮頂多，全體絲業的名譽，都被他敗壞了！很好的一部意大利新式機器放在他手裡，真是可惜！……

接著他又勸杜竹齋再放給朱吟秋七萬元，並說明了用意。當杜竹齋還在猶豫的時期，吳蓀甫又講了這樣一段話：

> 　　竹齋，你怕抵不到十五萬，我卻怕朱吟秋捨不得拿出來作抵呢？只有一個月的期，除了到那時他會點鐵成金，不然，乾繭就不會再姓朱了：——這又是朱吟秋的太蠢；他那樣一個不大不小的廠，囤起將近二十萬銀子的乾繭來幹什麼？去年被他那麼一收買，繭子價錢都抬高了，我們吃盡了他的虧，所以現在非把他的繭子擠出來不行！

這幾段對話，既反映了民族資本家內部的矛盾，更有力地說明了吳蓀甫的那種「常常打算把庸才手裡的企業拿到自己鐵腕裡來」的性格。這種性格，作者又通過林佩瑤的嘴加以概括了出來：「你這人真毒！」

　　當曾滄海因為自己在社會上的權威和在家庭裡對於兒子的權威的失墜而感到悲哀的時候，意外地發現兒子已經是國民黨黨員了，於是重新燃起了希望，一變對兒子的態度，很親熱的拍著兒子的肩膀說：

> 　　這就出山了！我原說的，虎門無犬種！——自然要大請客囉！今晚上你請小朋友，幾十塊錢怕不夠罷？回頭我給你一百。明晚，我們的老世交，也得請一次。慢著，還有大事！——抽完了這筒煙再說。

接著，曾滄海在對兒子作了一些具體的「指導」以後，又說：

> 　　怎麼？到底年青人不知道隨時隨地留心。噯，阿駒，你現在是黨老爺了，地面上的情形一點不熟悉，你這黨老爺怎麼幹得下去呀，

　　你自己不去鑽縫兒，難道等著人家來請嗎？──不過，你也不用發

憂，還有你老子是「識途老馬」，慢慢地來指撥你罷！

這幾段對話，惟妙惟肖地把一個被國民黨所排擠而又不甘心退出政治舞臺的
「土皇帝」的心情、性格表現了出來。

　　至於買辦金融資本家趙伯韜的那種狂傲、盛氣凌人、粗野的性格和作風，
在他和吳蓀甫所派遣的特使李玉亭談話的時候，得到淋漓盡致的表現。

　　吳蓀甫、曾滄海、趙伯韜他們，每個人都是以自己的方式講話的，他們
的語言，反映了他們各自特殊的生活經歷、教養和心理狀態。不但是主要人
物，就是次要人物也都有合乎他們性格的語言，就是同一類型的人物，他們
的語言也都有著各自的特徵。

　　在《子夜》中，人物的對話，都是性格化的。

　　人物的性格各有不同，並且在很多情況下是互相矛盾的，因而成功的作
品中的語言結構也必然是多樣的、複雜的，但就作品的整體來看又必然是統
一的、和諧的。因為作品中雖然每一個人都按自己的方式講話，但敘述人的
語言是居於積極的領導地位的。在作品中，敘述人給予人物和事件以基本的
評價，給予作品以統一的語調。

　　吳蓀甫在提拔了屠維岳以後的思想狀況，作者作了一段很長的敘述。從
自己的「部下」到個人得失，從個人得失到中國工業界的前途，又從中國工
業界的前途到自己的「部下」再到自己的才能。這一長段文字，是概括的敘
述，可是並不流於概念。作者一步步地解剖分析，即客觀地、深刻地揭露了
人物的內心世界，又滲透著作者對所敘述的人物的態度，有所肯定又有所批
判。

　　在描寫雙橋鎮農民暴動的那一章中，作者用滲雜著成語、文言詞彙和文
言句式的語言來介紹和評論曾滄海，既和人物自己的語言相一致，又滲透著
作者的嘲笑與憎惡的感情。

　　對於工人運動的描寫，又是另一種情況。第十四章中，作者在「幾片彩
霞，和一輪血紅的剛升起來的太陽」這樣一個背景下，描寫了工人群眾罷工
鬥爭的蓬勃氣勢，指出這是「被壓迫者的雷聲」，在這裡，作者對正在進行罷
工鬥爭的工人群眾，是以激動的感情來加以歌頌的。

　　《子夜》中敘述人的語言，是和各別的人物的對話、性格相一致的，但
同時又表現出作者對所描寫的社會生活的一致的態度：立場堅定，愛憎分明。

正是這種對社會生活的一致態度，把作品中複雜的、多樣的語言凝結成爲一個整體。

在《子夜》中，不論是對話或敘述人的語言，都是經過作家的提煉和加工的。人物的對話，不是某一個具體人物語言的直接複製，也不是作家在某處聽到的語言的速記，而是作家在研究豐富的語言材料後加工提取出來的。敘述人的語言的明白、曉暢和規範性，則顯然繼承了「五四」以來文學語言的成果，敘述人的語言除了敘述事實之外，還滲透著作者評論，滲透著作者的愛憎的感情，因而《子夜》中敘述人的語言，又是帶有作者個人的特色的。在這裡，顯示出《子夜》在語言藝術方面的高度成就。

《子夜》在語言藝術方面的成就，顯示作家對他所描寫的人物和生活的深刻理解，顯示作家在語言藝術方面的湛深的修養，顯示作家在語言藝術方面的現實主義態度。

在《子夜》中，不論是對話或敘述人的語言，也不論是怎樣的複雜和多樣，都只是爲了一個目的：典型化。所以，《子夜》在語言藝術方面的高度成就，是與它在典型化方面的高度成就相一致的。

《子夜》是作家繼承了「五四」現代文學的現實主義的戰鬥傳統，批判了自己過去在思想上和創作方法上的缺點，接受了過去的經驗，自覺的站在無產階級的立場上，在無產階級革命文學運動的指導和影響下進行創作的。它給我國現代文學提供了兩個別人不曾提供過的具有歷史意義的典型形象：民族資本家吳蓀甫和買辦金融資本家趙伯韜。

通過吳蓀甫和趙伯韜這兩個具有歷史意義的典型形象及其周圍人物，作家概括了一九三〇年那一時期中國社會現象的本質特徵，批判了資產階級的反動性，駁斥了托派的謬論，顯示出歷史發展的動向，迅速的反映了現實，完成了文學的政治任務，創造了文學爲政治服務的優秀範例，顯示出無產階級革命文學運動的實質。把我國現代文學創作提高到一個新的水平。

《子夜》的取得上述成就，並不是偶然的，而是在作家充分認識到從《蝕》到《虹》的兩個方面的經驗教訓之後，認眞積累生活，與革命者、自由主義者、企業家、銀行家、商人、公務員等各種人做朋友，熟悉他們，研究他們之間的相互關係，他還經常去參觀交易所，研究各種投機家的活動情況，從而獲得了豐富的生活經驗。同時，他又認眞學習馬克思列寧主義，用馬克思主義來觀察分析自己在生活中所看到的種種現象，把握生活的本質與歷史動

向，運用他過去閱讀、研究外國文學作品所獲得的藝術素養，創造了許多的生動的、有血有肉的藝術形象。基本上實現了自己的創作意圖，使作品具有巨大的藝術生命力。

當然，《子夜》也並不是十全十美的，它還存在著一些缺點，甚至還可說是比較重大的缺點。

其一是：作家原定的寫作計劃，沒有能夠完全實現。作者在《子夜・後記》中說，他原定計劃比已經寫成的書還要大得多，農村的經濟情形、小市鎮居民的意識，以及一九三〇年的《新儒林外史》，他「本來都打算連鎖到現在這本書的總結構之內；又如書中已經描寫到的幾個小結構，本也打算還要發展得充分些；可是都因為今夏的酷熱損害了我的健康，只好馬馬虎虎割棄了」。〔註19〕一九五二年時作者又說：「這部小說又未能表現出那時候整個的革命形勢。原來的計劃是打算通過農村（那是革命力量正在蓬勃發展的）與城市（那是敵人力量比較集中因而也是比較強大的）兩者的情況的對比，反映出那時候的中國革命的整個面貌，加強革命的樂觀主義」；「但這樣大的計劃，非當時作者的能力所能勝任，寫到後半，只好放棄」；因而「不能表現出整個的革命形勢，則是重大的缺陷」。〔註20〕作家自己的這些自我批評，我們認為是中肯的。

其二是小說中對城市革命工作和工人群眾的描寫，不夠生動和真實。當時城市地下革命工作和工人運動正在恢復和發展，但同時又受到「左」傾機會主義路線的影響。因此，正確地加以分析，既要表現工人群眾的英勇鬥爭精神，又要批判錯誤路線的危害，都是必要的。但作者卻把對錯誤路線的批判與對基層革命工作者的政治品質、思想作風的描寫混在一起了，甚至還穿插了一些不必要的性的衝動的描寫，這樣，對錯誤路線的批判既不深入，而又有損於基層革命工作者的形象。此外，對工人和農村起義者的描寫，形象都不夠鮮明。原因據作者自己說是這些描寫，「僅憑『第二手』的材料——即身與其事者乃至第三者的口述」。〔註21〕這一自我批評是誠懇的、也是中肯

〔註19〕茅盾：《子夜・後記》，見《茅盾文集》第三卷（人民文學出版社一九五八年版）。

〔註20〕茅盾：《茅盾選集・自序》，見《茅盾文集》第二卷（人民文學出版社一九五八年版）

〔註21〕茅盾：《茅盾選集・自序》，見《茅盾文集》第二卷（人民文學出版社一九五八年版）。

的，但似乎只說到一方面，應該指出還有另一方面的原因：就是如何把批判錯誤路線與正確描寫基層革命工作者區別開來，這在作者當時的認識是不夠明確的，並且當時整個新文學創作中也還沒有這一經驗。

總的說來，《子夜》雖然存在一些缺點，今天看來，甚至還可說是比較大的缺點，但它的成就畢竟是主要的。革命導師列寧曾經指出：「如果我們看到的是一位真正偉大的藝術家，那麼他就一定會在自己的作品中至少反映出革命的某些本質的方面。」〔註22〕茅盾正是這樣一位藝術家。他在《子夜》中塑造了吳蓀甫、趙伯韜這兩個具有歷史意義的典型形象及其周圍人物，深刻地反映了半封建半殖民地的中國社會在三十年代初期的基本特徵：民族資產階級雖然倒向反動派，但在軍閥混戰的情況下，在買辦資產階級的控制下，民族資本家不管他個人如何有能力、有才幹，也是沒有出路的；中國工人階級的鬥爭雖然還處在極艱苦的階段，但革命必將得到發展。正是由於這部長篇小說本身的成就，所以在它出版後的第二個月，魯迅就在給友人的一封信裡給予熱烈的稱讚：「國內文壇除我們仍受壓迫反對者趁勢活動外，亦無甚新局。但我們這面，亦頗有新作家出現；茅盾作一小說曰《子夜》（此書將來當寄上）計三十餘萬字，是他們所不能及的。」〔註23〕也正是由於這部長篇小說本身的成就，使國民黨反對派感到極為恐慌，一九三四年的第五版被迫刪去了幾章才得印行，這還不夠，反動派又加以查禁，根本不准發行。

一九三七年中篇小說《多角關係》，可以說是《子夜》的續篇。作品以資本家同時又是地主、房東的唐子嘉為中心，描寫了上海附近的一個城市在一九三四年年關時節，地主與農民、資本家與工人、工商業者與銀行錢莊的老闆，廠家與商家、房東與房客……等等相互間的多角關係，而這多角關係的核心則是「人欠」而同時又「欠人」的債務。這樣，作家揭露了當時都市金融停滯，商業蕭條，農村經濟破產的慘象。

《多角關係》就內容來看，可以說是《子夜》的補充。

（四）短篇小說創作的里程碑——《春蠶》及其他

一九三三年五月，茅盾出版了第三本短篇小說集《春蠶》。這本集子收入一九三二年到一九三三年初寫的《春蠶》、《秋收》、《小巫》、《林家鋪子》、《右

〔註22〕列寧：《列夫·托爾斯泰是俄國革命的鏡子》，《列寧選集》第二卷第三六九頁。
〔註23〕《魯迅書信集·致曹靖華》（一九三三年二月九日）。

第二章》、《喜劇》、《光明到來的時候》、《神的滅亡》等八篇作品。這些作品廣泛地反映了那個時期江南的市鎮和農村的生活景象。正和《子夜》是三十年代初長篇小說創作中的重要收穫一樣，《春蠶》則是那個時期短篇小說創作中的重要收穫。

《林家鋪子》描寫一九三一年年關前後即「一二八」戰爭時期上海附近一個市鎮裡一家小百貨店——「林家鋪子」被迫倒閉的故事。林家鋪子的林老闆，從父親手裡繼承下這個小小的鋪子，做生意一向巴結認真。作為一個小商人，他連一點起碼的愛國心也沒有，在群眾反對販賣東洋貨的高潮中，他向國民黨黨部行賄，把東洋貨的商標撕去冒充國貨廉價推銷；生意清淡時用「大放盤」招徠顧客，生意好轉後就「要把貨碼提高，要把次等貨換上頭等貨的價格」。這都反映了小商人的唯利是圖的本質。然而，儘管林老闆做生意巴結認真，從沒有浪費分文，沒有害過人，沒有起過歹心，卻仍然逃不脫破產的命運，最後是欠下了一筆無法清償的債，只有一走了之。

林老闆怎麼會破產的？作品作了形象的回答：農村破產，在飢餓線上掙扎的農民對那些日用工業品雖然也知道「貨色是便宜」，可就是「沒有錢買」，林老闆也模糊地感覺到「自己的一份生意至少是被地主和高利貸者剝奪去了」。日本侵略者的炮火給小鎮送來一批逃難的上海人，他們「買東西很爽利」，「現錢交易」，使在困境中的林家鋪子生意有所好轉；但恰恰也正是由於日本帝國主義的侵略戰爭，使銀行錢莊封關，匯劃不通；上海來的收帳客人坐索現款；也因戰事關係，錢莊經理逼他掃數還清舊欠，把林家鋪子向破產的道路上逼送，林老闆也感覺到「遠在上海的打仗也要影響到他的小鋪子了」。由於林老闆的竭力掙扎，林家鋪子勉強捱過了年關，底子已經空了。國民黨黨老爺又打著「替窮苦人兒謀利益」的幌子公開對他敲詐勒索，同業又對他造謠中傷，危急時還要挖去他僅有的一點存貨，林家鋪子終於倒閉了。

一個「淒涼的年關」，「鎮上的大小鋪子倒閉了二十八家。內中有一家『信用素著』的綢莊。林家鋪子雖然勉強捱過了年關，但仍然逃避不了倒閉的命運。這就深刻地揭示出：林家鋪子的倒閉，不是個別現象，而是有著普遍性的。地主高利貸者的盤剝造成的農村經濟蕭條，日本帝國主義的侵略、國民黨的反動統治，以及資產階級本身的勾心鬥角、互相傾軋，這就是造成林家鋪子等大批商店倒閉的根本原因。毛主席在分析中國社會各階級的經濟地位

談到小商人時指出：「他們一般不雇店員，或者只雇少數店員，開設小規模的商店。帝國主義、大資產階級和高利貸者的剝削，使他們處在破產的威脅中。」〔註24〕《林家鋪子》對一個市鎮生活和小商人的命運的描寫，真實地反映了這個問題。

小說還進一步揭示出：林家鋪子倒閉了，林老闆一走了之。但在國民黨反動統治下，恒源錢莊之類有錢有勢的債權人並沒有多大損失，真正受害的是靠自己「十個指頭做出」百幾十塊錢的張寡婦這樣的窮苦人以及朱三阿太、陳老七等小市民。這就指出了國民黨反動派才是廣大人民群眾的真正的敵人。

《林家鋪子》中的全部描寫，不僅有著高度的歷史真實性，並且有著鮮明的政治傾向性。作者把批判的鋒芒直指帝國主義和國民黨反動派。

《春蠶》、《秋收》和《春蠶》出版後才發表的《殘冬》（一九三三年七月發表於《文學》創刊號，後收入《茅盾短篇小說集》第二集），是三篇各自獨立而又有內在聯繫的連續性的短篇，被人們合稱為「農村三部曲」。

《春蠶》寫的是老通寶一家養蠶賣繭的故事：老通寶，這個六十多歲的老年農民，勤勞忠厚，他把自己的命運完全寄託在蠶事上。他希望「蠶花利市」，償還債務，贖回田產，從而扭轉貧困的命運。對於「越變越壞」的世界，他感到非常困惑。他也認真地探索過自己的命運和這個「越變越壞」的世界的關係。他有過「自從鎮上有了洋紗、洋布、洋油」這一類洋貨和河裡有了小火輪以後，他父親留下來的家產就一天天變小，變做沒有，以至負了債的經歷。他也看到換了「新朝代」（按：指國民黨新軍閥統治）以後，「鎮上的東西更加一天天貴起來，派到鄉下人身上的捐稅也更加多起來」的事實。因此，他就把帶洋字的東西看成是自己的大敵，把那些「新朝代的統治者看作是『私通洋鬼子，故意來騙鄉下人』的壞人」。對於使自己的生活一天天走下坡路的原因，老通寶是模糊的認識到的。可是封建迷信觀念卻阻礙他去進一步認識自己的命運。在整個蠶事過程中，除了勞動外，老通寶只是忙於和神鬼打交道。的確也是「老天爺」保佑吧，蠶花是豐收了，可是老通寶卻向下坡路再走了一步：「白賠上十五擔葉的桑地和三十塊錢的債！」

老通寶的小兒子阿多，是一個「不知苦樂的毛頭小夥子」，開朗、愉快、熱愛生活，他不相信老通寶的那些鬼禁忌，他樂於幫助別人，和別人都保持一種親切、友好的關係。對於被人們看作白虎星的荷花，他更抱著同情，並

〔註24〕毛澤東：《中國革命和中國共產黨》，《毛澤東選集》第二卷第六○五頁。

且使他思考：「人和人中間有什麼地方是永遠弄不對的」，雖然他不明白是什麼地方或是爲什麼弄不好，可是已顯示出對於當時的社會關係，他已起了懷疑，有了不滿。特別是在窮困中長大的生活經歷，使他懂得：「單靠勤儉工作，即使做到背脊骨折斷也不能翻身」這個道理。因此他不相信「蠶花好」、「田裡熟」就能改變自己的命運。這表明對老一輩的生活道路他也起了懷疑，叛逆的性格已在他身上萌芽。

阿四和阿四嫂，他們和老通寶一樣勤儉刻苦，但並不像老通寶那樣固執，他們和老通寶一樣，也忠於各種禁忌，可是在和自己的切身利益有關的時候，也願意接受新鮮事物。他們是比較開通，但還沒有覺醒的那一種人。

作品通過老通寶一家養蠶賣繭的故事，反映了第二次國內革命戰爭時期江南農村中極其複雜的社會現象之一——豐收成災，農民在一天一天的向下坡路走，同時覺醒的力量也在開始成長起來。

《秋收》是《春蠶》的發展。

由於春蠶的豐收成災，在青黃不接的時候，農民們過著半飢餓的生活，米，卻在鎮上老爺們開的米店中囤著。在這尖銳的矛盾中，「搶米囤」，「吃大戶」，鬥爭開始了，而阿多，就是領袖之一，阿四夫婦在吃大戶的鬥爭中，認識也有了轉變，跟著大夥兒走了。搶米囤的風潮平息了下去，接著而來的是與旱災的鬥爭。在這場鬥爭中，老通寶不得不向自己的大敵「洋水車」、「肥田粉」等「洋」東西低頭。經過一場艱苦的鬥爭，天老爺的幫助，又是一場豐收，但跟著豐收來的是米價的暴跌，「老通寶的幻想的肥皂泡整個兒爆破了」！

「春蠶的慘痛經驗作成了老通寶一場大病，現在這秋收的慘痛經驗便送了他一條命。」在他臨死的時候，似乎終於感覺到小兒子阿多是對的。

《殘冬》是三個連續性短篇的故事的終結，但也是正在到來的農村生活的開始。

春天的蠶，秋天的米，是江南農民的命根子。春蠶的美夢破滅於前，秋收的幻想絕望於後，在寒冬西北風下的農村，便和「死了一樣」，在地主的無理壓迫下，飢寒交迫中過日子的人們，便進一步體會到「規規矩矩做人就活不了命」的道理。他們希望「世界反亂」，「改朝換代」，成爲農民群眾的強烈的願望。至於如何實現這一願望，小說生動地反映出這在農民群眾中存在著兩種不同的想法：一種以最受歧視的婦女荷花爲代表，他們期望有「眞命天

子出世」。他們相信「眞命天子」出來了，窮人就可以「翻身」，「總會有點好
處落到」「頭上」，「比方說三年不再完租」。這一想法雖然包含有濃厚的封建
迷信的色彩，但也眞實地反映了農民群眾自發的要求改善生活處境的願望。
傳說中的「眞命天子」落實到一個十二歲的鼻涕拖有寸把長的小孩子身上，
這當然是無稽之談，但卻使反動統治者感到恐慌，他們把那個傳說中的「眞
命天子」抓了起來。這反映出反動統治者是多麼的外強中乾，多麼虛弱！另
一種想法以阿多等年青一代農民爲代表。阿多他們本來受封建傳統思想的影
響比較小，精神上沒有什麼負擔。一九二六年到一九二七年的大革命時代，
鬧「什麼『打倒土豪劣紳』的時候」，阿多就「常把家裡藏著的『長毛刀』拿
出來玩」，這表明在阿多的頭腦中早已萌芽了革命思想。當農民群眾普遍感覺
到沒有活路可走，一部分人把希望寄託在「眞命天子」身上的時候，阿多卻
和陸福慶、李老虎等自發地組織了起來，拿起了鋤頭鐮刀，奪取反動政權的
武器來武裝自己。對於那個被捆綁著的「眞命天子」，他們豪爽地加以嘲笑說：
「哈哈！你就是什麼眞命天子麼？滾你的罷！」這表明阿多他們已經和傳統
的觀念決裂，拿起武器，走上自己解放自己的道路了。雖然阿多他們的鬥爭
還是自發的，還沒有得到中國共產黨的領導。但作品中所描寫的還是很深刻
地反映了那個時期的社會現實。

　　毛主席在《星星之火，可以燎原》這篇光輝著作中深刻地分析了當時中
國社會的多種矛盾後指出：「如果我們認識了以上這些矛盾，就知道中國是處
在怎樣一種皇皇不可終日的局面之下，處在怎樣一種混亂狀態之下。就知道
反帝反軍閥反地主的革命高潮，是怎樣不可避免，而且很快會要到來。中國
是全國都布滿了乾柴，很快就會燃成烈火。『星火燎原』的話，正是時局發展
的適當的寫照。只要看一看許多地方工人罷工、農民暴動、士兵嘩變、學生
罷課的發展，就知道這個『星星之火』，距『燎原』的時期，毫無疑義地是不
遠了。」〔註25〕

　　阿多等三個人和剛繳獲的三條槍，不就是「燎原」之前的「星星之火」
嗎？季節既然是殘冬，春天當然也就不遠了。

　　《殘冬》還有一個很有意義的內容：反映了自耕農向雇農轉化過程中在
思想意識上的激烈鬥爭。在一年裡經受了春蠶和秋稻兩次「豐收成災」的打
擊，本來是「自田自地」、生活還過得去的老通寶一家完全垮了：「田、地都

────────────

〔註25〕毛澤東：《星星之火，可以燎原》，《毛澤東選集》第一卷第九八頁。

賣得精光，又負了一身債」，「三間破屋也不是自己的」了。老通寶死後留下的那個家，正在發生深刻的變化：

　　阿四雖然還想種「租田」過活，但他也知道「種租田不是活路」。父親勸四大娘去給鎮上人家「做女傭」，拿「工錢」；阿四也想「到鎮上去做工作」，「做做短工也混一口飯」，但他又立刻想到走上這一條路，「他這一世」就「完了」，「拆散了這家去過『浮屍』樣的生活，那非但對不起祖宗，並且也對不起他們的孩子──小寶」。的確，千百年來的生活所養成的信念和習慣，「就以為做人家的意義無非為要維持這『家』。而現在要拆散這個「家」去「吃人家飯」，總覺得「不是路」，打不起主意，四大娘更痛苦得哭了。「剛剛變成為無產無家」的阿四、四大娘這樣的農民要在思想感情上適應這一變化，確是不容易的啊！但對阿多來說，那個家本來就沒有使他留戀，他不僅歡迎這個變化，甚至還可以說是在促進這個變化，他對阿四和四大娘說，亂世年成，死一個人好比死一條狗，「家」拆散一下算得什麼！所以他勸告他們說：「你們兩個到鎮上去『吃人家飯』，老頭子借的債，他媽的，不管！」他批評阿四這樣沒主意的人，「世上少見」，他還表示：「我帶了小寶去，包你有吃有穿！」而他自己，就是在人們盼望「真命天子」出世的時候，拿起武器走上鬥爭的道路。阿多的思想和行動，都是十分乾脆利索的，體現了農民中的新的一代正在成長。

　　《殘冬》反映了老通寶留下的這個自耕農的家向雇農轉化過程中的激烈思想鬥爭，是有深刻的社會意義的。

　　《春蠶》、《秋收》、《殘冬》這個「三部曲」，形象地反映了三十年代初期中國農村的破產景象，指出了地主、高利貸者的剝削、帝國主義的經濟侵略和軍事侵略、國民黨的反動統治，是造成農村破產的根本原因；深刻地反映了在農村破產過程中，自耕農的轉化為農村無產階級、年青一代農民在現實生活的教育下、在對封建迷信思想和習慣勢力的鬥爭中覺醒和成長起來，是不以人們的意志為轉移的客觀規律。

　　《右第二章》描寫了在「一二八」上海事件中編輯李先生和工人阿祥的遭遇，在炮火聲中的李先生，是那樣的驚慌失措，只為自己的妻子兒女，身家性命擔憂，躲在租界裡等待戰爭的過去，戰爭過去了，但炮火砸破了他的飯碗，在乾癟的錢袋的威脅下，領到被打了七折八扣的退職金也感到精神百倍。工人阿祥呢？戰爭一開始，他就非常興奮，自動的去給軍隊搬子彈，送

慰勞品，更要求拿起武器來去和敵人拚，他所想的是：「不是我死，就是東洋人死。」但結果呢？他不是死於敵人的炮彈下，而是死在堅持不抵抗主義的反動軍官手裡；作品反映了在反帝鬥爭中知識分子的軟弱動搖和工人的為國犧牲的精神，指出帝國主義和向敵人妥協投降的都是中國人民的敵人。

《小巫》揭露地主階級內部狗咬狗的鬥爭，地主「老爺」為了販賣鴉片怎樣和反動軍警勾結起來迫害老百姓，反映了哪裡有壓迫哪裡就有鬥爭，老百姓又怎樣被迫拿起武器進行鬥爭的。《喜劇》描寫一個在孫傳芳時代因為幹革命而被關到「西牢」——帝國主義在租界裡的監牢裡關了五年出獄後的見聞和遭遇：雄踞在南京的已不再是姓孫的「聯帥」，而是姓「蔣」的「總司令」了；做大官的不是革命者而是孫傳芳時代「很安分」的人；在這個「更便於尋歡作樂的世界上」，這個剛從監牢裡出來的青年，身上沒有半個銅元，連睡覺的地方也找不到，只好被迫冒充共產黨去「自首」，重新回到監牢裡去，才算「解決」了工作問題。這是一個尖銳地諷刺了國民黨新軍閥統治的諷刺「喜劇」。《光明到來的時候》寫長期在黑暗的環境裡，在光明即將到來的時候，有的人因不能適應這個變化而死去了，暗示只有敢於投身到革命的烈火中去鍛鍊的人，才有真正光明的前途。《神的滅亡》用北歐古代神話故事來諷喻當時的現實：指出「全宇宙被壓迫者聯成了一條戰線」，向「神」界的最高統治者發動了總的進攻，終於摧毀了那個「神」的統治。「神」的滅亡暗示蔣介石的反動統治在被壓迫群眾覺醒、團結起來以後，是必然要被推翻的。這些短篇小說，從不同的側面反映了當時的現實生活。

一九三二年底，茅盾在總結自己的創作經驗時說過：「我所能自信的，只有兩點：一，未嘗敢『粗製濫造』；二，未嘗為要創作而創作，——換言之，未嘗敢忘記了文學的社會的意義。」他又說，《林家鋪子》等作品，「題材是又一次改換，我第一回描寫到鄉村小鎮的人生」。「技術方面，也有不少變動；……在我自己，則頗以為我這幾年來沒有被自己最初鑄定的形式所套住」。茅盾的這一自述，是完全符合實際情況的。《春蠶》這本集子中的作品，正是他上述創作態度的生動體現。

在題材方面，他把眼光從自己所熟悉的知識分子這一階層轉向現實社會的各個方面：從大中城市到鄉村小鎮，從工商業者到地主豪紳、從各階層的知識分子到工人、農民，真實地，多方面地描寫了當時中國的社會和人生，給我們留下了一幅第二次國內革命戰爭時期的清楚而生動的歷史圖畫：在帝

國主義的軍事和經濟侵略，地主豪紳的剝削壓榨，反動政府的苛捐雜稅等重重的迫害下，民族工商業紛紛倒閉，農村迅速破產，國民經濟頻於崩潰的邊緣，國內階級矛盾日益尖銳，災難深重的中國農民、工人和知識分子在慘痛的教訓下逐漸覺醒。生動的顯示出革命的大雷雨到來前的景象。

在描寫方法上，雖然仍堅持著真實地反映現實的原則，可是卻讓自己的主觀感情，明白地在作品中流露出來。有批判、有肯定、有真摯的同情，也有辛辣的諷刺，有愛，也有恨，有對舊制度、舊勢力的否定，也有對人民力量的頌歌和對明天的希望。作者是把自己的革命激情有機地融和在對現實的真實地描寫中了。對於作品的情節，作者沒有矯揉造作地去布置一些曲折的故事，也沒有傳奇式的浪漫，作者只是樸素而真實地去描寫現實，並且不斷地去嘗試創造新的形式，在作者所擅長的心理描寫之外，更注意於時代精神的描繪，使作品具有一種在粗獷、豪放中有細緻的獨特風格。

一九三六年二月和一九三七年五月，茅盾先後出版了他的第四、第五兩本短篇小說集：《泡沫》、《煙雲集》，這兩本短篇集多方面地反映了那個時期的社會生活：有的描寫證券交易所裡的投機分子，如《趙先生想不通》；有的描寫「為了避土匪」、全家搬到上海、依靠吃利息為生的地主分子，如《微波》；有的描寫公司職員的無聊生活，如《第一個半天的工作》；有的描寫物價暴漲對勞動人民的損害，如《擬〈浪花〉》；有的描寫都市中的流浪兒童，如《大鼻子的故事》；有的描寫小縣城裡的階級鬥爭，如《手的故事》；更多的是描寫知識分子的生活，如各自獨立、又有一定聯繫的三篇《有志者》、《尚未成功》、《無題》。這些作品在真實地反映生活的同時，有批判、有諷刺、也有所肯定，但就這些作品的思想內容的深度來看，似乎沒有超過《春蠶》、《林家鋪子》，作為短篇小說來看，有的寫得比較鬆散、冗長，如《手的故事》。

一九三六年發表但未收入上述兩個集子的短篇小說《兒子開會去了》，是一篇較好的作品。

《兒子開會去了》描寫一個十二三歲的小學生，怎樣徵得父母的同意去參加紀念「五卅」十一週年的示威遊行的。作品反映了少年一代的充滿愛國熱情、朝氣蓬勃、勇往直前的精神，顯示出少年一代將在鬥爭中鍛鍊成長，反映了作家自己對革命前途的堅定的信心。

總之，《春蠶》這個短篇小說集，是茅盾短篇小說創作的一個重要里程碑，

也是我國現代文學短篇小說創作方面的一個重要里程碑。如果說魯迅的《吶喊》、《彷徨》和郭沫若的《女神》是「五四」和第一次國內革命戰爭時期我國現代文學創作中的最高成就，那麼，茅盾的《子夜》、《春蠶》和魯迅的《二心集》、《南腔北調集》等雜文，就是第二次國內革命戰爭時期無產階級革命文學運動的最高成就。

（五）具有鮮明時代色彩的散文──《速寫與隨筆》

在這一時期裡，茅盾還寫了大量的散文。一九三三年出版的《茅盾散文集》，收文藝隨筆二十三篇，社會隨筆二十篇，故鄉雜記三篇，除文藝隨筆中的《櫻花》、《鄰一》、《鄰二》三篇是一九二九年的舊作外，均系一九三二年、一九三三年所寫。（《故鄉雜記》後曾出單行本）一九三四年出版散文集《話匣子》，共收散文四十四篇。一九三六年五月出版的《印象‧感想‧回憶》，收散文十一篇。茅盾自己曾把他的散文稱之為「速寫與隨筆」，並用這個名字來題名他的散文選集：《速寫與隨筆》，收散文四十篇，其中從《茅盾散文集》中選來十九篇，從《話匣子》中選來十篇，一九三四年、一九三五年所作十一篇。〔註26〕

茅盾的散文，內容廣泛，形式多樣。有抒情性散文，如《雷雨前》；有敘事性散文，如《故鄉雜記》、《「現代化」的話》；有偏重於議論的散文──雜文，如《「驚人發展」》。

在《冬天》裡，作者在敘述了對於冬天的感覺後寫道：

> 我知道「冬」畢竟是「冬」，摧殘了許多嫩芽，在地面上造成恐怖；我又知道，「冬」只不過是「冬」，北風和霜雪雖然兇猛，終不能永遠的不過去。相反的，冬天的寒冷愈甚，就是冬的運命快要告終，「春」已在叩門。
>
> 「春」要來到的時候，一定先有「冬」。冷罷，更加冷罷，你這嚇人的冬！

在《雷雨前》裡，作者描寫了人們在雷雨前沉悶的氣氛中的感覺以後這樣寫道：

> 然而猛可地電光一閃，照得屋角裡都雪亮。慢外邊的巨人一下子把那灰色的慢扯得粉碎了，轟隆隆，轟隆隆，他勝利地叫著，胡……

〔註26〕這些作品收入《茅盾文集》第九卷時作者自己抽去了幾篇。

胡……擋在幔外邊整整兩天的風開足了超高速度撲來了，蟬兒噤聲，蒼蠅逃走，蚊子躲起來，人身上像剝落了一層殼那麼一爽。霍！霍！霍！巨人的刀光在長空飛舞。轟隆隆，轟隆隆，再急些，再響些吧！

　　讓大雷雨沖洗出個乾淨清涼的世界！

《冬天》寫的是作者個人的經歷，《雷雨前》寫的是人人都會有的在雷雨前的感覺，但作品並不只是描寫一些自然景象和肉體的感覺，而是借景抒情，作家表示他對人民的春天，對革命的大雷雨，對乾淨清涼的新社會的期待！

　　《沙灘上的腳跡》中的「他」，正是作者自己的形象。「他」正視那昏黑的環境，看出了青面獠牙的夜叉的兇殘，沒有被妖嬈的人魚所唱的「迷人的歌」所迷住，更沒有走鬼怪所製造的虛幻的「光明之路」，打消了「等天亮再走的念頭」，勇氣倍增地「在縱橫雜亂的腳跡中」「小心地辨認真的人的足印，堅定地前進！」這「真的人」是誰？聯繫茅盾當時的思想認識來看，顯然是指無產階級革命戰士。踏著無產階級革命戰士的腳跡前進，這就是茅盾當時所表示的堅定的決心。

　　不少敘事性的散文，深刻地描繪了城鄉社會面貌。

　　在《「現代化」的話》一文中，作者給你指出，假使你到「中國輕工業的要塞」，上海的「東頭」，楊樹浦那一帶去參觀一下，會使你產生「中國已經走上資本主義的路而且民族資本主義已經確立了」的感覺──「中國是在著著地現代化」：到南市、閘北、浦東，你可以到處看見大煙囪」，進入南京路的國貨商場，你就會覺得「日用品都有國產的了」。──「中國是在著著地現代化」！但在這「現代化」的同時，「政府」卻在向美國接洽「五千萬美金大借款」，來救濟中國的紡織工業！中國是在「現代化」，──實質上卻說明了中國是在「被」「開發」！

　　作者又給你指出：二馬路、北京路、寧波路和外灘，是「中國的金融樞紐」，中央、中國、交通三大銀行的業務，告訴你政府發行的公債庫券是以「萬萬」計數的，似乎中國國民儲蓄能力畢竟不弱，但金融事業的「現代化」，只不過是「資金集中，財閥造成」的體現。

　　你喜歡樂一下嗎？作者再給你指出「你要是愛細腰粉腿，就有跳舞場」，你要是要看電影，那麼，新開幕的「據說是東亞第一的現代化」的大光明，正在開映「最近歐美現代生活的影片」，還有，「上海建築現代化的代表」的

二十二層的四行儲蓄會大廈，就在大光明左近興建，〔註27〕但在這「現代化」的繁榮景象中，在上海「過不了年關的有五百多家，南京路上有一家六十多年的老店也是其中之一」。〔註28〕

上海是在著著地「現代化」，外資增加，生產縮小，消費膨脹，投機市場繁榮，民族工商業日趨破產。

不僅在都市裡。在鄉村，「現代化」也著著地在進行。

鐵路和公路向鄉村伸展，這結果是：

> 跟著交通的發達，向來鄙塞，洋貨和鈔票不大進得去的地方也就流通無阻了；生活程度也慢慢跟著提高了；生活程度高，又是「現代化」的顯著徵象。還有，跟著交通的發達大都市裡的時髦風氣也很快地灌進內地去了，剪髮、長旗袍、女大衣、廉價的人造絲織品，一齊都來了。都市和鄉鎮現在正起了交流作用，鄉鎮的金錢流到都市，而都市的「現代」風氣的裝飾和娛樂流到鄉鎮……最重要的，資本主義經營的大農場也在有些地方出現了！從前高利貸者兼併土地還不過是「蠶食」，現在農村資本主義的手腕則是「鯨吞」。……這加速了農村的土地集中，而土地集中就是最顯著的農村「現代化」。〔註29〕

還有，小火輪的軋軋發響的機器聲和吱吱地叫的汽笛聲，也闖入了寧靜的鄉村。它，「就好比橫行鄉里的土豪劣紳」〔註30〕成為老百姓的死對頭。

即使小火輪不到的鄉村，也闖入了「陌生人」兄弟倆：洋蠶種和肥田粉。〔註31〕但是這近代科學技術的成果並沒有給農民造福，反而給自給自足的農村打開了一個缺口，使農民的錢從這個缺口流入城市，流向外洋。

農村是在著著地「現代化」，但現代化的結果卻是土地迅速集中，農村勞動力沒有出路，農民購買力衰退。「從前怕年成不好，現在年成好了更恐慌」。〔註32〕——於是「大都市裡天天嚷著農村破產，救濟農村」，於是「振興農村

〔註27〕茅盾：《「現代化」的話》，見《茅盾文集》第九卷（人民文學出版社一九六一年版）。
〔註28〕茅盾：《上海大年夜》，見《茅盾文集》第九卷（人民文學出版社一九六一年版）。
〔註29〕茅盾：《「現代化」的話》，見《茅盾文集》第九卷（人民文學出版社一九六一年版）。
〔註30〕茅盾：《鄉村雜景》，見《茅盾文集》第九卷（人民文學出版社一九六一年版）。
〔註31〕茅盾：《陌生人》，見《茅盾文集》第九卷（人民文學出版社一九六一年版）。
〔註32〕茅盾：《「現代化」的話》，見《茅盾文集》第九卷（人民文學出版社一九六一年版）。

的棉麥借款就應運而生」。〔註33〕

《「現代化」的話》、《鄉村雜景》這一類作品，作者採取典型的社會現象，用工筆畫的手法，單刀直入的揭露第二次國內革命戰爭時期我國社會動態的一個重要特徵——迅速走向殖民地化！

杭嘉湖地區原來是蠶桑之鄉。人造絲的大量輸入，「人造絲織品已驅逐了蘇緞杭紡」，嚴重地打擊了中國傳統的養蠶事業，加速了中國農村經濟的破產。抱不抵抗主義的國民黨反動政府卻藉口「國難」把大量的苛捐雜稅強加在人民群眾身上，使市鎮小商人也「生意越弄越難做了」。「鄉鎮小商人的破產是不能以年計，只能以月計了」。〔註34〕

《「現代化」的話》、《上海大年夜》等作品，對十里洋場的舊上海，不是只描寫它畸形繁榮的表面現象，也沒有去寫資產階級及其寄生蟲們的糜爛生活，而是通過那些畸形的繁榮景象的描寫，深刻地揭示出當時中國都市社會的本質特徵——迅速地走向殖民地化。《故鄉雜記》，《鄉村雜景》等寫小市鎮和農村生活的作品，也不是把市鎮和農村寫成寧靜的世外桃源，而是著重寫資本主義勢力侵入市鎮和農村，使市鎮和農村生活發生迅速變化的過程——農村經濟破產的過程。並使它具有鮮明的杭、嘉、湖地區的市鎮與農村生活的風俗畫的色彩。把這些散文和《子夜》、《林家鋪子》、《春蠶》等小說對照起來閱讀，既可以幫助我們更好地認識三十年代前期中國社會生活的本質，又能夠幫助我們瞭解茅盾是如何從現實生活中汲取素材進行藝術創作的。比如《故鄉雜記》中所寫的「丫姑老爺」這個人物對於理解《春蠶》中的老通寶這個典型形象就是有重大意義的；而《林家鋪子》所描寫的那個小鎮在年關前後的景象，正是作家自己的故鄉在年關前後的生活在藝術上的再現。所以從這些散文到有關小說，包含有作者的極為豐富的典型化的經驗。

茅盾當時還寫了一些直接評論時事政治問題的散文——雜文。

在幾篇關於紀念「九一八」、「一二八」事件一週年的文章中，茅盾尖銳地揭露了國民黨反動派的不抵抗主義。他在《九一八週年》中寫道：「『九一八』一週年到了，定會有各種各樣的紀念活動。」但「另外有些人的『紀念週年』是做不成的，例如東北義勇軍想攻佔瀋陽而軍火苦不足，士兵們想殺

〔註33〕茅盾：《談迷信之類》，見《茅盾文集》第九卷（人民文學出版社一九六一年版）。

〔註34〕茅盾：《故鄉雜記》，見《茅盾文集》第九卷（人民文學出版社一九六一年版）。

賊而上官命令『鎮靜』，……」話很簡單，對國民黨反動派的藉口「攘外必先安內」，把東北大好河山奉送給日本帝國主義表示了極大的憤慨。在一二八週年的時候，作家在《血戰後一週年》中指出：上海租界不僅「依然那樣繁華」，而且是「更加繁華」了。「如果不是愛多嘴的新聞紙頻傳熱河告急，山海關頭炮響，誰又肯相信我們的國難仍是未已。我不犯人，人卻犯我，而所謂『長期抵抗』事實上乃是長期『不』抵抗！」

在《神怪野獸影片》、《玉腿酥胸以外》等文章中，茅盾分析了當時電影的一種傾向。他指出帝國主義者一方面攝製許多所謂的「尚武」影片，為發動第二次世界大戰作輿論準備；一方面又攝製了許多「神怪蠻荒野獸影片」，用來麻醉民眾。當時這類影片也波及上海，成為「賣座最佳的影片」，這一方面反映了一般市民渴想逃避現實的心理，更反映了沒落階級的頹唐、彷徨、悲觀的情緒。作者還進一步指出：電影是普遍的大眾的藝術，反動派利用它來欺騙民眾。在「玉腿酥胸」、「武俠迷信」影片受到抨擊以後，也來編制幾部「抗日」影片，「光景是喜峰口的勝利，大刀隊的神勇，而題了『還我河山』那樣雄壯的名兒，這樣，民眾看了，既知道確已『抗過』，而且不忘『還我』，就可以「放下一百二十四個心，醉迷迷地等待『長期抵抗』的最後勝利」！這是對反動派利用銀幕來欺騙民眾，推行賣國政策的有力揭露和楓刺。

在日本帝國主義打下了「天下第一雄關」，平津告急的時候，反動派把北平城裡的「古物」大規模裝箱南運，準備繼續放棄大片國土。對此，魯迅曾寫了《崇實》、《學生和玉佛》等雜文加以抨擊。茅盾也寫了《古物南遷》等緊密配合。作者寫道：「萬一不遠的將來平津失守，而古物無恙，大人先生們庶可告無罪於列祖列宗」。但是，「平津的老百姓眼見古物車南下卻不見兵車北上，而又聽得日軍步步逼進，他們那被棄無告的眼淚只好往肚子裡吞」。在反動派眼光裡，「三千箱古物」的價值比大片國土和千百萬人民要大得多！作者在用對比的方法對反動派作了無情的揭露以後又寫道：

> 可惜洋鬼子的機械文明尚未臻萬能之境。不然，用一架碩大的起重機把中華古國所有的國寶，例如北平的三海大內，曲阜的孔林，南京的孫陵之類，一齊都吊上喜馬拉雅山的最高峰去，讓大人先生們安安穩穩守在那裡「長期抵抗」，豈不是曠世奇勳！

這一段尖銳、辛辣的嘲諷文字，寫得極為精彩。它揭示出國民黨反動派不僅

要把文化古城北平和華北大片國土奉獻給日本帝國主義，就是把他們的老巢南京一併奉獻出去，也是心甘情願的。事情的發展也正是這樣，抗日戰爭爆發不久，他們就把包括南京在內的大片國土奉送給日本侵略者，自己躲到峨眉山上去「長期抵抗」了。

　　一九三二年初，國聯派了一個以英國人李頓爲團長的調查團到中國來「調查」日本佔領我國東北的問題。十月，國聯發表了《李頓調查團報告書》，這裡包含著一個瓜分中國的陰謀。當時中國共產黨領導的中央工農民主政府立即發表了通電，公開揭露《李頓報告書》的實質是：帝國主義不僅想要共管我國東北，還妄圖瓜分整個中國，並號召全國人民武裝起來，以革命的民族戰爭來撕碎《李頓報告書》，把日本以及一切帝國主義驅逐出中國去。當時報紙上還登載了「國聯處理中日爭端，將有『驚人發展』」的消息。針對這一消息，茅盾寫了《「驚人發展」》一文。文章指出：日本要「獨吞滿州」，而國聯則要「共管滿州」。「在獨吞的局面下，東北非我所有，但在共管的形勢下，東北亦未必爲我所實有。主人翁的我們在日內瓦『驚人發展』以後依然是被掠奪而已。」文章還指出：《李頓報告書》的建議部分，「不但想共管東北，還暗示了共管全中國的建議：這一點，聰明的學者名流雖然裝作不懂，而愚笨的小百姓卻不肯忘記。」文章最後寫道：

　　　　等著吧！日內瓦在這「驚人發展」以後，還有一次更驚人的發展呢！那時候，李頓調查團功德圓滿，全中國都成了共管下的太平世界：那時候，國難當眞結束，而「長期抵抗」的意想不到的效力於是乎顯著！

　　　　然而最討厭的是不懂禮貌只曉得要飯吃的四萬萬中國老百姓卻未必那樣好說話！

在這裡，文章不僅揭露了國民黨反動派的不抵抗主義完全適應了帝國主義侵略的需要，並且表達了廣大中國人民的堅強意志和決心：帝國主義妄圖共管中國的陰謀是不可能得逞的。這篇文章和當時中央工農民主政府關於《李頓報告書》的通電的精神是完全一致的。歷史的發展也證明了「中國老百姓卻未必那樣好說話」！日本以及一切帝國主義都早已被趕出中國，新中國以巨人的姿態屹立於世界的東方。

　　茅盾的這些不同形式的散文，都有他個人的特色：

　　其一是強烈的現實性、戰鬥性和明確的針對性。茅盾曾說過：「我也曾

嘗試找找『性靈』這微妙的東西，不幸『性靈』始終不肯和我打交道，但我以為『個人筆調』是有的，而且不能不有的，只是此所謂『個人筆調』倒和『性靈』無關，而為個人的環境教養所形成所產生；我的筆調寫來寫去總是不脫『俗』的議論的腔調，恐怕就是一例罷。」〔註35〕這裡的所謂「俗」，就是說題材是「俗」的，即是從現實生活中來的，不是買辦文人林語堂之流所鼓吹的什麼「性靈」之類微妙的東西；作者從這些題材中所提出的問題是「俗」的，即廣大人民群眾所關心並迫切要求解決的問題，因此戰鬥性就很強；這些散文批判的鋒芒是直接指向帝國主義和國民黨反動派的，因此針對性就明確。

其二是：嚴肅中有幽默，明白曉暢而含意深刻，樸素的敘述中有尖銳的批判。茅盾又曾說過：「特殊的時代會產生特殊的文體」。寫文章有「小題大做」的，也有「大題小做」的，在當時，「大題目多得很」，但環境不許作家「大做，只好小做做」。隨筆、雜文等就是「大題小做」做出來的「特殊文體」。他又說：「而這『做』字就很難。太尖銳了當然通不過；太含渾就未免無聊；太嚴肅就要流於呆板，而太幽默呢？又恐怕讀者以為當真是一椿笑話。」〔註36〕的確，在第二次國內革命戰爭那個歷史時期：中國社會的迅速走向殖民地化；都市的畸形繁榮；現代科學技術的侵入農村和農村經濟的破產；反動派推行不抵抗主義等等，都是一些「大題目」，對於這樣一些「大題目」，當時環境是不允許革命作家暢所欲言的，隨筆、雜文便應運而生。茅盾當時抓住都市或農村中的一些具體現象，或記述、或議論、或夾敘夾議，寫了《故鄉雜記》、《「驚人發展」》、《「現代化」的話》等等，都是「小做」，形成了一種特殊的文體：隨筆、雜文。這些作品，看來不是很尖銳，但卻在樸素的敘述中包含有尖銳的批判；不是為幽默而幽默，而是寓幽默於嚴肅之中；不是曲折晦澀，而是明白曉暢而含意深刻。

茅盾的這些有著獨特風格的散文，和他的小說一樣，都是三十年代前期我國現代文學創作中的重要收穫。

（六）理論批評方面的貢獻

這一時期，茅盾還寫了不少文藝問題與作家作品的評論。這些評論文章

〔註35〕茅盾：《速寫與隨筆‧前記》，見《茅盾文集》第十卷（人民文學出版社一九六一年版）。
〔註36〕《茅盾散文集‧自序》（上海天馬書店一九三三年版）。

具體體現了茅盾當時的文藝思想。

茅盾剛開始文學活動的時候，就非常重視文學的社會作用，在總結了一九二七──一九二八年的教訓以後，對文學的社會作用的認識，就重新走上了馬克思列寧主義的軌道。他說：

> 社會對於我們作家的迫切要求，也就是那社會現象的正確而有爲的反映。〔註37〕

> 文學是表現時代，解釋時代，而且是推動時代的武器。〔註38〕

> 文藝家的任務不僅在分析現實，描寫現實，而尤重在於分析現實描寫現實中指示了未來的途徑。〔註39〕

社會現象的「正確」的反映，也就是要去正確的「表現時代，解釋時代」，要寫出歷史的眞實；「有爲」的反映，也就是不是自然主義的反映，而是要有目的性，要發揮文學的影響生活，教育民眾，擔負推動時代的使命。

面臨日本帝國主義妄圖滅亡中國以及其他帝國主義陰謀「共管」中國的形勢，茅盾從上述理解出發，痛切地指出：

> 日本帝國主義一面在東北製造事變，加強其對蘇聯的挑釁；而一面則以上海自由市的提議，在和各帝國主義秘密交涉。在日內瓦，……都使帝國主義者決心要趕快實現他們的大陰謀，以期及早滅絕中國的反帝民族革命運動。此種國際陰謀的暴露以及藝術地去影響民眾，喚起民眾間更深一層的反帝國主義的民族革命運動，亦必由作家來努力擔負！〔註40〕

這樣，茅盾就明確地肯定了文藝必須爲革命的政治服務，要求文藝家擔負起民族革命這一偉大任務。

那麼，我們所要創造的文藝是怎樣的一種文藝呢？在《我們這文壇》一文中，茅盾作了極爲具體的論述：

> 我們吐棄那些不能夠反映社會的「身邊瑣事」的描寫；我們吐棄那些「戀愛與革命」的結構，「宣傳大綱加臉譜」的公式；我們吐棄那些向壁虛造的「革命英雄」的羅曼斯，我們也吐棄那印板式的「新偶像主義」──對於群眾運動的盲目而無批判的讚頌與崇拜：我們吐

〔註37〕茅盾：《我的回顧》，見《茅盾自選集》（天馬書店一九三三年四月初版）。
〔註38〕茅盾：《文學家可爲而不可爲》，見《話匣子》（良友圖書公司一九三四年版）。
〔註39〕茅盾：《我們必須創造的文藝作品》，載《北斗》第二卷第二期。
〔註40〕茅盾：《我們必須創造的文藝作品》，載《北斗》第二卷第二期。

棄一切只有「意識」的空殼而沒有生活實感的詩歌、戲曲、小説！

　　　將來的真正壯健美麗的文藝將是「批判」的：在唯物辯證法的顯微鏡下，敵人、友軍、及至「革命自身」，都要受到嚴密的分析，嚴格的批判。

　　　將來的真正壯健美麗的文藝將是「創造」的：從生活本身，創造了鬥爭的熱情，豐富的內容，和活的強力的形式，轉而又推進著創造著生活。

　　　將來的真正壯健美麗的文藝因而將是「歷史」的：時代演進的過程將留下一個真實鮮明的印痕，沒有誇張，沒有粉飾，正確與錯誤，赫然並在，前人的歪斜的足跡，將留與後人警惕。

　　　將來的真正壯健美麗的文藝，不用説，是「大眾」的；作者不復是大眾的「代言人」，也不是作者「創造」了大眾，而是大眾供給了內容、情緒、乃至技術。

在這裡，茅盾反對了脱離政治的「身邊瑣事」的描寫，也批判了公式化、概念化的傾向，對文藝創造正面提出了四個要求：「批判」的、「創造」的、「歷史」的、「大眾」的。這四個要求，是貫徹著這樣一種精神的：

　　一、作家必須要有明確的立場、觀點，應該用辯證唯物主義的觀點來觀察、分析生活，對生活必須要有明確的態度，必須認識文學的反映現實、指導現實的職能。

　　二、作家必須忠實於現實。對現實的描寫應該「沒有誇張，沒有粉飾」，真實地去描寫實際存在的困難和矛盾，寫出歷史的真實面貌。

　　三、作家必須從大眾生活中吸取營養，不但取得創作的生活內容，並且也取得藝術。

　　關於創作的題材，茅盾也提出了新的見解：

　　　……我們有很多坐在咖啡杯旁的消費者的描寫，但是站在機器旁流汗的勞動者的姿態卻描寫得太少了；我們有很多的失業知識分子坐在亭子間裡發牢騷的描寫，但是我們太少了勞動者在生產關係中被剝削到只剩一張皮的描寫。〔註41〕

要描寫被剝削的勞動者，創造「批判」的、「創造」的、「歷史」的、「大眾」的新型的文學，作家就必須開拓自己的生活，提高自己的思想。他說：

〔註41〕茅盾：《都市文學》，見《茅盾文集》第九卷（人民文學出版社一九六一年版）。

都市文學新園地的開拓，必先有作家生活的開拓。……到作家的生活能夠和生產組織密切的時候，我們這畸形的都市文學才能夠一新面目。〔註42〕

一個做小說的人不但須有廣博的生活經驗，亦必須有一個訓練過的頭腦能夠分析那複雜的社會現象；尤其我們這轉變中的社會，非得認眞研究過社會科學的人每不能把它分析得正確。〔註43〕

在這裡，茅盾指出作家必須開拓自己的生活，豐富生活經驗，特別是要和「生產組織」取得密切聯繫，去接近和熟悉勞動群眾的重要性。同時又指出作家必須去「認眞研究社會科學」（按：當時所謂社會科學，就是指馬克思列寧主義），訓練自己的頭腦，只有認眞地研究過社會科學，有了正確的思想，才能對複雜的社會現象作正確的分析，認識生活的本質面貌。同時，他更指出思想和生活經驗的辯證關係：

思想與經驗是交流作用，思想整理了經驗，而經驗充實了思想。

到這境界，作者的內容方始成熟地產生。〔註44〕

在《〈法律外的航線〉讀後感》一文裡，茅盾熱情地肯定了當時青年作者沙汀的第一個短篇小說集《法律外的航線》，指出「作者用了寫實的手法，很精細地描寫出社會現象──眞實的生活的圖畫」，所以他認爲：「無論如何，這是一本好書！」茅盾在肯定這本小說時又對前幾年曾經出現過的公式化的創作傾向提出了尖銳的批評：

我們這文壇上，前幾年盛行著一種「公式」。結構一定是先有些被壓迫的民眾在窮苦憤怒中找不到出路，然後飛將軍似地來了一位「革命者」──一位全知全能的「理想的」先鋒，熱刺刺地宣傳起來，組織起來，而於是「羊群中間有了牧人」，於是「行動」開始，那些民眾無例外地全體革命化。人物一定是屬於兩個界限分明的對抗的階級，沒有中間層。也沒有「階級的叛徒」；人物的性格也是一正一反兩個「模子」，劃一整齊到就像上帝用黃土造的「人」。故事的發展一定就是標語口號的一呼一應，人物的對話也就像群眾大會裡的演說那樣緊張而熱烈，條理分明。

〔註42〕茅盾：《都市文學》，見《茅盾文集》第九卷（人民文學出版社一九六一年版）。
〔註43〕茅盾：《我的回顧》，見《茅盾自選集》（天馬書店一九三三年四月初版）。
〔註44〕茅盾：《思想與經驗》，見《話匣子》（良友圖書公司一九三四年版）。

茅盾在批評了這種公式化的創作傾向後還指出了它的危害性。文章在最後指出：「一切社會現象中都有革命意義，但作者的任務是從那些社會現象中去實地體驗出革命意義，而不是先立一個革命的結論，從而「創造」社會現象（作品中的故事）。幾年前盛行的「革命文學」就因為是那樣「創造」的，所以文學自文學，革命自革命，實際上並未聯在一起。」他認為：「《法律外的航線》裡的短篇，大部分不是蹈襲了那個舊公式，並且作者的手法也是他自己的，這便是可喜的現象。

茅盾在這裡所批評的創作傾向和肯定沙汀作品時所肯定的創作原則，不僅在當時是正確的，在今天看來仍然有現實意義。

茅盾的這些關於文學創作的見解，正是他自己創作經驗的總結，對於當時左聯所倡導的無產階級革命文學運動是有指導意義的，其中的許多見解，在今天也還有現實意義。

茅盾積極參加了一九三六年間的「國防文學」和「民族革命戰爭的大眾文學」兩個口號的論爭，寫了三篇文章。現在看來，茅盾當時的見解基本上是中肯的、正確的。

一九三五年底，周揚等同志根據季米特洛夫在共產國際第七次代表大會上報告中提出的建立全世界反法西斯統一戰線的精神和黨中央在《八一宣言》中提出的建立國防政府的號召，結合當時抗日形勢發展的需要，提出了「國防文學」這個口號，立即得到廣大革命文藝工作者的擁護，紛紛寫文章闡釋這個口號的含義。茅盾的《需要一個中心點》〔註 45〕一文，就對這個口號作出了較為完整、正確的初步論述。他說：國防文學，「這是喚起民眾對於國防注意的文學。這是暴露敵人的武力的文化的侵略的文學。這是排除一切自餒的屈服的漢奸理論的文學。這是宣揚民眾救國熱情和英勇行為的文學。」「國防文學」創作的題材，他認為應該是多樣的，「凡是現代的我們的社會現象——從都市以至農村，從有閒者的頹廢生活，小市民的醉生夢死，以至在生活線上掙扎的勞苦大眾的生活，都可以組織在此一題目之下。不過凡此種種的題材都必須有一個中心思想：，即提高民眾對於『國防』的認識；（使民眾瞭解最高意義的國防）促進民眾的抗戰的決心；完成普遍一致的武力抵抗侵略的行動！」

一九三六年四月間，馮雪峰同志從陝北到了上海，向魯迅傳達了黨中

〔註45〕《文學》第六卷第五號。

央關於建立抗日民族統一戰線的政策，魯迅決定提出民族革命戰爭的大眾文學這個口號，胡風在魯迅處得知這個口號後，就在《人民大眾向文學要求什麼》一文中提了出來，對於已經流行開來的「國防文學」口號卻隻字不提。本來對胡風已有懷疑的同志認為這是胡風有意破壞，就立即寫文章反對這個口號，而擁護這個口號的人也寫文章反駁，兩個口號的論爭就展開了。六月間，魯迅寫了《論現在我們的文學運動》一文，對「民族革命戰爭的大眾文學」這個口號作了正面的論述。茅盾把魯迅這篇文章送交《文學界》時附了一封信。信中指出：魯迅的這篇文章是特別重要的：它正確地解釋了「民族革命戰爭的大眾文學」與「國防文學」的關係，糾正了胡風顯然要以「民族革命戰爭的大眾文學」口號來代替「國防文學」口號的錯誤，廓清了人們由這兩個口號的糾紛所引起的迷惑。在這封信裡，茅盾表示他完全贊成魯迅的意見。〔註 46〕論爭繼續進行，茅盾又發表了《關於引起糾紛的兩個口號》，對他自己第一篇文章中的見解作了一些修正和補充。他說：「我現在想，『國防文學』這口號，若作為創作口號，本來是欠明確的；而過去我們把這口號認為一般的創作口號，也就有關門主義和宗派主義的危險」。在這裡表明了茅盾的勇於作自我批評的精神。他認為，對於「國防文學」這口號的正確的認識，應當是：「作家關係間的標幟，而不是作品原則上的標幟。」因為不用「國防」的主題寫作的作家，仍可參加抗日民族統一戰線，所以應當是「一切文學者在國防的旗幟下聯合起來」，而不是「在國防文學的旗幟下聯合起來」。他認為：提出「民族革命戰爭的大眾文學」，「既不是代替國防文學，也不是文藝創作的一般口號，而只是對左翼作家說的」。這個口號「作為前進文學者的創作口號，是很正確的」，但也不是文藝界統一戰線的口號。茅盾尖銳地指出：胡風「曲解了魯迅先生的意思」，「竟拿『民族革命戰爭的大眾文學』這口號來與『國防文學』的口號對立。」「把本來只是對左翼作家而發的口號變成了對一般作家，『左』誠然是『左』了，但那道『門』卻更關得緊緊的了」，因而是「十足的宗派主義作風」！同時茅盾還指出，周揚同志對「國防文學」的某些論述，也反映了關門主義和宗派主義。最後他表示希望文藝界的這一場「內戰」迅速停止，「並且放棄那種爭文藝『正統』，以及以一個口號去規約別人，和

〔註46〕茅盾：《關於〈論現在我們的文學運動〉──給〈文學界〉的一封信》，載《文學界》第二號。

自己以爲是天生的領導者要去領導別人的那種過於天眞的意念。」〔註47〕

　　茅盾當時對兩個口號的關係所作的解釋以及他對周揚同志的錯誤的批評，基本上是正確的，對胡風曲解了魯迅的意思，把兩個口號對立了起來製造分裂的錯誤所作的批評，也是完全正確的。兩個口號的論爭中雙方在領導權問題方面的意見分歧，茅盾當時沒有給予足夠的重視，是一個缺陷。但是，儘管如此，茅盾的上述見解在今天看來基本上也是正確的，對於澄清「四人幫」在這個問題上所造成的混亂是有幫助的。

　　在理論批評方面，茅盾還對文藝批評問題、文藝的大眾化問題、文學遺產的繼承問題、兒童文學問題寫了不少文章，提出了許多精闢的意見。

　　此外，茅盾還繼續從事外國文學的介紹、翻譯工作，著有《西洋文學通論》、《世界文學名著講話》等，翻譯有土耳其哈理德的小說《桃園》等。

　　綜上所述，可見在第二次國內革命戰爭時期的後半期，即左聯時期，正是茅盾文學道路上的一個最光輝的時期。茅盾善於總結自己文學道路上正反兩個方面的經驗教訓，在藝術上也不使自己「粘滯在自己所著成的既定模型中」，而是認眞探索，努力創新，不斷前進的，終於寫出了在他自己的文學道路上具有里程碑意義的作品：《子夜》、《春蠶》、《林家鋪子》等。這些作品，和魯迅的雜文一樣，標誌著左聯所倡導的無產階級革命文學運動在創作方面的重要成就，所以在我國現代文學發展史上也有里程碑的意義。

　　當時國民黨反動派對革命根據地發動反革命的軍事「圍剿」時，還對國民黨統治區的革命文化運動發動了瘋狂的反革命的文化「圍剿」。他們對以魯迅爲首的左翼作家隊伍，千方百計的加以迫害，從造謠誹謗、惡意中傷，到逮捕殺害，無所不用其極，搗毀書店和進步文化機構，禁止進步書籍的出版和發行，妄圖消滅革命文化。我們從魯迅《僞自由書·後記》中所保留的反面材料中可以看到，一九三三年間國民黨特務所辦的反動刊物《社會新聞》，在造謠攻擊魯迅時，往往同時就造謠攻擊茅盾，胡說什麼：「魯迅與沈雁冰，現在已成了《自由談》的兩大臺柱」；郭沫若、沈雁冰等「都各自抓著了一個書局，而做其臺柱，這些都是著名的紅色人物，而書局老闆現在竟靠他們吃飯了。」又胡說什麼：「自從魯迅沈雁冰等以《申報》、《自由談》爲地盤，發抒陰陽怪氣的論調後，居然又能吸引群眾，取得滿意的收穫了。在魯（？）沈的初衷，當然這是一種有作用的嘗試，想復興他們的文化運動。現在，聽

〔註47〕茅盾：《關於引起糾紛的兩個口號》，載《文學界》第三期。

說已到組織團體的火候了。」反動派在暗殺了中國民權保障同盟副會長楊杏佛以後，《社會新聞》又造謠加威脅說：「……非左翼作家的反攻陣線布置完成，左翼的內部也起了分化，最近上海暗殺之風甚盛，文人的腦筋最敏銳，膽子最小而腳步最快，他們都以避暑為名離開了上海。據確訊，魯迅赴青島，沈雁冰在浦東鄉間，……」等等。這些無恥爛言，充分暴露了反動派及其走狗「陰面戰法的五花八門」和卑鄙愚蠢。魯迅的《且介亭雜文二集・後記》中還記下了反動派的另一椿罪行：一九三四年三月，國民黨反動派公然查禁書籍一百四十九種。茅盾在一九三四年以前出版的《野薔薇》、《宿莽》、《蝕》、《虹》、《三人行》、《子夜》、《春蠶》、《茅盾自選集》等七種，就全部被查禁。然而，進步書籍是禁止不了的。《子夜》等作品就是在反動派明令禁止的情況下，從書店的櫃檯底下，一本一本地到了讀者手裡，成為廣大讀者所最喜愛的書籍之一。

　　國民黨反動派妄圖用反革命的文化「圍剿」來消滅革命文化，然而他們的文化「圍剿」和軍事「圍剿」都慘敗了。馬克思列寧主義得到廣泛傳播，左聯倡導的無產階級革命文學運動取得了巨大的勝利。這些勝利，是以魯迅為首的左翼作家隊伍經過不屈不撓的英勇鬥爭乃甚付出了生命的代價才取得的，這中間，當然也有茅盾的一份貢獻。

四、新的探索和新的成就——抗日戰爭時期和人民解放戰爭時期的茅盾

古老的偉大的中華民族，需要在炮火裡面洗一個澡。

——茅盾：《炮火的洗禮》

（一）在抗日和民主的旗幟下

日本帝國主義妄圖獨吞中國，把中國變成它的殖民地，於一九三七年七月七日發動了蘆溝橋事變，對我國發動了新的大規模的進攻。不到一個月，平、津就告淪陷。

蘆溝橋事變後的第二天，中國共產黨中央發表了宣言，指出「只有全民實行抗戰，才是我們的出路」。號召全國同胞團結起來，「驅逐日寇出中國」，「為保衛國土流最後一滴血」。宣言得到全國人民的熱烈響應和擁護。在中國共產黨的推動和領導下，中國革命進入了反對日本帝國主義侵略的神聖的民族革命戰爭時期，即抗日戰爭時期。

抗日戰爭一開始，就存在著兩條不同的指導路線：一條是以國民黨蔣介石為代表的大地主大資產階級的路線，是反對全面抗戰的，在軍事上由「應戰」變為「觀戰」；在經濟上四大家族利用他們的政治地位，迅速發展官僚資本，巧取強奪，對人民群眾進行殘酷的壓榨；在政治上加強法西斯統治，逮捕屠殺愛國進步人士。這種種就造成了國民黨統治區的暗無天日，在戰場上節節敗退。一條是以中國共產黨為代表的工人階級和人民群眾的路線，也就是堅持中國共產黨的領導，要求充分發動群眾，進行全面抗戰，爭取最後勝利的路線。在這條路線指導下，在解放區，實行了黨在抗日時期的全部綱領，

建設新民主主義社會。這樣，就把全體人民群眾的力量都動員了起來，並且使解放區成為抗日戰爭的基地，成為全國民主運動的燈塔。在國民黨統治區，抗日戰爭進入相持階段後，反動派就逐步加強法西斯統治，官僚資本對國內經濟的控制與掠奪日益嚴重，民族工業破產，農村經濟衰敗，廣大人民群眾生活在水深火熱之中，痛苦不堪。憤慨和不滿的情緒迅速增長，工人、農民的反抗鬥爭逐漸起來，學生運動蓬勃發展，民族資產階級和上層小資產階級也迫切要求改變現狀，民主運動逐步高漲。

經過了八年的艱苦鬥爭，一九四五年八月，中國人民終於在中國共產黨的領導下，取得了抗日戰爭的偉大勝利。

抗日戰爭勝利以後，國民黨反動派又悍然發動反共反人民的內戰，中國共產黨又領導全國人民進行人民解放戰爭。人民解放戰爭是在兩條戰線上進行的：軍事戰線和政治戰線。在軍事戰線上，人民解放軍在戰略防禦階段粉碎了蔣介石的進攻以後，於一九四七年七月轉入戰略進攻，到一九四九年四月，人民解放軍百萬雄師橫渡長江，迅速解放了南京，宣告了國民黨政府的垮臺。在政治戰線上，人民解放軍向全國進軍的過程中，國民黨統治區的人民運動也在中國共產黨的領導下迅速高漲起來，工人展開了反迫害鬥爭，學生展開了全國規模的反飢餓反迫害運動，民主黨派和無黨派民主人士重新結合起來向反動派作鬥爭。為了迎接全國革命勝利的到來，一九四八年五月一日，中共中央根據毛主席的提議，發出了「各民主黨派、各人民團體、各社會賢達，迅速召開政治協商會議，討論並實現召集人民代表大會，成立民主聯合政府」的號召。這一號召發出後，立即得到各民主黨派和無黨派民主人士、全國人民的熱烈擁護。一九四八年八月，民主黨派的代表人物和無黨派民主人士，接受中國共產黨的邀請，陸續進入解放區，進行新政治協商會議的準備工作，迎接新中國的誕生。

茅盾在一九三七年十一月上海淪陷後，就離開上海到了廣州，擔任《文藝陣地》和在香港復刊的《立報》副刊《言林》的編輯。《第一階段的故事》就是在《言林》上連載的。在這前後，茅盾還寫了後來收集在《炮火的洗禮》中的一些散文、雜文。

一九三八年三月二十七日，文藝界的抗日民族統一戰線組織——中華全國文藝界抗敵協會在武漢成立，茅盾被選為理事。這年年底，茅盾應友人的邀請赴新疆，在迪化（即烏魯木齊）擔任新疆學院文學院長。由於新疆軍閥

盛世才大批逮捕、屠殺共產黨人和進步人士，茅盾遂於一九四○年五月離開新疆到延安，十月到重慶。在這期間，茅盾曾在延安魯迅藝術學院講學，並根據去新疆來回路上的所見所聞，寫了散文集《見聞雜記》。

一九四○年下半年，由於國際形勢的變化，漢奸親日派活動十分猖獗，國民黨反動派也加緊了防共、限共、反共活動。一九四一年一月，蔣介石調動大軍對正在行軍途中的新四軍進行突然襲擊，製造了震驚中外的「皖南事變」，出現了抗戰以來的第二次反共高潮。皖南事變後，國民黨反動派加強了法西斯統治，文網更嚴，於是大批文化人用各種方法撤離重慶，到香港「開闢第二戰場」。茅盾也於這時候離開重慶到香港。在港期間，寫了長篇小說《腐蝕》。

一九四一年十二月，日本帝國主義又發動了太平洋戰爭，香港很快就淪陷。茅盾和一批進步文化人在中國共產黨領導的東江游擊隊的幫助下，脫險離開香港，到了桂林，爾後又去重慶。在這期間，茅盾寫下了《劫後拾遺》、《霜葉紅似二月花》、《時間的記錄》、《歸途雜拾》、《清明前後》等小說、散文和劇本。

抗日戰爭勝利後，茅盾回到上海。一九四六年十二月，應蘇聯對外文協的邀請，赴蘇訪問。回國後寫了《蘇聯見聞錄》、《雜談蘇聯》。此外，還出版了雜文集《生活之一頁》。不久，因受反動派的迫害，茅盾又再度去香港，在港參加《小說》月刊的編輯工作。

一九四八年底，茅盾應中國共產黨的邀請，離香港去解放區，參加新政治協商會議的籌備工作。

從抗日戰爭到人民解放戰爭時期，茅盾輾轉於上海、武漢、廣州、香港、烏魯木齊、重慶、桂林等地，顛沛流離，生活極不安定。但他始終堅定地站在抗日和民主運動的旗幟下，對帝國主義和國民黨反動派進行不屈不撓的鬥爭。抗日戰爭爆發後不久，茅盾就在《炮火的洗禮》中寫道：

> ……敵人的一把火燒得了我們的廬舍和廠房，卻燒不了我們舉國一致的抗戰的力量，不，敵人這一把火，將我們萬萬千千顆心熔成一個至大無比的鐵心了。……在炮火的洗禮中，中國民族就更生了，讓不斷的炮火洗淨我們民族數千年來專制政治下所造成的缺點，也讓不斷的炮火洗淨我們民族百年來所受帝國主義的侮辱。
>
> 古老的偉大的中華民族，需要在炮火裡面洗一個澡！
>
> 大炮對大炮，飛機對飛機，我們有我們抵抗侵略的爪，抵抗侵略的牙！尤其因為我們有炮火鍛鍊出來的決心和氣魄！

這是茅盾對抗日民族解放戰爭的態度和希望，同時也反映了全國人民求解放的意志和決心。

皖南事變後，茅盾於一九四一年春離開重慶經桂林去香港的路上，寫了一首《渝桂道中口占》：

> 存亡關頭逆流多，森嚴文網欲如何？驅車我走天南道，萬里江山一放歌。

一九四二年寫的《無題》詩的後兩聯是：

> 搏天鷹隼困藩籬，拜月狐狸戴冕旒。落落人間啼笑疾，側身北望思悠悠。

這些含意深沉的詩句，既包含有對國民黨反動派強化法西斯統治、逮捕共產黨人和進步人士、摧殘革命文化的無比憤慨，和對那些頭戴冕旒的「拜月狐狸」的極端鄙視的情緒；又表達了作者對失去了自由的革命戰士的無限崇敬、對延安的嚮往和對以毛澤東同志為首的中國共產黨衷心愛戴的感情。

正是上述詩文中所表達的思想，支持茅盾始終堅定地站在抗日和民主的旗幟下，堅持在文藝戰線上，為人民的文藝事業，為民族和人民的解放而英勇鬥爭。在文學創作方面，茅盾進行了多方面的新的探索，取得了不少可貴的新的成就。

（二）新的成就之一──《腐蝕》及其他小說

抗日戰爭初期，茅盾在香港編《立報》副刊《言林》，開始寫「通俗形式」的長篇小說《你往那裡跑》，逐日在《言林》上發表，支持了八個月之久。一九四五年在重慶出單行本時，改題為《第一階段的故事》。這是抗日戰爭時期茅盾的第一部長篇小說。

這部作品的讀者主要是香港同胞。茅盾當時認為：香港的中國人是關心和擁護祖國的抗戰的，然而香港聽不到炮聲，聞不到火藥氣，抗戰的生活對於大多數香港人是生疏的。並且香港一般讀者陶醉於武俠神怪色情，已歷有年所，對「硬性」的東西，是不大容易接受的。既要不脫離現實，又要不脫離群眾，茅盾就給自己提出了這樣一個要求：「形式上可以盡量從俗，內容上切不能讓步」。〔註1〕

〔註1〕茅盾：《第一階段的故事·後記》，見《第一階段的故事》（百新書店一九四五年版）。

　　原計劃準備從上海戰爭寫到大會戰前夕的武漢，打算在極廣闊的畫面上把一些最典型的人物事態組織進去，從而揭示出抗戰初期中國社會的本質面貌及其出路的。

　　作品描寫了一家橡膠廠的老闆何耀先。

　　蘆溝橋事變爆發以後，何耀先就特別關心起時局來了，並爲那些互相矛盾的消息所苦惱。他害怕戰爭。因爲戰爭一來，他的產品將完全找不到市場，所以他希望事變能「和平」了結，不要擴大；可是他又害怕國民黨當局向日本帝國主義者屈服，因爲那樣他所經營的橡膠廠就更加沒有希望了。因而，對「和」與「戰」這個問題，他始終拿不定自己的主張。

　　戰爭終於擴大了。日本侵略者的瘋狂和人民群眾堅決抗戰的意志，使他認識到只有「打，才是生路」，「在抗戰救國的大目標下，各人做各人的事」的道理，並且決心把他的工廠弄得更好一些，多出些貨，報效軍用。

　　何耀先這一形象，揭示出中國民族資產階級性格的另一方面：他們也具有一定程度的民族觀念，因而在一定歷史時期是能夠和廣大群眾站在一條戰線上的。

　　以何耀先爲中心，作者描寫了當時上海社會的各個方面：有在愛國熱情鼓舞下，把三架卡車捐掉二架，後來又把打算留作自己撤退用的那一輛也報效了出去，在上海淪爲孤島以後，更決心和地下工作者取得聯繫，切實做一些工作的轉運行老闆陸和通；也有操縱金融，製造謠言以便發財的投機商人潘梅成；有失敗主義的大學教授朱懷義；濫用職權，貪污剝削的國民黨政府工作人員；也有積極參加救亡工作的婦女；有回到農村去做群眾工作的、堅持地下鬥爭的，堅定地走向陝北的愛國青年。

　　作品眞實地反映了「八一三」前後四個月上海社會動態的幾個主要方面，顯示出「老大的中國，麻木癱瘓的中國」是在逼著開刀了。戰爭的炮火，使民族的敗類顯出了原形，也使愛國人民和知識青年看到了明天，得到了鍛鍊。作品滲透著無產階級的愛國主義感情，給讀者的教育意義是深刻的。可是由於生活經驗的不足和工作環境的變換，寫了一半就停止了，沒有完成原定計劃，因而「書中人物幾乎全是沒有下落」的，作品中所反映的問題，也發展得不夠，揭露得不夠深入。在形式上因爲要求「盡量從俗」，在大眾化方面是做了有益的嘗試的，不過也就顯得比較粗糙，特別是因爲一面寫一面發表的，似乎是許多速寫的連接，因而結構就顯得比較散漫，人物形象也就不夠飽滿。

　　這部作品原來還有一個《楔子》，講到一些人物在武漢的活動，第一章起是回敘。原定計劃寫上海戰爭者一半，寫武漢會戰者一半。後來沒有按原計劃寫下去。所以一九四五年出單行本時，就把這個《楔子》刪去了。〔註2〕

　　《腐蝕》是茅盾在抗日戰爭時期寫的第二部長篇小說，也是他在《子夜》之後的另一部取得巨大成就的長篇。

　　《腐蝕》的故事發生在霧重慶，背景是一九四〇年秋到一九四一年春國民黨反動派發動的以皖南事變爲頂點的第二次反共高潮。

　　小說是日記體，日記的主人就是小說的主角——國民黨小特務趙惠明。有人認爲讀了《腐蝕》以後，會對趙惠明抱同情，是因爲作者是以同情的態度寫趙惠明的。關於這個問題，作者這樣指出：

　　　　日記中趙惠明的自訟、自解嘲、自己的辯護等等，如果太老實地從正面去理解，那就會對於趙惠明發生無條件的同情；反之，如果考慮到日記體裁的小說的特殊性，而對於趙惠明的自訟、自解嘲、自己辯護等等不作正面的理解，那麼，便能看到這些自訟、自解嘲、自己辯護等等正是暴露了趙惠明的矛盾、個人主義、「不明大義」和缺乏節操了。〔註3〕

作家自己的這一點說明很重要。因爲小說是日記體，必須透過日記的主人趙惠明的「自訟、自解嘲、自我辯護等等」這一層「面紗」，才能正確理解作者對自己所描寫的人物和生活所抱的態度，才能正確理解這部作品的思想意義。

　　趙惠明出身於封建官僚家庭，學生時期不僅傾向進步，在學生運動中還是一個「激烈」分子。離開學校後參加過抗日的工作，但由於在她身上存在著愛虛榮、好逞強、奢侈放蕩等個人主義的劣根性，後來在特務分子的誘逼下被「腐蝕」了，陷入了特務組織的罪惡深淵。由於她的「能幹」，「不明大義」，敵我不分，手上沾過「純潔的無辜者的血」，所以在特務圈子裡受過「表揚」，擠入特務組織的上層。但在她身上還存在一些血性，特務機關內部的殘酷黑暗，特務分子之間勾心鬥角、卑鄙無恥的行徑也使她不滿，使她感到苦悶和不安。

〔註2〕後收入人民文學出版社一九六一年出版的《茅盾文集》第十卷。
〔註3〕茅盾：《腐蝕·後記》，見《茅盾文集》第五卷（人民文學出版社一九五八年版）。

　　她受命以色情去軟化她以前的愛人、因被誣爲「共黨」而被秘密逮捕的小昭。小昭曾經眞正愛過她，對她的某些作風「容忍」過。這樣的小昭卻被她看作「沒有丈夫氣」，後來感情不合鬧翻了，各走各的路。上級特務要她去軟化被捕的小昭，開始她也感覺到爲難，但仍然被迫接受了這一「任務」。她明明看見「前面有一個萬丈深淵」，「然而無法不往裡跳」。接受了任務後，她想挽救小昭，但又不敢違抗特務組織的嚴酷的命令。這樣她內心的痛苦和矛盾，也發展到極端。可是，她還有冷靜的一面，她還能「自制」，她有她的原則：「我的太極拳自然也有個中心，這便是『我』！」一切都從「我」出發。她自以爲是「愛」小昭的、要挽救小昭的，使出了一個女特務的渾身解數來勸告小昭「自首」，這其實是要小昭當叛徒，害小昭。當她的工作被懷疑的時候，爲了救她自己，就不惜告發小昭託她庇護的另外兩個革命工作者 K 和萍。在她告發了 K 和萍以後，又感到內疚；但內疚之後又自辟自解，心安理得了。既心安理得，忽又內疚，因而又適當地掩護和幫助了 K 和萍他們。

　　由於她的好勝和逞強，幻想對曾經欺壓和侮辱過她的特務進行報復，她又捲進了特務頭子之間的狗咬狗的鬥爭。結果還是她倒霉。特務頭子之間的暗鬥很快「和平了結」，有關特務對她實行殺人滅口，要暗殺她，「幸而那兇手槍法差些」，雖然沒有死，卻被從特務機關的「上層」中排擠了出去，調到大學區去作檢查信件的工作。

　　小昭堅貞不屈，後來被特務機關秘密殺害了。

　　小昭的被害、她自己受槍擊和受排擠，接連而來的打擊，使她清醒些了，對罪惡的特務組織也有了比較清楚的認識，這時候，她認識了一個與她同命運的女學生 N。N 促使她的思想起了很大的變化。

　　N 被誘逼加入特務組織還不久，是一個正在被「腐蝕」的青年。在她身上還有較強烈的正義感：她不願和那些「狐鬼」同流合污，對一些時事政治問題，如對皖南事變有她自己的看法，不願意「跟著他們把是非顛倒，去欺騙同學」，因而被懷疑；不同派系的特務都想迫使她「就範」，使她做自己的工具，他們之間的矛盾激化後又要拿她作犧牲品；如此等等，使 N 感到極端痛苦。趙惠明正是從 N 身上看到自己所走過的路，對她產生了同情，決定「從老虎的饞吻下搶出一隻羔羊」，設法幫助 N 逃出魔掌，去尋找「新天地」，「從新做人」；她還決心「拔出一個同樣的無告者」——她自己。

通過對趙惠明這個人物和與她有關的社會生活的描寫，揭露、批判了國民黨反動統治的一個重要方面——法西斯特務統治，同時也反映了人民民主力量的強大。

作品通過對趙惠明的生活經歷和複雜的內心生活的描寫，揭示出在那個「狐鬼滿路」的黑暗社會裡，「青年男女爲環境所迫，既未能不淫不屈，遂招致莫大的精神痛苦，然大都默然飲恨，無可伸訴」。「青年們在生活壓迫與知識饑荒之外，還有如此這般的難言之痛」，控訴了國民黨反動派的法西斯特務統治對人們的靈魂的腐蝕和戕害的罪行，啓發人們對特務統治的痛恨；同時也批判了已墮落爲特務分子的趙惠明的「不明大義」和沒有節操，批判了以「我」爲中心的資產階級利己主義的危害性。

作者爲什麼又要讓趙惠明走上「自新」的道路呢？作者「原來的計劃是：寫到小昭被害，本書就結束」。但隨著故事的發展，讀者中有人要求作家給趙惠明以「自新之路」；刊登這部小說的《大眾生活》週刊，也因編輯工作方面的原因，也要求作者多寫幾章再結束。於是作者只好「在原定結構之上再生枝節，而且給了趙惠明一條自新之路」。〔註 4〕作者這樣處理，應該說是符合人物性格發展的規律的。前面的分析已經指出：趙惠明雖然已墮落成爲一個特務分子，手上沾過「純潔的無辜者的血」，對人民犯了罪，但她在特務組織中卻始終處在受威逼、被侮辱的地位，在特務分子狗咬狗的鬥爭過程中，她又常常是被犧牲者；作爲她上級的那些特務頭子的兇殘暴戾，卑劣無恥，也使她不滿；她自己認爲她「還有靈魂」，「良心還沒有死，還有羞恥之心」；地下革命工作者也教育她不要用自己的血肉去「養胖一群癩皮狗」，要去「創造新的生活」。因而就使她的內心生活經常處在激烈的矛盾鬥爭過程中。這表明她還不是一個死心塌地的特務，在一定的條件下她的性格還有轉化的可能。同時作品還揭示出，在受騙被迫陷入特務組織的青年人中，也有程度上的差別：有的已經陷得很深，像 F 那樣，打「黑名單」時，總是「往多處報」，已經成爲十十足足的「狐鬼」，死心塌地爲反動派賣命了。但有些是脅從者，還沒有被完全「腐蝕」，像 N。趙惠明雖然比 N 陷得深得多，並且已經對人民犯了罪，但還不是一個死心塌地的嫡系狐鬼，和許多特務頭子有矛盾。作者認爲：「爲了分化、瓦解這些脅從者（儘管這些脅從者手上也是染了血的），而

〔註 4〕茅盾：《腐蝕·後記》，見《茅盾文集》第五卷（人民文學出版社一九五八年版）。

給《腐蝕》中的趙惠明以自新之路，在當時的宣傳策略上來看，似亦未嘗不可。」我們認爲作者的這一看法和意圖，是有道理的。

總之，《腐蝕》中寫趙惠明走上「自新」之路，是合情合理的。合情，就是符合讀者的願望；合理，就是符合人物性格發展的規律和黨的政策。

作品還在更廣闊的背景下揭露了國民黨反動派反共反人民的罪行。

作品揭示出：反動派爲了反共反人民的需要，不斷強化法西斯特務統治。在特務組織內部，「人人笑裡藏刀，攛人上屋拔了梯子，做就圈套誘你自己往裡鑽」，要在這裡生活下去，「需要陰險，需要卑鄙」，「愈不像人，愈有辦法」。在各個派系的特務分子之間，經常爾虞我詐，勾心鬥角，在利害暫時一致時，又會突然言歸於好，拿別人當犧牲品，甚至殺人滅口。對人民群眾，特務分子查信件、盯梢、威嚇、秘密逮捕；對被捕的人，既用軟哄、美人計，又可隨便用刑：鞭打、老虎凳、倒吊、……以至秘密處死，各種手段都可任意使用。「寧可枉殺三千，不讓一人漏網」，便是他們對待共產黨人和進步人士的唯一「政策」。在蔣介石製造皖南事變時，特務分子也奉命「加緊工作」，「就是爲了使後方和前線配合起來」。於是在特務機關內部，「就好像糞坑裡多了幾條蛔蟲，弄得那些『金頭蒼蠅』終天嗡嗡的，沒頭沒腦亂闖」。作品還揭示出蔣記特務和汪僞特務本來就是一丘之貉。國民黨的一些官僚，在什麼周上作報告，「咬牙切齒」，「義憤填膺」，「像煞只有他最愛國，負責，埋頭苦幹，正經人」；但在另一個場合，就與汪僞特務勾勾搭搭。而汪僞特務、漢奸，居然可以自由往來於上海、重慶之間，在重慶設置電臺，送出軍事機密，動員別人到在日本人佔領下的上海去當漢奸，他們爲蔣介石反共軍事行動拍手叫好：「消滅『異黨』的武力，這次已經下了決心，而且軍事部署，十分周密，勝利一定有把握」；他們公然鼓吹蔣汪合流，叫嚷：「快則半年，分久必合」，「咱們又可以泛舟秦淮，痛飲一番」；他們還爲蔣介石沒有立即投降日本帝國主義辯解，說什麼「方針是已經定了，不過大人大馬，總不好打自己的嘴巴，防失人心，總還有幾個過程」。由此可見，汪僞特務與蔣記特務穿的是一條褲子，而汪僞特務正是蔣介石的最忠實的發言人。作品就這樣深刻地揭示出：國民黨反動派強化法西斯特務統治，一方面迫害、逮捕、屠殺共產黨人和進步人士，與在前線製造皖南事變相配合，是爲了給他們投降日本帝國主義掃清道路；一方面又與汪僞特務結成一夥，鼓吹「合流」，準備「泛舟秦淮」，更快地投入日本帝國主義的懷抱。

作品還從側面反映出在中國共產黨領導下人民民主力量的壯大。進步青年小昭儘管落入魔窟，始終堅貞不屈，特務分子不論是用酷刑還是用美人計，都不能使他「軟化」；還有 K 和萍，他們在萬分困難的條件下堅持鬥爭，他們還在一封「信」裡抄錄了魯迅《半夏小集》中的一節，既用來表明他們自己的堅定立場，也用來啓發、教育趙惠明，希望她能夠覺悟，不要用自己的血肉去「養胖一群癩皮狗」。作品對這些人物的描寫儘管還存在某些缺點，但他們的存在和鬥爭，表明了人民力量的不可摧毀。

特別有意義的是：作品曲折地、但也是眞實地反映了皖南事變後，重慶新華日報刊登周恩來同志的題詞和題詩，揭露反動派的陰謀和罪行；在群眾中產生了巨大影響這一歷史事件。

蔣介石製造了皖南事變這一樁血腥罪行後，又在一月十七日公開誣蔑新四軍「叛變」，取消其番號，決定這一「消息」要在第二天見報。至此，第二次反共高潮達到頂點。周恩來同志指示《新華日報》撰寫社論和報導，也在第二天見報，揭露皖南事變的眞相。國民黨新聞檢查機關扣壓了這篇社論和報導，不准發表。周恩來同志進行針鋒相對的鬥爭，寫了題詞和題詩，《新華日報》社的同志設法用木刻製版，在十八日的報紙上刊載了出來。當這一天的報紙出現在重慶街頭時，反動派恐懼萬分，立即進行破壞，禁止報紙發行，還派了大批特務分頭到各處去攔截沒收，不准群眾購買。但事實的眞相是掩蓋不了的，反動派越要禁止這一天的《新華日報》，人民群眾就越希望得到它。關於這一歷史事件，《腐蝕》在《一月十九日》這一天的日記中記著：

> 「然而形勢還是很嚴重。」F 眼望著空中，手在下巴上摸來摸去，竭力摹仿一些有地位的人物的功架。「軍委會的命令，那奸報竟敢不登，而且膽敢違抗法令，擅自刊載了不法文字，——四句詩！」
>
> 「哦！想來給予停刊處分了？」我故意問，瞥一下我那床上的枕頭。
>
> 「倒也沒有。只是城裡的同志們忙透了，整整一天，滿街兜拿，——搶的搶，抓的抓，撕撕撕！然而，七星崗一個公共汽車站頭的電線杆上，竟有人貼一張，徵求這天的，肯給十元法幣……」
>
> 「哈哈！」我忍不住笑了。「這買賣倒不差！可惜我……」但立刻覺得不應這樣忘形，就皺了眉頭轉口道：「我不相信眞有那樣的人！」

　　「誰說沒有！」F依然那樣滿面嚴重的表情。「一個小鬼不知怎樣藏了十多份，從一元一份賣起，直到八元的最高價，只剩最後一份了，才被我們的人發現。可是，哼，這小鬼真也夠頑強，當街不服，大叫大嚷，說是搶了他的『一件短衫』了，吸引了一大堆人來看熱鬧。那小鬼揪住了我們那個人不放。他說，有人肯給十一元，可不是一身短衫的代價？看熱鬧的百幾十人都幫他。弄得我們那個人毫無辦法，只好悄悄地溜了。」

日記記F走後，又有這樣一段記述：

　　F走後，我就跑到床前，取出N忘在那裡的報紙來一看，可不是，不出我之所料，正是人家肯出十塊錢買的那話兒！兩幅挺大的鋅版字，首先映進我的眼簾，一邊是「為江南死難諸烈士致哀」，又一邊便是那四句：「千古奇冤，江南一葉；同室操戈，相煎何急！」

以下還寫到N是怎樣把這份報紙珍藏起來離開的。

　　這幾段文字，雖然是以特務分子為「視點」來寫的，但卻生動地反映出：《新華日報》刊載了周恩來同志悼念江南死難烈士的題詞和題詩，就像一份最嚴肅的控訴書，控訴了反動派的血腥罪行，反動派嚇得要死，怕得要命；但它卻表達了廣大人民群眾的心聲，人民群眾願意付出幾十倍的高價得到它；（當時《新華日報》零售每份一角，訂閱每月二元四角，半年十二元。）小說中這樣描寫，可能作了藝術誇張，但這一誇張卻生動地反映了人民群眾的意願。賣報的「小鬼」敢於和搶奪報紙的特務作鬥爭，「看熱鬧」的群眾也都支持這個小鬼；就是在特務圈子裡也有人設法珍藏這份報紙。這都反映出人心之所向，是任何力量也抗拒不了的。

　　由於反映出人民力量的強大，反映出人心之所向，這就使《腐蝕》這部主要內容是揭露國民黨反動派法西斯特務統治的罪行的作品，具有更為深刻的思想意義。

　　作家的明確立場和科學的世界觀，使他能洞察到生活現象的本質及其在歷史中的發展趨勢。作品的「日記」形式和第一人稱的敘述，使作者所擅長的心理刻劃，達到更高的境地，深刻的揭示出人物內心世界的全部複雜性及其發展變化過程，從而塑造出鮮明的藝術形象。

　　《腐蝕》和《子夜》一樣，把文學和政治鬥爭有效地結合了起來，在藝術上也有比較高的成就。是茅盾在抗戰時期對我國文學創作的又一重大貢獻。

　　寫了《腐蝕》之後，茅盾又寫了一部中篇《劫後拾遺》。他原來是打算「用小說體裁」，「寫香港戰爭」的。作品描寫了一九四一年冬香港被日本帝國主義佔領前後一般居民的生活狀況和思想狀況。它的特點用作家自己的話說是：「雖非真人真事，然而也近於紀實」。本書沒有完整的藝術構思，也沒有揭示出香港戰爭的某些本質的方面，所以作家自己又認為它「像是一些『特寫』，又像是幾篇大型的『香港戰爭前後的花花絮絮』，」「而不是小說」。〔註5〕

　　接著，作者又把他的眼光轉向「五四」前夕，寫了長篇《霜葉紅似二月花》。

　　輪船公司的經理王伯申，為要發展自己的勢力，企圖利用公益款項——善堂的收入來辦一個貧民習藝所。而善堂卻把持在地主豪紳趙守義手中，要使用善堂的收入，就等於要趙守義掏腰包。於是他就先發制人，利用農民的落後和愚昧，來破壞王伯申輪船的通航。鬥爭的結果，王伯申妥協了，趙守義也作了讓步，雙方在互相得利的條件下取得了諒解。

　　開明地主錢良村和喜管閒事的縉紳朱行健，他們希望利用王伯申和趙守義之間的矛盾，要王伯申的輪船公司出錢和趙守義交出善堂的公款，來為社會辦一些福利事業，結果呢？當然是一事無成。

　　在這場鬥爭中，吃虧的還是農民。

　　作品反映了「五四」前夕中國社會生活的複雜性，中國老一代資產階級的產生及其先天的軟弱性，封建勢力的根深蒂固，及其對資本主義的阻撓，知識分子的改良主義的到處碰壁，農民所遭受的壓榨和迫害。從而顯示出當時中國社會的歷史特徵。

　　作者「本來打算寫從『五四』到一九二七這一時期的政治、社會和思想的大變動，想在總的方面指出這時期革命雖遭挫折，反革命雖暫時佔了上風，但革命必然取得最後勝利」；〔註6〕《霜葉紅似二月花》只是其中的第一部，由於種種原因，沒有續完。作者著力描寫的一些人物，沒有得到發展；書名的寓意也就沒有得到體現，因此就顯得和內容沒有內在的聯繫了。

　　抗日戰爭時期，茅盾還寫了兩個短篇集：《耶穌之死》、《委屈》，各收五篇作品，反映了當時社會生活的一些側面，批判的矛頭是指向國民黨反動派的，但思想和藝術都沒有新的突破。

〔註5〕茅盾：《劫後拾遺·新版後記》，見《茅盾文集》第五卷（人民文學出版社一九五八年版）。

〔註6〕茅盾：《霜葉紅似二月花·新版後記》，見《茅盾文集》第六卷（人民文學出版社一九五八年版）。

（三）新的成就之二──《清明前後》

《清明前後》寫於抗戰勝利的凱歌聲中。它是茅盾的第一個、也是到現在爲止的唯一的劇本。

《清明前後》寫的是「大時代的小插曲」。所謂「小插曲」，就是指當時發生在重慶的「黃金案」。

一九四五年三月二十八日，國民黨政府決定提高黃金價格，事前獲悉這一機密的人，利用職權，大量扒購黃金。那天，重慶承辦各行局收存的法幣折合黃金存款達三萬多兩。這一事件被揭發出來以後，群眾極爲憤慨，強烈要求懲辦洩密和舞弊者，沒收那天大量購買黃金的法幣。對此，國民黨政府採取大事化小、小事化無的手法，於四月七日宣佈「那天所購黃金無效」，「即日退款了結」，事實上保護了洩密和舞弊者。重慶《新華日報》四月八日報導了這件事，十日又發表了時評，指出「這種消息，只有極少數人才能先期知道」，「『退款了結』是不能平民憤的」，「必須公佈最上層的『極少數人』的姓名」。十七日再次發表報導和時評，堅決要求嚴辦這一舞弊案。十八日國民黨政府公佈了關於這一事件的經過，披露了一些大戶的化名，強調「查不出任何方面有洩漏消息的實證」；拋出了兩隻替罪羊：中央信託局儲業處建儲科的一個小小的主任和助理員，說他們「挪用公款」、化名購存黃金五十兩，「有罪」，應予「立即撤職」，「並送交重慶地方法院依法究辦」，云云。妄圖以此欺騙群眾，結束這個轟動一時的案件。二十日，《新華日報》再次發表時評，指出如沒有人洩漏消息，什麼主任、助理員要投機也無從「投」起，不查出「洩漏消息的人」，「一切處置依舊還是避重就輕、打蒼蠅放老虎的玩意」。時評還根據《大公報》的報導指出，三月二十八日晨，國民黨政府行政院代院長宋子文召集有關負責人商討黃金提價問題時，在座的只有宋代院長、俞部長、郭景琨、貝祖貽、林維英五人。這就把洩密的目標指向四大家族及其代理人。當然，國民黨政府對此是不可能進行徹查的。

《清明前後》就描寫了「這一事件中幾位『可敬的人』以及二三可憐的人，他們的喜怒哀樂」，中心是民族工業資本家林永清的遭遇和掙扎。

劇本所反映的生活和「黃金案」事件，都不是偶然的、孤立的現象，而是有深刻的政治背景的。

從一九四四年初到一九四五年春，世界反法西斯戰爭節節勝利；在我國，解放區戰場也開始了局部反攻，但國民黨戰場卻繼續潰敗。在國民黨統治區，

法西斯特務統治變本加厲，蔣、宋、孔、陳四大家族的經濟壟斷進一步強化：他們通過國民黨政府推行一整套反動政策：諸如黃金政策、公債政策，議價、平價、限價等物價政策，統制、管制等物資政策，等等，掠奪人民群眾的財富。四大家族、官僚、投機家更利用職權，製造黑幕，在金融市場上大搞投機活動，使黑市猖獗、物價飛漲，民族工商業受到嚴重摧殘，處在難以維持的地位，不是改營或兼營投機商業，就是宣告倒閉。機關職員大批失業，勞動人民在飢餓和死亡線上掙扎。

中國共產黨在抗戰一開始就向全國人民指出：結束國民黨一黨專政、實行民主政治的重要意義。隨著抗日形勢的發展，黨的民主號召更加深入人心。抗戰後期，蔣介石的獨裁統治，激起了全國人民的極端不滿：青年學生強烈要求實行民主政治，民族工商業家也紛紛要求改革政治，實行民主，取消管制、統制政策，民主黨派和一些民主人士積極加入民主運動，抨擊國民黨獨裁統治、呼籲實施憲政，保障人權。在成都，張瀾等就倡議組織「民主憲政促進會」，在昆明，大學教授李公樸、聞一多等公開抨擊國民黨法西斯專政，在重慶，沈鈞儒、郭沫若等或通電、或發表談話，主張實行憲政。周恩來同志的「雙十講演」，代表中共中央發出了召開緊急國事會議、成立聯合政府的主張，集中了當時全國各階層人民的意志，得到廣泛熱烈的擁護。到一九四五年春，國民黨統治區的民主運動形成一個新的高潮。

《清明前後》的故事就是在上述背景中發生的。

劇本中的主角林永清，一個民族工業家，更新機器廠的老闆、總經理。他從美國回來後，試辦過好幾項和他的本行——工程有關的事業，但都不順手。最後，好像漂泊的船終於達到了適宜的港口——在上海開辦了更新機器廠。不過兩年，生產剛剛上了軌道，抗戰爆發了，他響應了政府的號召，毅然決然的把工廠內遷，經過漢口，最後到了重慶，挨過了種種困難以後又恢復生產。對於抗戰，對於國家民族，確也盡了力，有過貢獻。但在國民黨反動政府的「統制」「管制」「限價」等政策的束縛和飛漲的物價及高利貸的壓榨下，不管他怎樣的精明強悍，善於交際，善於應付，卻仍然弄得焦頭爛額，走頭無路。到一九四五年的清明節前，林永清的機器廠，已面臨嚴重危機：煤焦快完了，錳鐵存底也不多了，工人等待發工資，而林永清手頭已沒有頭寸。怎麼辦？經人介紹借到一筆款子。用這筆款子來買煤焦、錳鐵，工廠或許還可以再支持一些時候，但問題沒有根本解決。有人（此人已得到黃金第

二天就要提價的機密消息）勸他買黃金：「二十四小時之內，一個翻身，好比睡了一大覺醒來，憑空您就多了這麼五六百萬，這多麼夠味？」再在美鈔上玩點花樣，就可以有三千萬現款。正在困境中的林永清，這確實是有誘惑力的。他遊移不定，猶豫再三，還是決定走這一條冒險的道路。於是他就捲入上面所說的那件黃金案中去了。黃金洩密事件很快被揭露，國民黨政府被迫採取一些措施，一方面找替罪羊，藉以欺騙群眾，平息輿論。「黃金，黃金，全盤落空。」林永清的黃金夢像肥皂泡一樣一下就破滅了。「所購黃金無效」，「退款了結」，林永清仍舊保有那一筆借來的款子，債主金澹庵的黑手也就伸了過來。他要插手林永清的機器廠，並不是為了發展工業，而是企圖利用「更新」的招牌，在工業原料和工業品市場上進行投機活動。在「談判」過程中，劇本揭示出作為工業資本家的林永清，有精明、能幹的一面，由於他資金短缺，對金澹庵還抱有一些幻想，又表現了軟弱、動搖的一面。現實生活的教育，終於使林永清認識到：「統制管制，官價限價，等等一切，才是最厲害的腳鐐手銬」！「政治不民主，工業就沒有出路」。最後林永清憤激地發出了「我也要控訴」的呼聲！

站在林永清一邊的有他的妻子趙自芳和經濟學教授陳克明。趙自芳，能幹、有決斷、敢作敢為，對於她丈夫的事業，有過很大的幫助。在她的頭腦裡存在一些改良主義的幻想，對她的丈夫有過一些誤會。也是在事實的教育下，改變了自己的想法，決心要為「打斷那把工業拖向半死不活的腳鐐手銬」而鬥爭。陳克明，這位經濟學教授，對金澹庵、嚴幹臣之流所玩的鬼把戲是有所認識的，有時還當面諷刺他們，頗能幽默，頗有風趣。作為林永清的老友、至親，對林永清的事業能夠出出主意。正是他，在幫助林永清認清自己的處境、走上爭取民主的道路，起了很大的作用。在這個人物身上，顯然包含有當時一些進步教授和民主人士的面影。

作為林永清的對立面的是金澹庵。當陳克明教授在他面前議論那些官老爺、投機分子的手段時，金澹庵接口說：「還有什麼？哈哈，我來代你說。還有一些不官不商，亦官亦商的人們，那才是神通廣大呢！（半真半假地挺胸傲然自負）外國人科學進步，死的可以變活；哼，這算得了什麼！我們中國就更巧妙：先把活的弄死，然後再變它活！」其實這正是金澹庵的自畫像。正是他，妄圖吃掉林永清的機器廠，並用這個廠的招牌來進行投機活動，是一個「兜得轉，擔當得起，能『慷慨』，也能狠毒」的人物。由於當時環境關

係，作者只是抽象地「介紹」這個人物：「他之乘抗戰風雲而騰達，則確爲事實」，「究竟是天上下來的呢或是地獄裡鑽出來的」，「只好待考」。在劇情的發展過程中，作者也沒有明確交代這個人物的政治面貌。但讀者可以看出，他肯定是四大家族的代理人這樣一種角色。

劇本還穿插了另一個小悲劇：李維勤，原來是更新廠的小職員，爲人安分守己。後來轉到一個什麼辦事處當了代理會計。結婚時背了一身債，婚後一年還找不到一間房子安個「家」，只好讓已經懷孕的妻子「打胎」，卻又付不出醫藥費。他看到在那個社會裡，「就許壞人得勢」，「不讓人家學好」；「安分守己，落得死無葬身之地」，「偷天換日罷，一天天飛黃騰達！」感到無比憤慨。在生活極端困難的情況下，一個什麼科長教唆他「挪用公款」四十萬去購買黃金，也就捲入了那個「黃金案」。「黃金案」被揭發了，那個什麼科長、坐地分贓的教唆者逍遙法外，挪用一筆更大公款購買黃金的罪犯、什麼主任嚴幹臣之流，卻以老成持重、道貌岸然、執法無私的姿態出現。而李維勤呢？被作爲替罪羊送進了監牢，她的妻子更被迫瘋了。這是什麼樣的世道啊！這個小悲劇與劇本的主線交織在一起，寫得很真實，也是很動人的。

此外，嚴幹臣公館裡紙醉金迷的生活與作爲背景的難民的淒慘的呼號，形成鮮明的對比。劇本中的這些描寫，也完全是有現實生活作基礎的。

余爲民，名字叫「爲民」，其實是卑劣無恥的傢伙，金澹庵的走狗而已。

「我們應該以能爲中國人自傲，因爲血戰八年的敵後軍民是我們的同胞，而在敵後解放區挺著筆桿苦幹的，也正是我們的同業；除了英勇的蘇聯人民，老實說，我以爲在這次戰爭中的其他民族都還沒有像我們似的經得起這樣殘酷的考驗呢？我們怎能不引以自傲？然而一看到那些專搶桌子底下的骨頭，舐刀口上的鮮血的人們也是我的同胞，也有我的同業，我恨得牙癢癢地，我要申明他們不是中國人，他們比公開的漢奸還要可惡。……我不相信有史以來，有過第二個地方充滿了這樣的矛盾、無恥、卑鄙與罪惡；我們字典上還沒有足量的詛咒的字彙可以供我們使用」。〔註7〕

作家就是以這種憤慨的情緒寫這個劇本的。雖然這是茅盾第一次寫劇本，但卻是成功的，是一部「力作」。因爲它「有著尖銳而又豐富的現實意義」：一方面，作家「對於處在統制，管制，限價等等腳鐐手銬中的民族工

〔註 7〕茅盾：《清明前後‧後記》，見《茅盾文集》第六卷（人民文學出版社一九五八年版）。

業家，不是簡單地空洞地僅僅寄與同情，而是既沉痛地控訴了他所遭受的客觀壓迫，替他作了有力的呼籲；又更深入地刻劃了他本身的軟弱、動搖，替他找到了眞正的出路。……參加民主鬥爭」。也就是「與廣大的被壓迫的和已經解放的人民大眾站在一起」，共同進行反帝反封建的鬥爭。另一方面，這個劇本「又是一個舊中國的罪人們的罪行錄」，「它寫得比較直接，比較清楚，使觀眾（或讀者）容易把罪惡歸於那些眞正的罪犯，或者說那些最主要的罪犯」。〔註8〕何其芳同志的這一評價，我們覺得是中肯的。事實也正是這樣：劇本在重慶演出時，取得了很好的社會效果，受到觀眾的熱烈歡迎。但反動派卻嚇得要死，通過廣播電臺誣蔑這個戲有「毒素」，藉以抵消它在群眾中的影響，稍後就索性禁止它演出了。可是卻有人說什麼在劇本中，「作者的表現和呼喊，不是生動而感人的，是失去了生活基礎的抽象概念」；劇本提出爭取民主的要求，是「用來湊合事實的空洞口號」，意欲根本否定這個劇本。對此，何其芳同志也指出，批評家對一個作品的批評，是不能只根據「個人的印象和看法」而「完全無視廣大群眾的意見」〔註9〕的。

茅盾曾經說他寫這個劇本，是在「使槍使了這許多年」之後第一次「學著使一回刀」。〔註10〕因此，不可避免地會存在一些缺點的，如全劇寫得還不夠集中，某些人物的描寫有些模糊，對話有的還不夠精鍊等等，但這都是次要的。由於作者的鮮明的政治立場和對現實生活的深刻的觀察和分析，成功的方面是基本的，主要的。

《清明前後》是一個革命現實主義的劇本。是抗戰時期茅盾創作上的另一重要成就。

（四）新的成就之三——《見聞雜記》、《時間的記錄》

抗日戰爭時期，茅盾還寫下了許多散文。

《炮火的洗禮》收集了抗戰初期寫的十五篇短文，像前面引用過的那一篇一樣，充滿了強烈的愛國主義激情。《見聞雜記》是一九四○年所寫。《生活

〔註8〕何其芳：《〈清明前後〉的現實意義》，見《關於現實主義》（新文藝出版社一九五六年版）。

〔註9〕何其芳：《關於現實主義》，見《關於現實主義》（新文藝出版社一九五六年版）。

〔註10〕茅盾：《清明前後·後記》，見《茅盾文集》第六卷（人民文學出版社一九五八年版）。

之一頁》、《脫險雜記》、《歸途雜拾》等，記述了日本帝國主義發動了太平洋戰爭後作者從香港脫險的經過和所見所聞，描寫了香港淪陷前後的社會生活：英帝國主義者的外強中乾，殖民地社會中某些小有產者庸俗自私的市儈作風，勞動人民和一些知識分子的堅強、正直的性格；記錄了中國共產黨在緊急關頭對進步文化人的關懷、愛護和幫助。《時間的記錄》收集了一九四三～一九四五年間在桂林、重慶時寫的雜文、評論。

一九四七年，茅盾訪蘇回來後，寫了《蘇聯見聞錄》、《訪蘇雜談》，報導了蘇聯的社會主義建設和蘇聯人民的生活狀況，增進了中蘇兩國人民的友誼。

在上述幾本散文集子中，最著名的是《見聞雜記》和《時間的記錄》。主要內容有以下三個方面。

「大後方」生活的記錄：

茅盾於一九四〇年五月離開烏魯木齊，經蘭州、延安、西安、寶雞、成都、重慶、貴陽到桂林，記下了旅途的見聞，集結為《見聞雜記》。他說：「這是一段生活的記錄，雖屬一鱗一爪，多少也可以看到二十九年冬至三十年春，大後方自南至北、從都市以至鄉村，生活正在起著如何的變化」。〔註11〕

在《見聞雜記》裡，茅盾給我們展示出：在戰時的大後方，有畸形發展起來的城市（《『戰時景氣』的寵兒——寶雞》，《某鎮》等），也有日益貧窮敗落的農村（《『天府之國』的意義》）；有囤積居奇，投機倒把，過著花天酒地生活的土包子的暴發戶和神通廣大、不可思議的投機家（《『戰時景氣』的寵兒——寶雞》）；也有聽任保長勒索抽丁，像害了黃疸病似的「勞動力」和彎腰屈背，死力掙扎翻越秦嶺而養活家口還有困難的勞動者（《拉拉車》），有「滿街紅男綠女，娛樂場所鬥奇競豔，商場之類應節新開，勝利年的呼聲嘈嘈盈耳，宛然一片太平景象」但同時「在國府路公館住宅區的一個公共防空洞中，確有一個餓殍擱在那裡三天」的「霧重慶」（《「霧重慶」拾零》）——到處都充滿了這樣的「矛盾、無恥、卑鄙與罪惡」，而人們又都不以為奇，處之泰然！這就是戰時的大後方！

「大時代」的諷刺：

《時間的記錄》收集有針砭社會現象的、討論文藝問題的、評論作品的和紀念進步文化人的等各方面的文章。

〔註11〕茅盾：《見聞雜記・後記》，見《茅盾文集》第九卷（人民文學出版社一九六一年版）。

作者在後記中說：

> 貪官污吏，多如夏夜之蠅，文化掮客，幫閒篾片，囂然如夜之
> 蚊，人民的呼聲，悶在甕底，微弱得不可得聞。在此時期，應當寫
> 的實在太多，而被准許寫的又少得可憐，無可寫而又不得不寫，待
> 要閉目歌頌吧，良心不許，擱筆裝死吧，良心又不安，於是凡能見
> 於刊物者，大抵半通不通，似可懂又若不可懂，……這些小文章本
> 身到真是這「大時代」的諷刺……名曰《時間的記錄》者，無非說
> 從一九四三～一九四五年，這震撼世界的人民的世紀中，古老中國
> 的大後方，一個「良心上有所不許」，以及「良心上有所不安」的作
> 者所能記錄者，亦惟此而已。

在這個集子中，有一些頗具特色的戰鬥性很強的雜文：有揭露德、日法西斯
的兇殘和狡猾的，如《雨天雜寫之一》、《狼》，有號召用「民族團結和民主政
治」來對付日本帝國主義的，如《東條的「神符」》，有諷刺資產階級「紳士」
的生活作風的，如《森林中的紳士》，有諷刺國民黨反動派的倒行逆施的，如
《雨天雜寫之二》，有揭露出版商的市儈作風的，如《雨天雜寫之三》；等等。
這些雜文，材料非常豐富，從古代到現代，從中國到外國，從自然現象到宗
教，作者隨手拈來，進行現實的戰鬥，借古諷今，得心應手，議論風生，含
意深刻，反映了作家思路開闊，觀察敏銳，知識淵博。這些雜文在風格上近
似魯迅的部分雜文，但仍然有茅盾自己的特色：明白、流暢。

試看其中的一篇，《談鼠》：

在敘述了一些使人「啼笑皆非」的「鼠患」故事以後，對於鼠的特性作
者這樣寫道：

> 「鼠竊」這一句成語，算是把它們的善於鬼鬼祟祟，偷偷摸摸，
> 永遠不能光明正大的特性，描摹出來了。……不但嗅覺屬害，老鼠
> 大概又是多疑的，而且警覺心也提得相當高。鼠藥也不能絕對有效。

對於「凡有人類居住的地方，就不會沒有偷偷摸摸的又狡猾又貪婪的醜類。
所差者，程度而已」，這樣一個「社會問題」，作家表示無比的憤慨。緊接著
又寫道：

> 老鼠是一個社會問題，沒有市民全體的總動員，一家兩家和鼠
> 鬥爭，結果是不容樂觀的。但這不是說，鬥爭乃是多事，鬥爭總能
> 殺殺它們的威；不過一勞永逸之舉，還是沒有。

這一段裡，包含有很深刻的哲理。同時，對於「養尊處優，借鼠以自重」的貓們，也加以嚴厲的鞭撻：

> 在鼠患嚴重的地方，貓是照例不稱職的，換過來說，也許本來是貓不像貓，這才使老鼠肆無忌憚，而且又因爲鼠患太可怕了，貓被當作寶貝。貓既養尊處優，借鼠自重，當然不肯出力捕鼠了；不要看輕它們是畜生，這一點騙人混飯的訣竅似乎也很内行呢！

這段文字雖然比較含蓄一些，但是只要稍一思考，作者的用意也是很容易理解的。

熱情地歌頌革命根據地、革命人民和中國共產黨：

作者用他在延安生活時所獲得的印象寫成的《風景談》、《白楊禮讚》，是兩篇非常有意義、非常傑出的散文。

在《風景談》裡，作者指出即使在「最單調最平板」的沙漠裡，一「加上了人的活動」，景色「就完全改觀」了，所以他認爲，自然是偉大的，然而人類更偉大。接著，作者給我們描繪了這樣一種生活：

> 夕陽在山，幹圻的黃土正吐出它在一天内所吸收的熱，河水湯湯急流，似乎能把淺淺的河床中的鵝卵石都沖走了似的。這時候，沿河的山坳裡有一隊人，從「生產」歸來，興奮的談話中，至少有七八種不同的方音。忽然間，他們又用同一的音調，唱起雄壯的歌曲來了。他們的爽朗的笑聲，落到水上，使得河水也似在笑。看他們的手，這是拿慣調色板的，那是昨天還拉著提琴的弓子伴奏著「生產曲」的，這是經常不離木刻刀的，那又是洋洋灑灑下筆如有神的，但現在，一律都被鋤鍬的木柄磨起了老繭了。他們在山坡下，被另一群所迎住。這裡正燃起熊熊的野火，多少曾調朱弄粉的手兒，已將金黃的小米飯，翠綠的油菜，準備齊全。這時候，太陽已經下山，卻將它的餘暉幻成了滿天的彩霞，河水喧嘩得更響了，跌在石上的便噴出了雪白的泡沫，人們把沾著黃土的腳伸在水裡，任它沖刷，或者掬起水來，洗一把臉。在背山面水這樣一個所在，靜默的自然和彌滿著生命力的人，就織成了美妙的圖畫。
>
> 在這裡，藍天明月，禿頂的山，單調的黃土，淺瀨的水，似乎都是最恰當不過的背景，無可更換。自然是偉大的，人類是偉大的，然而充滿了崇高精神的人類的活動，乃是偉大中之尤其偉大者！

這是一幅描繪解放區幸福生活的細緻而逼真的工筆畫，既富有畫意，更洋溢著詩情。以崇高精神和緊張勞動來改造自然的人，是自然的主人，是這幅畫的靈魂和主體。在這裡，人與自然，人與人之間，是那樣的和諧，那樣的充滿著歡樂！

文字寫得太美了，下面再抄錄兩段：

……清晨，窗紙微微透白，萬籟俱靜，嘹亮的喇叭聲，破空而來。我忽然想起了白天在一本貼照簿上所見的第一張，銀白色的背景一個淡黑的側影，一個號兵舉起了喇叭在吹，嚴肅，堅決，勇敢，和高度的警覺，都表現在小號兵的挺直的胸膛和高高的眉棱上邊。我讚美這攝影家的藝術，我回味著，我從當前的喇叭聲中也聽出了嚴肅，堅決，勇敢，和高度的警覺來，於是我披衣出去，打算看一看。空氣非常清冽，朝霞籠住了左面的山，我看見山峰上的小號兵了。霞光射住他、只覺得他的額角異常發亮，然而，使我驚歎叫出聲來的，是離他不遠有一位荷槍的戰士，面向著東方，嚴肅地站在那裡，猶如雕像一般。晨風吹著喇叭的紅綢了，只這是動的，戰士槍尖的刺刀閃著寒光，在粉紅的霞色中，只這是剛性的。我看得呆了，我彷彿看見了民族的精神化身而為他們兩個。

如果你也當它是「風景」，那便是真的風景，是偉大中之最偉大者！

這段文字本身，不就是一幅最美麗的風景畫嗎？它詩中有畫，畫中有詩；寓情於景，情景交融。這景，是人民戰士保衛人民的戰鬥景象；這詩，是對人民戰士的頌歌；這情，是因為有這樣的人民戰士而自豪的革命感情！

《風景談》談的是風景，其實是對人民、對人民戰士、對人民革命事業的熱情頌歌！

《白楊禮讚》，是一篇優美的散文詩。作者熱情的歌頌「雄壯」「偉大」的西北高原，禮讚「雖在北方的風雪的壓迫下卻保持著倔強挺立」的白楊樹！

當你在積雪初融的高原上走過，看見平坦的大地上傲然挺立這麼一株或一排白楊樹，難道你就只覺得樹只是樹，難道你就想不到它的樸質，嚴肅，堅強不屈，至少也象徵了北方的農民；難道你竟一點也不聯想到，在敵後的廣大土地上，到處有堅強不屈，就像這白楊樹一樣傲然挺立的守衛他們家鄉的哨兵，難道你又不更遠一點

想到這樣枝枝葉葉靠緊團結，力求上進的白楊樹，宛然象徵了今天在華北平原縱橫激蕩用血寫出新中國歷史的那種精神和意志。

　　白楊不是平凡的樹，它是西北極普遍，不被人重視，就跟北方農民相似；它有極強的生命力，磨折不了，壓迫不倒，也跟北方的農民相似。我讚美白楊樹，就因為它不但象徵了北方的農民，尤其象徵了我們民族解放鬥爭中所不可缺的樸質、堅強、力求上進的精神。

在這裡，不是很明白的嗎？作者所禮讚的不只是白楊樹，而是禮讚勤勞、勇敢、堅貞不拔的中國人民，禮讚守衛著他們的家鄉、捍衛著祖國的人民軍隊，禮讚領導民族解放鬥爭，創造中國歷史新頁的中國共產黨。

　　總之，茅盾在抗日戰爭和人民解放戰爭時期的散文，有的描寫自由幸福的解放區，有的描寫黑暗腐朽的國統區，有的描寫帝國主義統治的殖民地，有的則描寫社會主義國家。在兩種社會、兩個世界的對比中，顯示出方生未死的中國社會的時代特徵，歌頌了新的生活的歡樂，指示出中國人民的光明幸福的前途。在形式風格方面，這些散文也多種多樣：有隨筆，也有生活的速寫，有匕首一樣的雜文，也有雋永的散文詩，這些作品儘管題材不同，形式多樣，可是都有著獨特的藝術風格，鮮明的時代精神和深刻的現實意義。

（五）「使藝術為人民服務」的文藝觀

　　茅盾是一向重視文藝的社會作用的，多方探索過文藝為政治服務的途徑。抗日戰爭爆發後，茅盾就一再強調文藝應該為抗日戰爭服務。

　　一九四二年，毛主席發表了具有重大理論意義和實踐意義的光輝著作《在延安文藝座談會上的講話》，創造性地發展了馬克思列寧主義的文藝理論，明確地指出了文藝的工農兵方向。一九四四年一月一日，重慶《新華日報》以一整版的篇幅摘登了這一光輝著作的主要內容。後來又衝破重重困難，出版了單行本。從此，《在延安文藝座談會上的講話》中的光輝思想在國民黨統治區產生了深遠影響，給堅持在國統區的革命文藝工作者指明了前進的方向。茅盾在一九四四年以後寫的關於文藝問題的文章表明，他已明顯地接受毛主席的文藝思想。但他並不是教條主義地搬用，而是把毛主席的文藝思想與國民黨統治區文藝運動的具體情況結合起來，探討國統區文藝運動和文藝創作中的問題，提出了一些很精闢的見解。

關於文藝為政治服務的問題，茅盾認為：「文藝」必須服務於最大多數人的利益，服務於民族的自由解放，適合於當前抗戰的要求」；〔註12〕稍後他又進一步指出：

> 不民主，中國就沒有前途，文藝應當配合今天的民主運動，而要在大時代中擔當起本身的任務，文藝界應當加強自我檢討：對於民眾的認識是不是充分？有沒有站在民眾之上或站在民眾之外的非民眾立場的觀點？如何更能接近民眾？如何虛心學習，從民眾的活的語言中吸取新的血液以補救蒼白生硬的知識分子的「白話文」？如何批判地運用和改進民間形式？如何掌握民間形式而真正實現「文藝下鄉」？如何挹取民間形式的精英作為創造民族形式的一個原素？只有在這樣加強自我檢討的過程中，新文藝方能更益壯大，方能普及而又提高，方能有效地遏止文藝上的反民主的各種黑潮，方能配合當前的民主運動，作新時代的號角。〔註13〕

要使文藝配合民主運動，更好地為政治服務，茅盾認為文藝工作者就必須「走進人民中間，走進戰鬥的生活」：就必須「面向民眾，為民眾，做民眾的先生，同時又做民眾的學生，認識民眾的力量，表現民眾的要求」。〔註14〕同時，還要樹立進步的世界觀，他說，對作家來說，「生活經驗的豐富是必要的」，「向名著學習是必要的」，「但據我看來，思想基礎，進步的宇宙觀，尤為必要」。〔註15〕他認為改造思想，獲得進步的世界觀，就要「廣泛研讀哲學和社會科學」，但這「決不是能背幾條公式，死記若干教條」就能做到的，〔註16〕而是要到人民群眾中去，作長期的努力。他說：

> 至於進步宇宙觀之不能專從書本而得，這已是常識，不煩多言。
> 走進人民中間，走進戰鬥的生活，這在一個作家是必要的，而對一

〔註12〕茅盾：《雜談文藝現象》，見《茅盾文集》第十卷（人民文學出版社一九六一年版）。

〔註13〕茅盾：《五十年代是「人民的世紀」見《茅盾文集》第十卷（人民文學出版社一九六一年版）。

〔註14〕茅盾：《五十年代是「人民的世紀」見《茅盾文集》第十卷（人民文學出版社一九六一年版）。

〔註15〕茅盾：《對於文壇的一種風氣的看法》，見《茅盾文集》第十卷（人民文學出版社一九六一年版）。

〔註16〕茅盾：《雜談文藝現象》，見《茅盾文集》第十卷（人民文學出版社一九六一年版）。

個已經有了進步宇宙觀的作家同樣是必要的。世間不乏這樣的人；
言論是進步的，「思想」是進步的，然而一碰到實際問題，不免迷亂
自失，不能站穩在前進的人民大眾的立場上了。這是因爲他只以前
進的知識分子的姿態站在人民之外，站在戰鬥生活的旁邊。〔註17〕

這就是說，廣泛研讀哲學和社會科學，長期到人民群眾的鬥爭中去，是樹立
進步世界觀的必要途徑。他在看了在重慶展出的延安木刻作品後說，延安木
刻作品，「內容是最現實的，而形式亦樸質剛勁」，「手法很新穎，富於創造性」。
這些成績的取得，是陝北藝術家的「實生活的紀錄」。因爲這些藝術家不但生
活在群眾之中，和人民群眾相結合，而且他們本身就是人民群眾中的一員。
因此，他認爲作家、藝術家只有到群眾中去，「安排自己的生活，站穩立場，
然後能使自己的藝術眞能爲人民服務」。〔註18〕

　　關於歌頌光明與暴露黑暗的問題，茅盾認爲，「現實生活中有光明面也有
黑暗面，故要忠實地反映現實就不能只寫光明不寫黑暗。問題乃在作者站在
哪一種立場上去歌頌或暴露，去理解那光明面或黑暗面」。當時，「作家們的
共同立場是堅持民主，堅持反法西斯戰爭以求建立獨立自由的民主國家」。在
這一大目標之下，他認爲：「歌頌的對象是堅持民主，爲民主而犧牲私利己見
的，是能增加反法西斯戰爭的力量及能促進政治的民主的；反之，凡對抗戰
怠工，消耗自己的力量以及違反民主的行動，都是暴露的對象」。〔註19〕茅盾
還指出，談歌頌與暴露，還有一個「眞僞之辨」的問題。他指出，在當時的
國民黨統治區，顛倒是非，混淆黑白，是最普遍的現象，「主張歌頌光明者並
不願意人家歌頌眞正的光明，而只願意人家歌頌他之所謂光明，而不許暴露
者，倒是他的眞正見不得人的隱疾」。因此，他認爲在國民黨統治區，「暴露就
成爲頭等重要的工作」，「如果沒有暴露，則是非黑白永遠不能辨明」。〔註20〕

　　關於普及和提高問題，創造文藝的民族新形式問題，茅盾也發表了一些
很好的見解。

〔註17〕　茅盾：《對於文壇的一種風氣的看法》。見《茅盾文集》第十卷（人民文學出
　　　　版社一九六一年版）。

〔註18〕　茅盾：《門外漢的感想》，見《茅盾文集》第十卷（人民文學出版社一九六一
　　　　年版）。

〔註19〕　茅盾：《如何擊退頹風》，見《茅盾文集》第十卷（人民文學出版社一九六一
　　　　年版）。

〔註20〕　茅盾：《談歌頌光明》，見《茅盾文集》第十卷（人民文學出版社一九六一年
　　　　版）。

文藝為政治服務，在抗日民族解放戰爭時期中，就是要求為抗日民族解放戰爭和愛國民主運動服務，文藝創造必須真實地反映現實，可是必須要有明確的立場，對光明的一面，對新生的力量必須加以歌頌，對危害人民群眾的黑暗勢力必須加以暴露和批判，不僅在群眾中吸取題材，更要批判地運用和改進民間形式，挹取民間文藝的精華來創造民族新形式，使新文藝日益壯大，普及而又提高。茅盾的這些見解，是符合毛主席《在延安文藝座談會上的講話》中所闡明的一些基本觀點的，對於當時國民黨統治區的文藝運動和文藝創作，都是有指導意義的。他自己當時在文藝戰線上的活動和創作，正是這些觀點的實踐。

綜上所述，可見在抗日戰爭和人民解放戰爭時期，茅盾的創作是取得成就的，文藝思想也是有新的發展的。他的創作真實地反映了抗戰時期我國社會生活的一些主要方面，由於他的明確的人民大眾的立場和科學的世界觀，現實主義藝術家的對生活的洞察力，他的矛頭主要的指向國民黨反動統治，揭露了國民黨反動政權的核心部分的兩個主要方面：長篇小說《腐蝕》在政治方面揭露了國民黨法西斯特務統治，對內進行反共反人民的血腥屠殺，對外準備投降敵人的陰謀；劇本《清明前後》在經濟方面揭露了官僚買辦資本和國民黨政權的經濟政策給民族工業的嚴重的摧殘。從而顯示只有打碎封建主義與帝國主義的枷鎖，爭取民族解放戰爭的最後勝利和人民民主的前途，中國人民才能獲得自由解放。散文《風景談》、《白楊禮讚》，熱情地歌頌了革命根據地，熱情地歌頌了人民，熱情地歌頌了中國共產黨，顯示出中國人民爭取民族解放戰爭的勝利和民主前途的力量之所在。

同時，作者又以既不脫離現實，又不脫離群眾的精神，努力創造多樣性的形式，以求達到照顧讀者水平而又能提高讀者的目的。這些作品，不論在茅盾的文學道路上，或者在我國現代文學史上來看，都是重要的收穫。在文藝思想方面，他接受了毛主席的文藝思想，並用來分析、解決國統區文藝運動和創作中的問題，這表明茅盾在自己的文學道路上，終於找到了最正確的方向。

五、爲發展我國的社會主義文藝而鬥爭 ——社會主義革命和社會主義建設 時期的茅盾

我以能趕任務爲光榮，……在黨的領導下，有意識有目的地鼓吹黨的文藝方針和毛主席的文藝思想，這不是我們的最光榮的任務麼？我能側身於這個最光榮的任務的行列，還不是光榮的事兒麼？

——茅盾：《鼓吹集·後記》

（一）在文化和文學藝術部門的領導崗位上

一九四八年年底，茅盾和其他民主黨派代表人物、無黨派民主人士一起，應中國共產黨的邀請，離開香港到東北解放區的大連、瀋陽，參加新政治協商會議的籌備工作。一九四九年一月，北京解放，茅盾到了北京。

一九四九年五月，人民解放軍解放南京，國民黨反動政府宣告覆滅。人民解放戰爭正迅速地在全國範圍內取得勝利。同年九月，中國人民政治協商會議第一屆全體會議在北京召開。會議制訂了《中國人民政治協商會議共同綱領》，選舉了第一屆中國人民政治協商會議全國委員會委員，毛澤東同志當選爲全國委員會主席，茅盾當選爲常務委員。這次會議還代行全國人民代表大會職權，選舉毛澤東同志爲中央人民政府主席，選舉了中央人民政府委員會委員。十月一日，毛澤東同志在天安門上莊嚴宣告中華人民共和國成立。中國人民從此站起來了。

中華人民共和國的成立，標誌著我國新民主主義革命階段的基本結束和社會主義革命的開始。

中華人民共和國成立時，茅盾擔任了文化部長，一直到一九六四年。在此以前，一九四九年七月，在毛澤東同志和周恩來同志的親切關懷下，在北京召開了全國文學藝術工作者代表大會，這是解放區的和堅持在國統區進行鬥爭的進步的、革命的文藝工作者的大會師。毛澤東同志、朱德同志蒞臨會場講了話，周恩來同志到會作了政治報告。茅盾作了題爲《在反動派壓迫下鬥爭和發展的革命文藝》的報告，對抗日戰爭爆發以來國統區的文藝運動作了總結。在這次大會上，成立了中華全國文學藝術界聯合會（簡稱「全國文聯」）和中國文學工作者協會（簡稱「全國文協」）等組織，茅盾當選爲「全國文聯」副主席、「全國文協」主席。從此擔負起全國文化和文學藝術部門的領導工作。

一九五三年，在土地改革、鎮壓反革命和恢復國民經濟工作都取得巨大勝利的情況下，以毛澤東同志爲首的黨中央提出了國家過渡時期的總路線和發展國民經濟的第一個五年計劃，標誌著我國社會主義革命和社會主義建設的高潮就要到來了。在這一大好形勢下，第二次全國文學藝術工作者代表大會在北京召開，各個協會同時開會。茅盾在中國文學工作者代表大會上作了題爲《新的現實和新的任務》的報告，號召文學工作者要爲貫徹過渡時期的總路線，爲發展新中國的社會主義文學而奮鬥。在這次大會上，茅盾繼續當選爲全國文聯副主席，中國文學工作者協會改組爲中國作家協會，茅盾繼續當選爲主席。先後擔任過《人民文學》、《譯文》等刊物的主編。

一九五四年，茅盾當選爲第一屆全國人民代表大會代表（以後繼續被選爲二、三、五各屆全國人大代表）。一九五五年，茅盾積極參加批判胡風反動思想的鬥爭。

一九五四年六月，茅盾率中國代表團赴瑞典，參加在斯德哥爾摩召開的緩和國際局勢大會。一九五六年十二月率中國作家代表團赴新德里，出席亞洲作家代表大會；一九五八年七月，又率中國作家代表團出席在塔什干舉行的亞非作家代表大會。在這些會議上，茅盾爲增進亞非作家之間的友誼、交流反帝鬥爭經驗作出了貢獻。

一九六○年七月，第三次全國文學藝術工作者代表大會在北京召開，周揚作了《我國社會主義文學藝術的道路》的報告，茅盾作了題爲《反映社會主義躍進的時代，推動社會主義時代的躍進》的報告，總結了我國社會主義文藝事業所取得的光輝成就。

一九六二年二月，茅盾率領中國作家代表團出席在埃及開羅召開的第二屆亞非作家會議，在會上作了題為《為風雲變色時代的亞非文學的燦爛前景而祝福》的報告，指出亞非人民緊密地團結在一起，在反對新老殖民主義、爭取族獨立、民主和自由的鬥爭中，一定能夠創造出比過去更加光輝燦爛的文化，對人類作出比過去更加偉大的貢獻。

一九六五年一月，中國人民政治協商會議召開了第四屆全國委員會第一次會議。在這次會議上茅盾當選為全國委員會副主席。

在文化大革命初期，王洪文、張春橋、江青、姚文元「四人幫」反黨集團就和林彪相勾結，進行反革命陰謀活動，妄圖篡黨奪權，復辟資本主義；同時他們又炮製了所謂「文藝黑線專政」論，推行法西斯文化專制主義，解散全國文聯和各個協會，殘酷迫害廣大革命文藝工作者，茅盾和許多老作家一樣，也受到種種誣衊和迫害。

一九七六年十月，以華國鋒同志為首的黨中央，繼承毛澤東同志的遺志，一舉粉碎了「四人幫」，標誌著無產階級文化大革命勝利結束，我國社會主義革命和社會主義建設進入了新的發展時期。一九七八年三月，中國人民政治協商會議召開了第五屆全國委員會第一次會議，茅盾繼續當選為副主席。五月，全國文聯召開了第三屆全國委員會擴大會議，茅盾致開幕詞。大會深入批判了「文藝黑線專政」論，控訴、聲討了「四人幫」的滔天罪行；廣大的革命文藝工作者決心團結在以華國鋒同志為首的黨中央周圍，為繁榮我國社會主義文藝，為實現新時期的總任務，把我國建設成為四個現代化的社會主義強國而奮鬥。這次大會莊嚴宣佈中國文學藝術界聯合會、中國作家協會等協會恢復工作，茅盾繼續擔任文聯副主席、中國作家協會主席。

一九五二年間，茅盾曾表示：「年來常見文藝界同人競訂每年寫作計劃，我訂什麼呢？我想：我首先應當下決心訂一個生活計劃：漂浮在上層的生活必須爭取趕快結束，從頭向群眾學習，徹底改造自己，回到我的老本行。」〔註1〕二十多年來，由於繁重的領導工作，茅盾除寫了少量的散文、雜文外，繼續從事創作的願望沒有能夠實現，但他仍然寫了大量的理論批評文章。這些文章大部分收集在《鼓吹集》、《鼓吹續集》裡，此外還有《夜讀偶記》、《反映社會主義躍進的時代，推動社會主義時代的躍進》、《關於歷史和歷史劇》等

〔註1〕茅盾：《茅盾選集·自序》，見《茅盾文集》第二卷（人民文學出版社一九五八年版）。

單行本。他說過：「我以能趕任務爲光榮，……在黨的領導下，有意識有目的地鼓吹黨的文藝方針和毛主席的文藝思想，這不是我們的最光榮的任務麼？我能廁身於這個最光榮的任務的行列，還不是光榮的事兒麼？」〔註2〕這段話生動地反映了茅盾從事文學藝術工作的指導思想。的確，解放二十多年來，茅盾在黨的領導下，在文化和文學藝術部門的領導崗位上，爲貫徹黨的文藝方針，捍衛黨對文藝事業的領導，反對資產階級文藝思潮；爲培養新生力量，發展我國社會主義文藝，做了大量的工作，作出了自己的貢獻。

（二）堅決貫徹黨的文藝方針，批判各種資產階級文藝思想

解放以來，茅盾積極參加了文化思想戰線上的鬥爭，堅決貫徹黨的文藝方針，捍衛黨對文藝事業的領導，批判各種資產階級文藝思想。

1. 積極參加對胡適、胡風反動文藝思想的批判。

一九五四年十月，《文藝報》在《紅樓夢研究》問題上對資產階級唯心主義思想投降的錯誤被揭露出來以後，毛澤東同志給中央政治局寫了《關於紅樓夢研究問題的信》，親自發動領導了對胡適派資產階級唯心主義思想的鬥爭。

這一年十月三十一日到十二月八日，中國文學藝術界聯合會主席團和中國作家協會主席團連續召開了八次擴大聯席會議，檢查、糾正《文藝報》的錯誤，批判俞平伯《紅樓夢研究》中的胡適派資產階級唯心主義思想。這年七月，胡風就已向黨中央提出了洋洋三十萬字的《對文藝問題的意見》，對我國社會主義的文藝事業，對文藝創作、理論批評和組織領導，提出了綱領性的意見。在文藝界檢查《文藝報》錯誤的時候，胡風利令智昏、錯誤地估計了形勢，手忙腳亂地指使其黨羽向黨發起了全面的進攻，引起了廣大文藝工作者的憤慨，紛紛起來反擊。在十二月八日的擴大會議上，中國文聯主席郭沫若在發言中提出三點建議：（1）堅決地展開對於資產階級唯心論的思想鬥爭；（2）廣泛地展開學術上的自由討論，提倡建設性的批評；（3）加緊扶植新生力量。周揚同志作了題爲《我們必須戰鬥》的重要發言，指出必須開展對胡適派資產階級唯心論的鬥爭，批判了《文藝報》的錯誤，指出胡風的文藝思想是反馬克思主義的，揭露胡風藉口批評《文藝報》向黨發動進攻的陰謀，最後號召大家必須投入戰鬥。

〔註2〕茅盾：《鼓吹集·後記》見《鼓吹集》（作家出版社一九五九年版）。

茅盾以中國作家協會主席的身份作了題爲《良好的開端》的發言。他在發言中指出：解放以後從對電影《武訓傳》的批判到此次對《紅樓夢研究》的批判，黨中央屢次敲起警鐘，是黨對文藝工作者的關心和教育。他著重指出：「在政治上跟胡適劃清了界線的，並不一定就在思想上、學術研究方法上也已經跟胡適劃清了界線。」他聯繫到他自己說，他過去也曾在學術思想上做了胡適的俘虜，現在亦還不能說思想中就完全沒有胡適思想的殘餘了。他表示一定要有勇氣來反躬自省。一定要老老實實好好學學，一定要用馬克思列寧主義這個思想武器來肅清頭腦裡的資產階級思想，他認爲只有這樣，「這才不辜負黨中央對我們敲起警鐘的婆心苦口」！他最後指出：反對資產階級思想的鬥爭，批判胡適的反動哲學思想、政治思想、歷史觀點、文化思想等等，正待展開；號召大家步伐一致地參加這場嚴重的思想鬥爭。

一九五五年初，對胡風反動文藝思想的批判全面展開，茅盾發表了《必須徹底地全面地展開對胡風文藝思想的批判》，揭露、批判了胡風反動文藝思想的幾個主要方面及其實質。

茅盾指出：胡風文藝思想的核心就是所謂「主觀戰鬥精神」。胡風「創造」了這樣一個「公式」：文藝創作是「主觀精神」和「客觀眞理」的「結合」或「融合」；文藝創作過程就是作家以其「主觀精神」去「擁抱」世界，而達成作家的「自我擴張」。胡風把這說成是現實主義。茅盾指出這完全是胡風所捏造的現實主義。

胡風無中生有地說：最近幾年來「把一切作家都嚇啞了」的，是「作家要從事創作實踐，非得首先具有完美無缺的共產主義世界觀不可」這樣的「理論」刀子。茅盾指出：這種血口噴人的妄言，恰恰暴露了胡風自己反對毛澤東的文藝方針、反對作家樹立共產主義世界觀的罪惡用心。茅盾又指出，胡風的「到處有生活」的說法，實質上是反對作家深入工農兵群眾，深入實際鬥爭生活。胡風還炮製「題材差別論」，用來攻擊文藝應該反映社會矛盾的本質的主張，一方面又借題材無大小這樣抽象的說法作爲煙幕，來掩飾他的反對文學服從政治的意圖。茅盾還指出，胡風盡量地嘲笑了要在學習馬克思列寧主義、參加群眾的實際鬥爭過程中改造思想的主張，說什麼思想改造只有通過創作實踐，就是取消了思想改造。茅盾認爲胡風的理論是「自成爲一個體系」的，這個體系「就是從資產階級唯心主義的思想基礎上生長而完成的」，

但因爲它是用馬克思列寧主義的詞句僞裝起來的，所以就有更多的欺騙作用，更大的危害性。

茅盾指出：胡風的文藝路線是反對毛澤東同志文藝方向的路線，而他的活動則是宗派主義的小集團活動，其目的就是「企圖以他的宗派主義小集團的領導來奪取黨對文藝運動的統一領導」。

在文章的最後，茅盾指出了這場鬥爭的深刻意義，他說：「全面地徹底地展開對胡風文藝思想的批判是過渡時期尖銳而複雜的階級鬥爭在思想戰線上的反映。」號召廣大文藝工作者要積極投身到這一鬥爭中來。

2. 積極貫徹「百花齊放，百家爭鳴」的方針，批判「左」的和右的文藝思潮。

茅盾一向就很重視文藝創作中的概念化、公式化問題。他在一九五三年九月召開的中國文學工作者第二次代表大會上所作的題爲《新的現實和新的任務》的報告中，肯定了人民共和國成立以來文學創作所取得的成就，指出：文學藝術「應該爲完成國家社會主義工業化和社會主義改造這個總的政治任務而鬥爭」。同時，他也指出了文藝創作中存在的問題，如「作品的概念化、公式化傾向」。他認爲概念化公式化都是主觀主義思想的產物，不是從客觀的現實出發，而是從作者主觀的概念出發，是違反現實主義的根本原則的。他強調指出要克服創作上的概念化、公式化，提高我們創作的現實主義水平，關鍵是在組織作家深入生活，提高對於生活的認識。

一九五六年五月，毛澤東同志在最高國務會議上宣佈了中國共產黨對文藝工作主張百花齊放、對科學工作主張百家爭鳴的方針。黨中央在一九五六年提出這個方針，是由於：第一，所有制的社會主義改造已經基本完成了，同時，經過一系列的思想鬥爭，馬克思主義在我國思想界已經樹立了領導地位；第二，在人民內部還有資產階級思想存在，還有意識形態上的階級矛盾和其他各種不同的思想。對這些不同的思想，只有讓它們發表出來，經過自由討論，自由批評和反批評，用說服而不是壓服的辦法才能解決；第三，在完成了民主革命和基本完成了社會主義改造以後，新的任務就是高速度地建設社會主義，發展我國的經濟和科學文化。「百花齊放，百家爭鳴」就是適應這個新的形勢和新的要求而提出來的發展文學藝術和科學的最好的方針。「百花齊放，百家爭鳴」的方針提出後，作爲文化部長的沈雁冰，就積極認眞加以貫徹。一九五六年，在第一屆全國人民代表大會第三次會議上，他在題爲

《文學藝術的關鍵性問題》的發言中，再一次指出文學藝術創作中的主要問題是質量問題，存在著概念化、公式化和題材狹窄的毛病。他認爲原因不止一端，總的說來，「是由於未能貫徹『百花齊放』，由於缺乏『百家爭鳴』。」他堅決反對簡單、粗暴的方式、庸俗社會學的觀點和「戴帽子方法」的文藝批評。他認爲：「只要不是有毒的、對於人民事業發生危害作用的，重大社會事件以外的生活現象，都可以作爲文藝的題材。」他還認爲，在現實生活中，我們需要煉鋼廠、水閘，也需要美麗的印花布，精緻的手工藝品。在文化娛樂方面，人民需要抒情詩、圓舞曲、翎毛花卉。茅盾還說：我國自古以來，「人民所創造的文藝就不是單調、生硬，而是包羅萬象、多姿多彩的。我們要發揚這個優秀的傳統。他呼籲全國人民代表大會的代表要「嚴厲地監督任何方面的違反『百花齊放、百家爭鳴』的言論和行動。」

　　到一九五六年底，我國生產資料所有制的社會主義改造已經基本完成，但政治思想戰線上社會主義和資本主義誰戰勝誰的問題還沒有眞正解決。資產階級右派不甘心放棄剝削制度和剝削思想，妄圖阻擋我國社會主義革命的勝利發展，恢復資本主義。因此，在政治思想戰線上進行社會主義革命就是不可避免的了。

　　在一九五六年十月的匈牙利事件中，我國的一些資產階級右派分子就已蠢蠢欲動。一九五七年春，黨中央發佈了關於整風的指示，開始整風。以章（伯鈞）羅（隆基）聯盟爲代表的資產階級右派錯誤地估計了形勢，以爲時機已到，向黨發起了猖狂的進攻。章、羅等人瘋狂叫囂「輪流坐莊」、「搞政治設計院」，要共產黨下臺，並且把他們的黑手伸進了文藝界；文藝界也有些人發生了動搖，發表了一些錯誤的言論。六月初，在黨的領導下，全國人民團結一致，奮起保衛黨、保衛社會主義，向資產階級右派的進攻發起反擊。但由於種種原因，產生了擴大化的問題，把一些文藝工作者錯劃爲右派，把一些有缺點的作品、甚至一些優秀作品打成毒草，把一些文藝論點作爲修正主義觀點批判。茅盾當時的一些有關文章，自然也難免存在這樣或那樣的偏差，但他維護黨對文藝事業的領導、維護文藝工農兵方向的熱情，仍然應該得到肯定。

　　茅盾強調指出：「必須加強文藝工作中的共產黨的領導」。他說：「中國的出路只有走社會主義的路線，這是中國百年來的歷史經驗所證明了的，也是八年的社會主義建設的光輝成績所證明了的。走社會主義的路就必須有共產

黨的領導，必須在各方面加強共產黨的領導」。在文藝界，怎樣實現和加強黨的領導呢？茅盾認為：「對於主要是個體活動的文藝家的創造性工作，即文藝家的文藝思想和文藝實踐來說，共產黨是通過文藝理論批評、政策方針來領導的」；「對於文藝運動的方向，文藝工作的計劃、步驟，也可以主要通過理論批評、政策方針來領導」；「在開展文藝運動以及執行文藝工作的計劃或進行文藝實踐的團體或機關中（例如刊物編輯部、出版社、劇院、劇團等各種文藝機構；例如作家協會；例如政府的文化行政部門），卻必須有黨組織來實現黨的領導。沒有這個黨的領導，就不能保證貫徹社會主義文化的方向」。這些論述是完全正確的。

此外，當時還有一些人把創作中的公式化、概念化傾向歸之於黨的領導，或者說是由於強調作家學習馬克思主義、改造世界觀強調得太過分了的結果。茅盾當時對這些錯誤觀點所進行的批判，基本上也是正確的。

（三）論與實踐相結合，探索提高創作質量的具體辦法

解放以來，茅盾非常重視以毛澤東文藝思想為指導，遵循理論與實踐相結合的原則，探索提高創作質量的具體辦法。

理論工作必須從實際出發，經常提出新的問題來討論並加以解決，從而推動工作。二十多年來，在我國文藝理論批評戰線上，也正是這樣，不斷有新的問題提出來討論，並得到解決。但也有這樣一種現象：有些曾經討論過並已有了結論的問題，有的甚至是毛主席《在延安文藝座談會上的講話》中就已解決了的問題，常常會被重覆提出來討論。有些人認為討論已經討論過的問題是冷飯重炒，沒有意義；有的人則認為在新的形勢下產生的新問題在延安文藝座談會時還不存在，要解決這些問題，《在延安文藝座談會上的講話》就「好像有點不夠了」。對此，茅盾明確地指出：「《在延安文藝座談會上的講話》根據馬克思主義解決了當時存在的（實際上也是「五四」以來就存在而未得解決的）、主要的文藝思想問題；這是馬克思主義的普遍真理和我國的具體情況相結合的又一範例。《講話》所指示的原則，不但在今天，即在今後，也是我們必須遵循的」。但情況是在不斷發展的，有的問題似乎已經解決其實並沒有真正解決，有的是在理論上已經解決，但在作家的實踐上並沒有解決；有的雖然是老問題，「但是已經更深入一層，已經從創作實踐中提出原來那些問題的新的方面來了。因而這不是舊事重提，而是在新的基礎（這是十五年

來新的成就所構成的）上更前進一步。」因此，在文藝領域內，也必需在實踐過程中不斷提出問題，以毛澤東文藝思想爲指導，遵循理論和實踐相結合的原則來加以解決，「在已有的基礎上繼續努力」，這才能使創作質量逐步得到提高。

解放以來，茅盾所最關心的主要有以下三個問題：

第一，作家的生活、思想和技巧的關係問題。

這是一個老問題。茅盾在三十年代初就從總結自己創作實踐的經驗教訓中得到比較正確的認識。解放以後，在新形勢下文藝界又多次討論了這個問題。一九五三年間，茅盾在第一屆電影劇本創作會議上說：

> 在體驗生活時，提高了對生活的認識，進行思想改造，同時孕育作品，然後寫出作品，在作品中再考驗和鞏固思想改造的成就，然後再下去體驗生活；如果這樣周而復始，持之有恆，嚴肅認眞刻苦地作下去，而仍然在思想上得不到改造進步，在寫作上得不到提高，我以爲是不可思議的。

一九五七年紀念《在延安文藝座談會上的講話》發表十五週年時，茅盾又在《在已有的基礎上繼續努力》一文中說：

> 生活、學習，──實踐（寫作），──再生活，──再學習，──再實踐，如此反覆進行，如此螺旋式地前進，恐怕是我們寫作者思想上和藝術上逐步提高的規律。也是我們消除自己固有的非工人階級的思想感情而逐漸具備馬克思主義世界觀的必然過程。

這是茅盾從他自己、也是從廣大文藝工作者的實踐經驗中總結出來的正確論斷，並且這個論斷也是經得起實踐檢驗的。

生活是創作的唯一源泉，對作家來說，沒有生活就不可能進行創作。專業作家要深入生活，青年業餘作者也不能脫離現實的鬥爭生活。作家體驗生活，茅盾認爲有「博」和「專」兩個方面：

> 「博」就是認識生活的廣度，「專」就是認識生活的深度。這兩者不是對立的，而是一體的兩面。眞能深入一角者，必然也瞭解全面；全面的瞭解，有助於一角的深入。

這是一個很精闢的見解。

作家在生活中獲得大量的感性知識，茅盾認爲，「那只可以說是部分的成功；最最主要的，還在於把這些感性知識提煉爲理性知識」，這就要求有分析

力和判斷力,「能夠在複雜而變化著的生活現象中看到本質的東西」;生活經驗的素材要經過綜合、改造、發展這樣的一系列的加工,然後成為作品的題材。把感性認識提煉為理性知識,對生活素材進行加工,這都離不開作家的思想認識、世界觀。茅盾指出:「只有那具有共產主義世界觀的作家能夠使他在現實中所揀取的東西是反映了現實的本質,指出了前進的方向的」。「掌握了馬列主義和毛澤東思想,這才能夠在人民生活的大海中探得寶藏,——能夠發現問題,分析問題,作出深刻的結論,這才能夠不但表現了生活,並且指導了生活。否則即使生活經驗豐富了,觀察還是不能深入,作品的思想性還是不高的」。

在這裡,茅盾深刻地闡明了作家的生活經驗與世界觀的辯證關係。

茅盾指出,在典型環境中表現典型人物,是文藝創作的中心問題。「可以說這是個技巧問題」,但這種技巧,還是「從屬於他的挖掘現實的本領」,「作家在現實生活中挖掘得愈深,他所創造的人物以及人物所活動的環境也就愈富於典型性,而也就是這典型性給予作品以強烈的藝術感染力」。茅盾認為這種技巧,「是形象思維的構成部分而不是作家在構思成熟以後外加上去的手術」,是「依賴著思想的」。因此,他指出:「技巧問題不能同作者的人生觀的深度和他的生活經驗的廣度割裂開來求得解決」的,「更不能把技巧當作一個技術問題求得解決」。但同時茅盾又強調指出,技巧雖然「依賴於思想」,卻又是可以單獨加以研究的。他說:「古典文學的大師們以及現代的傑出作家們,事實上已經做出了藝術地表現生活真實的光輝範例,這些範例所包含的基本的藝術經驗,形成了藝術技巧的一些慣用的原則;研究這些原則,進而掌握這些原則,是可能的,也是必要的」。這些原則,茅盾認為就分別體現在人物形象描寫、故事發展、環境描寫等方面。

在茅盾看來,不去深入生活、不重視思想提高,片面地去追求技巧,是不可能提高創作質量的;但技巧卻又是可以單獨研究的,向古典作家和現代傑出的作家們學習技巧,又是十分必要的,不這樣做,也不可能提高創作質量。茅盾的這些論述,把技巧與思想、技巧與生活辯證地統一了起來,給提高文藝創作質量指出了具體辦法。

第二,關於文學的民族形式問題。

文學的民族形式問題,也是一個老問題。但長期以來,這個問題無論是在理論上還是創作實踐上都還沒有很好的得到解決。

過去有一個比較普遍的看法，認為民族形式是包含民族語言和民族生活內容兩個方面的。茅盾不同意這種看法，他在《漫談文學的民族形式》一文中說，民族生活內容在作品中是個內容問題，「這個內容用民族語言來表現，才使作品具備民族形式」，如果把民族生活內容看作是構成民族形式的因素之一，「表面上雖然好像念念不忘形式與內容的統一，而實質上卻是把內容降低到形式的範疇，有背於內容決定形式的原則」。他認為文學的民族形式包含兩個因素：一是語言，是主要的，起決定作用的；二是表現方式（即體裁），是次要的，只起輔助作用。就詩歌來說，他認為詩的語言「和一般的文學語言一樣，是在民族語言的基礎上加工提煉使其更精萃，更富於形象性、更富於節奏美。文學語言不能是原封不動的口語，但也不能脫離口語的基本要素——詞彙、詞法和修辭法」。「詩的語言雖然容許與口語的基本規律有較大的距離（對散文作品中的文學語言作的比較），但是不能違反口語的基本規律」，「不瞭解這個道理，就不能正確地掌握以古典詩歌和民歌為基礎的發展方向」，也就不會「很好地實現新詩的民族形式的創造」。

就小說來說，茅盾不同意把章回體（長篇）、筆記體（短篇）、有頭有尾、順序開展的故事等看作是我國小說的民族形式，他說：

> 如果一定要在我國古典小說的表現方法中找民族形式，我以為應當撇開章回體、筆記體、有頭有尾、順序開展的故事等等可以稱為體裁的技術性東西，另外在小說的結構和人物形象的塑造這兩方面去尋找。

按照這一理解，他認為在長期的發展過程中形成的我國長篇小說的民族形式的結構特點是：「可分可合，疏密相間，似斷實聯」，「長到百萬字卻舒卷自如，大小故事紛紜雜綜，然而安排得各得其所」。人物形象塑造的民族形式，是「粗線條的勾勒和工筆的細描相結合」。「前者常用以刻劃人物的性格」，「後者常用以描繪人物的聲音笑貌，即通過對話和小動作來渲染人物的風度」。

茅盾認為，表現方法畢竟是藝術技巧，而藝術技巧是有普遍性的；因此，民族形式的主要因素還是文學語言。這個因素，在詩歌的民族形式上表現得特別顯著，在小說方面雖然不是那麼顯著，但也不能忽略它的重要性。他認為魯迅的作品即使是形式上最和外國小說接近，也依然有他自己的民族形式。這就是他的文學語言。也就是這個民族形式構成了魯迅作品的個人風格。

茅盾的關於文學的民族形式的獨特見解，是值得人們認真加以研究的。

一九六○年七月，茅盾在中國文學藝術工作者第三次代表大會上所做的關於我國社會主義文學成就的報告中，特別談到民族形式和個人風格方面的成就。

在詩歌方面，茅盾認爲一九五八年以來，在學習民間歌謠、新民歌和吸收古典詩詞、說唱文學的優良傳統的基礎上出現了民族形式的新詩風，李季、阮章競、賀敬之、郭小川等是出色的代表。

在小說方面，茅盾認爲趙樹理、老舍的風格早已爲大家所熟悉。梁斌的《紅旗譜》，「有渾厚之氣而筆勢健舉，有濃鬱的地方色彩而不求助於方言」。「筆墨是簡練的，但爲了創造氣氛，在個別場合也放手渲染；滲透在殘酷而複雜的階級鬥爭場面中的，始終是革命樂觀主義的高亢嘹亮的調子，這就使得全書有了渾厚而豪放的風格」。馬烽、李准、孫犂、王汶石、杜鵬程的獨特風格也在形成過程中。

在話劇方面，茅盾認爲郭沫若的《蔡文姬》，出色地溶化傳統、結合生活，創造了鮮明的民族風格。

總之，茅盾認爲要創造民族形式的社會主義文學，就是要努力做到毛澤東同志早在一九三八年就已明確指出的：「新鮮活潑的、爲中國老百姓所喜聞樂見的中國作風和中國氣派」。而要完成這個使命，就要「努力學習毛澤東文藝思想，繼續堅持勞動鍛鍊，批判地繼承前人的遺產，批判地吸收世界各國進步文學的精華，從創作實踐中發揚革命現實主義和革命浪漫主義相結合的廣博精深的性能」。

第三，關於革命現實主義和革命浪漫主義相結合的問題。

毛澤東同志的《在延安文藝座談會上的講話》指出，在藝術方法藝術風格上，我們是主張社會主義現實主義的。一九五六年間，隨著赫魯曉夫反斯大林所掀起的修正主義逆流，在國際上和在我們國內，都有人歪曲、篡改社會主義現實主義這一創作方法的精神實質，甚至妄圖取消它。爲此，茅盾寫了《夜讀偶記》，批判了歪曲、篡改乃至企圖取消社會主義現實主義這一創作方法的謬論，指出這一創作方法的思想基礎是辯證唯物主義和歷史唯物主義，因而它能夠把理想和現實很好地結合起來，更好地塑造英雄人物，更好地反映社會主義社會的現實生活。

一九五八年間，毛澤東同志概括了全部文學藝術歷史的經驗，根據我國社會主義革命和社會主義建設的需要，提出無產階級的文學藝術應採用革命

現實主義和革命浪漫主義相結合的創作方法。毛澤東同志的這一指示得到革命文藝工作者的熱烈擁護。文藝界展開了廣泛的討論，作家藝術家們在自己的創作實踐中認眞學習運用這一方法。茅盾在一九六○年召開的中國文學藝術工作者代表大會上的報告中，從現實主義和浪漫主義的歷史發展和我國社會主義文藝的創作經驗出發，對這個創作方法作了具體的闡述。

茅盾分析了我國和歐洲古代的現實主義和浪漫主義的特點，指出過去的作家「不可能在一篇作品中有像現代革命作品中那樣的現實主義和浪漫主義的結合。可能的倒是同一作家有時寫一些屬於現實主義範疇的作品，而另一時期則寫一些屬於浪漫主義範疇的作品，更多的是現實主義作品中運用了一些浪漫蒂克的表現手法」。他認爲只有少數偉大的作家「在他們的作品中結合了浪漫主義和現實主義兩種因素」。

茅盾指出：「以科學的革命理想指導現實鬥爭，又從現實鬥爭中發展革命理想，這樣的革命現實主義與革命浪漫主義的結合」，「只有在作家具有無產階級世界觀而且以歷史唯物主義和辯證唯物主義武裝了自己的頭腦以後才有眞正可能」。茅盾還指出，革命現實主義和革命浪漫主義相結合的創作方法，不是從我們的主觀要求出發，而是我國社會主義革命和社會主義建設提出的要求。他認爲：「唯有掌握這個新的創作原則，這才有可能使我們不但能夠充分地表現我們這社會主義躍進的時代，而且能夠有力地推動我們這社會主義時代的躍進」。

總之，茅盾認爲：「在馬克思列寧主義世界觀的思想指導之下，結合了科學分析的求實精神和不斷革命論的雄心壯志，站在共產主義的高度，既反映今天的現實，又要用無限的熱情、豪邁樂觀的調子、淋漓飽滿的筆墨，來歌頌一切產自現實基礎上的萌芽狀態的明天，即一切生氣蓬勃的新事物」，這就是革命現實主義和革命浪漫主義的結合。毛澤東同志的詩詞，就是革命現實主義和革命浪漫主義相結合的光輝典範。

在作家藝術家的創作實踐中，既是革命現實主義而又閃耀著革命浪漫主義光芒的作品，茅盾認爲在早些時候就已出現，這就是新歌劇《白毛女》。茅盾又認爲收集在《紅旗歌謠》中的民歌，「絕大部分可以稱之爲有了革命現實主義和革命浪漫主義的結合，而且一小部分是結合得很好的」。

茅盾還認爲許多傑出的作品，從它們的藝術構思方面來看，屬於革命現實主義的範疇，但又都塑造了風貌堂堂的具有共產主義思想品質的英雄人

物，這些人物是現實的又是理想的。這樣的人物塑造的方法是體現了革命現實主義和革命浪漫主義相結合的精神的。他認爲《創業史》、《百鍊成鋼》、《林海雪原》、《紅旗譜》等長篇小說，劉白羽的《一個溫暖的雪夜》、杜鵬程的《延安人》、《夜走靈官峽》以及李凖、峻青、王汶石等作家的一些短篇小說，就既是革命現實主義的，又具有革命浪漫主義的情調、節奏和色彩。

茅盾認爲：學習革命現實主義和革命浪漫主義相結合的創作方法，從根本上來說是一個「加深馬列主義修養、培養共產主義風格的問題，也就是善於把衝天幹勁和科學分析相結合的問題」。

茅盾尖銳地批判了把「暢想未來」、「人鬼同臺」以及超現實的誇大作爲「兩結合」的錯誤做法：「暢想未來」就是在作品中抒寫對共產主義時代的生活的想像，「人鬼同臺」就是在作品中讓神仙或古代傳說中的英雄與現實生活中的人物同時出現，超現實的誇大，如民歌中的「湊近太陽吸袋煙」等等，都是對革命現實主義和革命浪漫主義相結合的庸俗處理，應該加以反對的。

茅盾還對歷史劇問題作了深湛的研究。他在《關於歷史和歷史劇》（一九六二年）這一著作中，從歷史劇《臥薪嘗膽》的許多不同版本談起，運用大量史料，論述了關於史料的甄別，先秦諸子、兩漢學者對吳越關係，對吳夫差、越句踐以及對吳越兩方的文臣武將的看法和評價，進而談到歷史劇的創作問題。他著重剖析了一些傳統的歷史劇，總結了我國編寫歷史劇的悠久傳統和豐富經驗；對古爲今用，歷史上的人民作用，歷史真實與藝術真實相結合，歷史劇的文學語言等問題，提出了很精闢的見解；闡明了他對歷史劇的基本看法：「歷史劇當然是藝術品而不是歷史書」，「既是藝術又不背於歷史的真實」。因此，創作歷史劇就不但允許而且必須進行藝術虛構，但又不應該「改寫歷史，捏造歷史，顛倒歷史」，而應該忠實於歷史。正如寫現代生活的作品既要藝術虛構又必須忠實於生活一樣。茅盾的這些見解，對於歷史劇創作是有指導意義的。

茅盾很早就從事魯迅研究。早在一九二三年，《吶喊》出版不久，他就寫了《讀〈吶喊〉》，指出魯迅是「創造新形式的先鋒，《吶喊》裡的十多篇小說，幾乎一篇有一篇新形式」，每篇都「給青年作者以極大的影響」。一九二七年十一月，他又寫了《魯迅論》，對魯迅的思想及其創作的意義與特色作了全面的評論，這是早期研究魯迅的一篇重要論文。一九五六年十月，茅盾在魯迅逝世二十週年紀念大會上作了題爲《魯迅——從革命民主主義到共產主義》

的報告，對魯迅思想發展作了深刻的分析。一九六一年十一月，茅盾又在魯迅誕生八十週年紀念大會上作了《聯繫實際，學習魯迅》的報告。這個報告就魯迅作品如何服務於革命事業、魯迅作品的民族形式和個人風格及魯迅的「博」與「專」等三個問題作了深刻的論述。茅盾認爲這是貫串在魯迅全部文學活動中的三個方面，「也正是我們今天的文學藝術工作者亟待解決的三個問題」，更認眞更深入地學習魯迅，對於在思想性和藝術性方面提高我們的創作質量，都是有積極作用的。

茅盾對一些創作理論問題的見解，有的在今天看來還不是那麼完善，還有缺陷，有的不夠完滿（如把現實主義與反現實主義的鬥爭看作是中國文學發展的規律），需要通過百家爭鳴來求得解決。但總的看來，他以毛澤東文藝思想爲指導，從實際出發，遵循理論和實際相結合的原則，認眞去探索，解決文藝創作中的問題，提出了許多很好的見解，這對於提高創作質量，推動我國社會主義文學的發展，起了積極作用；同時也宣傳了毛澤東文藝思想，對於提高文藝工作者的文藝思想水平和理論水平，也是有積極意義的。

（四）推薦新人新作，積極培養新生力量

早在文學研究會時期，茅盾就非常重視推薦新人新作，培養新生力量的工作。在社會主義革命和社會主義建設時期，他就更自覺地重視這一方面的工作了。

在一九五三年九月召開的中國文學工作者第二次全國代表大會上，茅盾在《新的現實和新的任務》的報告中，就明確地指出必須把「以最大的努力培養青年作家，加強對於青年和初學寫作者的指導，傳播成熟的經驗。特別要注意從工農幹部中培養出新作家」，作爲中國作家協會的主要任務之一。在一九五六年二月召開的中國作家協會理事會擴大會議上，茅盾作了《培養新生力量，擴大文學隊伍》的專題報告。在這個報告中，茅盾指出：在文學戰線上和其他戰線上一樣，大批新生力量已經湧進作家隊伍裡來了，這批新生力量對新鮮事物具有敏銳的感覺，對生活和鬥爭懷著充沛的熱情，是文學事業中的生力軍。他還強調指出，爲了適應社會主義改造高潮的到來，就必須認眞克服作家協會工作中的缺點和錯誤，充分運用已有的經驗，大量培養青年作者，幫助他們迅速成長。爲此，他還提出了加速培養青年作者的八點具體方法和步驟。

　　一九五六年三月，在北京召開了全國青年文學創作者會議。在會前，茅盾發表了《迎全國青年文學創作者會議》，熱烈歡迎這次會議的召開，分析了青年作者的思想狀況，教導文學青年要以正確態度對待創作。在正式會議上，茅盾作了《關於藝術技巧的報告》，論述了提高藝術技巧、改造思想、體驗生活三者之間的關係，強調了改造思想、樹立共產主義世界觀和體驗生活的重要性及其相互間的辯證關係。並著重對什麼是藝術技巧和如何提高藝術技巧問題以及文學語言問題。作了十分具體的說明，給青年作者以很大的幫助和啓發。

　　《鼓吹集》、《鼓吹續集》中的許多評論文章，更體現了茅盾熱情推薦新人新作、爲社會主義文藝事業培養新生力量的精神。

　　茅盾在談到一些青年作者的一些比較優秀的作品時，總是懷著滿腔熱情，給予充分肯定的。下面舉幾個例子：

　　谷峪的《新事新辦》，茅盾認爲在內容方面，「表現了土改後農村生活的興旺和愉快」，在形式方面，「結構緊湊，形象生動，文字洗煉」，「從頭至尾，無懈可擊」，「是一篇技術水準很高的短篇小說」。馬烽的《三年早知道》，茅盾認爲它「主題是嚴肅的主題，但作者避免了處理這樣主題時常見的一套手法，創造性地從合情合理的細節描寫達到了目的。全篇充滿了幽默感，全篇的對話也是很風趣的。這就構成了獨特的風格。」茅盾熱情肯定了茹志鵑的《百合花》，還給她的《靜靜的產院裡》以很高的評價，他說：「《靜靜的產院裡》在塑造人物形象，渲染氣氛，尤其是夾敘夾議式的心理描寫等方面，都保有作者的特殊的風格。開頭寫產院的肅靜，後來又寫它的熱鬧，著墨不多，可是宛然如畫。描寫譚嬸嬸的心情變化，也有層次，而且由淺入深，從漣漪微漾到波濤澎湃。」茅盾熱情地肯定了李准的《李雙雙小傳》，還給他的《耕耘記》以很高的評價說：「正確的主題思想，現實性強而又波瀾迭起的故事，鮮豔靈活的筆墨，三者齊全，構成了人物形象的多彩多姿。如果說《李雙雙小傳》還有些多餘的句子，那麼，《耕耘記》就錘鍊得相當精醇了；如果說《李雙雙小傳》描寫環境和氣氛還不夠，那麼，《耕耘記》已經沒有這個缺陷了」。王願堅的《七根火柴》、《普遍勞動者》，王汶石的《大木匠》、《新結識的夥伴》等，茅盾也都給予很高的評價。

　　應該指出，上面提到的一些作品本身固然都是比較好的，但茅盾那樣滿腔熱情地給予充分肯定和很高的評價，自然也包含有一個老作家對青年作者的鼓勵這樣一種精神。

老作家寫出了好作品，茅盾也同樣熱情地給予肯定，下面舉兩個例子：

趙樹理的《套不住的手》，茅盾認爲這篇小說的取材，「是別開生面的」，還因爲它「有鮮明的個人風格」，「所以沒有故事的五千言作品也能引人入勝，不覺枯燥」。「整篇是娓娓而談，談到那裡就是那裡，佈局雖然不拘規格，好在行文從容自如，因而不覺得有拖踏之感」。短篇小說在取材、佈局、描寫人物、安排環境等方面都有短篇小說的特點，如果強調這一點，茅盾認爲沙汀的《你追我趕》「是一篇嚴守繩墨、無懈可擊，而又不落纖巧的佳作」。「如果耐咀嚼的文章應當被重視，那麼，《你追我趕》應當算得是此中翹楚」。

茅盾還十分熱情地肯定革命回憶錄和描寫英雄群像的書。例如他以《潘虎》、《鋼槍隊》、《我跟父親當紅軍》三篇爲例指出：「《星火燎原》是許多回憶錄構成的一部光榮的中國人民解放軍的初期的歷史，可也是一部極好的文學作品」，比起《史記》等著作來，「不但並無遜色，而且在思想性上是遠遠超過了它們的」。對於《志願軍一日》這一部「軍事記實散文集」。茅盾更給予很高的評價，他認爲這部「作爲記實的集體文藝作品」，「不但有歷史，還有英雄人物的生動的形象」。說它「有歷史」，因爲它能使讀者「獲致一些關於朝鮮戰爭總的發展的印象」；因爲它有「英雄人物的生動的形象」，所以就具有「強烈的吸引人、感動人的魅力」。最後茅盾還這樣寫道：

> 作爲一個公民、一個讀者，我歡呼《志願軍一日》的出版，因爲這是雕滿了抗美援朝偉大戰爭的英雄群像的豐碑，這是進行國際主義、愛國主義教育的生動燦爛的形象教材。作爲一個文藝工作者，我歡呼《志願軍一日》的出版，因爲，這宣告了部隊中千百的業餘寫作者怎樣以他們「樸素而眞實的聲音」豐富了我們這文壇，這宣告了人民的創造潛能是多麼偉大！

對青年作者的一些有缺點的作品，茅盾也總是熱情地、詳盡地提出自己的看法，希望他們在思想上和藝術技巧上都能夠得到更快的提高。比如對工人業餘詩作者的作品，茅盾既肯定了那些寫得成功的有特色的篇章，也指出了一些受「既成詩人」的壞影響的毛病，並奉贈工人作者四句話：「『勞者歌其事』，何必專業化；發揮創造性，開一代詩風。」這四句話裡，包含有深刻的道理，也包含有對工人作者的殷切期望。

對青年作者的作品給予熱情的肯定、鼓勵，是茅盾評論文章的一個重要特點。

茅盾對作品的評論，既談作品的思想內容，也談藝術技巧，但總的看來，談作品的藝術性的部分比較多。並且談得具體細緻，根據作品的不同特點作出不同的評價。前面引到的對一些作品的評論就是這樣。茅盾在評論青年作者的作品時，還常常用幾篇或主題相同、或題材相同、或構思相同的作品作比較分析，指出這些作品的優缺點；有時還舉出魯迅的或外國的優秀作品作為借鑒，給青年作者指出提高藝術技巧的具體門徑，如《在部隊短篇小說座談會上的講話》，在分析了幾篇部隊作者的作品以後，就以魯迅的《祝福》、《離婚》，莫泊桑的《羊脂球》、《蚰蚰姑娘》、《首飾》和歐·亨利的《東方聖人的禮物》等作品為例，來說明人物描寫、含蓄、思想性深刻不深刻等問題。這樣指導青年作者，培養新生力量，是很切合實際、很有效的。

在重視作品的思想性的前提下，具體地談藝術性，幫助青年作者提高藝術技巧，這是茅盾評論文章的另一個重要特色。

楊沫的《青春之歌》出版後，在讀者中產生了很大的影響，如何評價這部小說，也有很不相同的意見。茅盾的《怎樣評價〈青春之歌〉》，實事求是地評價了這部作品，提出並回答了如何用正確的思想方法評價作品的問題，這是在作品評論中帶有普遍意義的一個問題。

在中國文學藝術工作者第三次代表大會上的報告：《反映社會主義躍進的時代，推動社會主義時代的躍進》，就一九五六年到一九六〇年間的文學創作作了全面的總結，從作品的主題、題材、形式、風格、作者隊伍等各個不同的方面肯定了我國社會主義文藝在黨的文藝路線和「百花齊放，百家爭鳴」方針指引下所取得的光輝成就。

總之，茅盾的那些評論文章，既反映了一個老作家的革命激情，也體現了他對社會主義文藝事業的極端負責的精神。

（五）努力促進國際文化交流

新中國成立後，茅盾還為促進中國與亞非各國的文化交流，做了許多工作。他在一九五一年寫的《我們為什麼喜愛雨果的作品》一文中說：「我們珍視本國的優秀的文化傳統，同時也珍視其他民族的優秀的文化傳統」；「吸收其優秀進步的成份，而批判地捨棄其不合時代需要、不合中國現實的成份，

──這就是中國人民對於世界文化的態度。」「中國人民願意和世界各國人民在文化上交換經驗，並通過文化交流而達到進一步的互相瞭解」。這一段話，正確地表達了中國人民對待外國文化的態度。一九五八年十月，茅盾在亞非作家會議上作的《爲民族獨立和人類進步事業而鬥爭的中國文學》的報告中指出：中國和許多亞非國家，在兩千多年前就已開始文化交流，在文化藝術的發展上相互產生了良好的影響。只是到近代，由於帝國主義、殖民主義的侵略和壓迫，才使這種交流受到破壞。他介紹了中國古代文學的豐富寶藏，特別是中華人民共和國成立後在毛主席《在延安文藝座談會上的講話》指引下發展起來的社會主義文學的光輝成就；他更爲近年來由於亞非各國人民在反帝反殖鬥爭中取得偉大勝利、中國和亞非各國的文化交流得以恢復和發展而歡呼。一九六二年二月，在開羅召開的第二屆亞非作家會議上，茅盾又作了《爲風雲變色時代的亞非文學的燦爛前景而祝福》的報告，他熱烈祝賀亞非人民在反對帝國主義、反對殖民主義，爭取民族獨立和自由的鬥爭中所取得的偉大勝利，指出「優秀的文學和文學家總是爲人類進步和世界和平而鬥爭的；鬥爭產生了偉大作品，而偉大作品也鼓舞了鬥爭」。他預言：「一旦亞非人民全部擺脫了束縛他們創造力的新老殖民主義的鎖鏈以後，他們一定能夠創造出比過去更加光輝燦爛的文化」。他宣告：「亞非作家的任務就是爲了這樣一天的到來而努力，而創造條件」。

茅盾在爲促進世界各國人民的文化交流，爲發展人類進步文化事業作出了自己的貢獻。

一九五二年間，茅盾曾經表示：「年來常見文藝界同人競訂每年寫作計劃，我訂什麼呢？我想：我首先應當下決心訂一個生活計劃：漂浮在上層的生活必須趕快爭取結束，從頭向群眾學習，徹底改造自己，回到我的老本行。」〔註3〕茅盾的「老本行」是創作，但由於文化和文學藝術部門領導工作的繁忙，二十多年來，他除寫了大量的理論批評文章和極少量的散文、雜文外，沒有能夠繼續從事創作，我們覺得這是一件憾事。但他在領導崗位上的辛勤工作和理論批評工作所取得的多方面的成就，對於我國社會主義文學藝術的發展，是有重大貢獻的。

〔註3〕茅盾：《茅盾選集·自序》，見《茅盾文集》第二卷（人民文學出版社一九五八年版）。

結　語

　　茅盾在文學戰線上的活動，從他一九二○年一月發表第一篇文學論文《現在文學家的責任是什麼？》算起，到今年已經有五十九年了。假使從他一九一七年一月開始發表第一篇翻譯科學小說《三百年後孵化之卵》算起，則已經有六十二年了。六十年歲月，在人類的歷史上，不過是短暫的一瞬；但對一個作家來說，卻是很難得的了。

　　六十年來，茅盾經歷了一條什麼樣的道路？取得了哪些成就？它給我們一些什麼啓示？

　　從民主主義革命到社會主義革命，是我國現代革命運動的道路。

　　從「五四」開始的我國現代革命運動，經過了三十年的艱苦鬥爭，於一九四九年取得了新民主主義革命的偉大勝利。中華人民共和國成立後，經過了二十多年的艱苦鬥爭，又取得了社會主義革命和社會主義建設的偉大勝利。從「五四」開始的我國文化革命，因爲是無產階級的文化思想即共產主義思想所領導的，所以和政治、經濟戰線一樣，「就都具有社會主義因素，並且不是普通的因素，而是起決定作用的因素」。這種因素是隨著中國革命的勝利發展而發展、增長的，到了社會主義革命和社會主義建設時期，就很快地取得了主導地位，並迅速地繁榮起來。

　　從民主主義到社會主義，也正是作家茅盾所經歷過的道路。

　　提倡民主與科學的「五四」新文化運動，是茅盾文學道路的起點。隨著中國共產黨的成立、馬克思主義在中國的傳播和革命運動的發展，茅盾較早就接受馬克思主義的影響，直接參加革命運動，寫了《論無產階級藝術》這樣的文藝論文。一九二七年大革命失敗，也曾在茅盾思想上、文學道路上出現過波折。但隨著中國革命迅速由低潮轉向高潮，馬克思主義在中國更廣泛

的傳播，茅盾進一步學習了馬克思主義，經過嚴峻的自我解剖，總結經驗教訓，重新站到了無產階級的立場上來，在無產階級革命文學運動的道路上重新大踏步前進，寫下了革命現實主義的巨著《子夜》以及《春蠶》等一些在我國現代文學發展史上有重要意義的作品。在抗日戰爭和人民解放戰爭時期，茅盾堅定地站在抗日和民主的旗幟下堅持鬥爭。到社會主義革命和建設時期，茅盾在中國共產黨的領導下，在文化和文學藝術的領導崗位上，為發展我國的社會主義的文學藝術作出了重要貢獻。

茅盾六十年的文學道路，與我國文化革命的偉大旗手魯迅、郭沫若等聯繫起來看，他們的具體經歷雖然有所不同，但總的方向卻是完全一致的，那就是從革命民主主義到社會主義。

從民主主義到社會主義，也是我國在新民主主義革命時期開始社會活動的廣大要求進步、要求革命的文藝工作者和知識分子共同的和惟一正確的道路，儘管許多人的具體經歷有所不同，步伐各有快慢。

在過去的六十年裡，茅盾以自己辛勤的勞動為我國現代文學的發展作出了巨大的貢獻。

在新民主主義革命時期，他從事編輯、翻譯及研究中國古代和外國文學的工作，並且把理論批評和創作結合起來，用理論來指導自己的創作實踐，又以創作實踐來體現自己的理論。在社會主義革命和社會主義建設時期，他主要從事文化和文學藝術部門的領導工作和理論批評工作。六十年來，他寫下了十部中、長篇小說：《蝕》、《虹》、《路》、《三人行》、《子夜》、《多角關係》、《第一階段的故事》、《霜葉紅似二月花》、《腐蝕》、《劫後拾遺》，七本短篇小說集：《野薔薇》、《宿莽》〔註1〕、《春蠶》、《泡沫》、《煙雲集》、《耶穌之死》、《委曲》，劇本一個，《清明前後》，十四本散文、雜文集：《茅盾散文集》、《話匣子》、《速寫與隨筆》、《印象·感想·回憶》、《炮火的洗禮》、《見聞雜記》、《時間的記錄》、《茅盾隨筆》、《生活之一頁》、《脫險雜記》、《歸途雜拾》、《蘇聯見聞錄》、《雜談蘇聯》、《躍進中的東北》，理論批評和學術論著二十多種：《神話的研究》、《中國神話研究 ABC》、《世界文學名著講話》、《創作的準備》、《文藝論文集》、《鼓吹集》、《鼓吹續集》、《夜讀偶記》、《關於歷史和歷史劇》、《讀書雜記》等，此外，還翻譯了外國文學作品二十多種，選注我國古典文學作品多種。

〔註 1〕除六篇短篇小說外，還收有七篇散文。

創作方面的成就，主要是在新民主主義革命時代取得的。

茅盾的創作，題材廣泛，眞實地反映了幾十年來我國社會生活中的重要事變：「五四」前夕，我國社會中的封建勢力、資本主義勢力、改良主義等相互間的利用和鬥爭；「五四」浪潮對知識分子的影響；轟轟烈烈的大革命運動中的階級鬥爭與知識分子的思想動態；第二次國內革命戰爭時期我國社會中的複雜的階級關係；民族資產階級與買辦資產階級的矛盾和鬥爭；民族資產階級內部的矛盾和鬥爭及其破產過程；市鎮小商人的破產、農村經濟破產；工人、農民與資產階級、封建勢力、高利貸者、帝國主義、國民黨反動統治的矛盾；中國都市經濟畸形發展——加速殖民地化的過程。表現了抗日戰爭時期國民黨反動派強化法西斯特務統治和四大家族對人民群眾進行殘酷經濟掠奪的罪行，內地城市和農村的畸形發展；也歌頌了革命根據地人民的幸福生活和英勇鬥爭精神。總之，大規模地多方面地反映現實生活，揭露帝國主義和國民黨反動派的反動統治，表現我國人民爲爭取民族獨立，實行民主革命而進行的各種形式的鬥爭，是茅盾創作的主要特點。而反帝反封建反對官僚資本主義，就是茅盾創作的基本主題。

茅盾在自己的創作中塑造了眾多的人物形象：有形形色色的封建地主、資本家、反動統治者及其爪牙，有渾渾噩噩的小市民，也有正在日益覺醒的工人、農民和小資產階級知識分子，由於作家傑出的典型化手法，這些人物不僅形象鮮明，並且有著各自不同的典型意義。這些藝術形象構成爲一條豐富的藝術畫廊。他們的藝術生命不僅活在現在並且將永遠的和文學史同在。章靜、章秋柳、張曼青、王仲昭、李克、梅行素等形象，眞實地反映了時代思潮對知識分子的深刻影響和他們走上革命道路的過程，同時也揭示出知識分子在與工農大眾結合以前性格上軟弱動搖這一根本弱點。把這些形象和魯迅所塑造的呂緯甫、涓生、子君等形象聯繫起來，就可以看到我國不同歷史時期的知識分子的面影。這些形象對今天的知識分子來說，亦還可以起鏡子的作用。老通寶、阿多這兩個農民的典型，是可以與魯迅所塑造的阿Q、閏土等典型形象相媲美的，不僅揭示了不同歷史時期我國農民的生活處境和精神面貌，更揭示出農民群眾在重重壓迫下覺醒起來拿起武器走上鬥爭的道路是生活本身的規律。如何正確認識民族資產階級的作用並做好他們的工作，是我國革命過程中統一戰線工作的一個重要方面。茅盾塑造了王伯申、吳蓀甫、何耀先、林永清等民族資本家的形象，也是有特殊意義的。通過這些形象，

茅盾揭示了不同歷史時期中國社會階級關係的重要方面，指出了民族資產階級所應該走的道路。

茅盾創作的藝術形式和藝術風格，也是多樣而多彩的，它在我國現代文學寶庫中放射著獨特的光輝。

茅盾，這位傑出的現實主義作家，稱他爲我國「當代語言藝術的大師」，〔註2〕顯然這並不是過譽。

茅盾六十年的文學道路和他的光輝成就給廣大文藝工作者提供了一些什麼啓示呢？

革命導師列寧曾經指出：「偉大的革命鬥爭會造就偉大人物，使過去不可能發揮的天才發揮出來。」〔註3〕魯迅和郭沫若，就是從「五四」運動開始的我國新民主主義革命這一偉大革命鬥爭所造就出來的偉大作家。他們當然都有他們獨特的稟賦，但他們都是在這個偉大的時代和偉大的鬥爭中汲取精神力量，這才有可能使自己的才能得到更好的發揮。但是，偉大的作家並不是孤立存在的，和他們同時往往會有一批傑出的作家圍繞著他們，互相啓發，互相切磋，互相競賽，互相「爭鳴」，互相批評，從而促使一個文學運動高潮的到來。茅盾也就是這樣的一位傑出的作家。他和魯迅、郭沫若一樣，都是從「五四」新文化運動中湧現出來的，他們各自團結了一批年青的文藝工作者，有互相啓發、互相幫助的一面，也有互相爭鳴、甚至互相批評的一面，從而促使「五四」文學革命後新文學運動的蓬勃發展。這是我們研究茅盾的文學道路所得到的啓示之一。

恩格斯在談到歐洲文藝復興時期產生了許多「巨人」時說，達·芬奇等「巨人」，「他們的特徵是他們幾乎全都處在時代運動中，在實踐鬥爭中生活著和活動著，站在這一方面或那一方面進行鬥爭，一些人用舌和筆，一些人用劍，一些人則兩者並用」。恩格斯還指出，「那時，差不多沒有一個著名人物不曾作過長途旅行，不會說四五種語言，不在幾個專業上放射出光芒。」〔註4〕魯迅和郭沫若之所以成爲偉大的作家，固然是偉大的革命鬥爭所造就，但他們並不是完全被動地被造就，而是有他們主觀的能動作用的。這種主觀能動

〔註 2〕周揚：《建設社會主義文學的任務》，見《中國作家協會第二次理事會會議（擴大）報告、發言集》。

〔註 3〕列寧：《悼念雅·米·斯維爾德洛夫》，《列寧全集》第二十九卷第七十一頁。

〔註 4〕恩格斯：《自然辯證法·導言》，《馬克思恩格斯選集》第三卷第四四五、四四六頁。

作用的表現之一是，「都處在時代運動中，在實際鬥爭中生活著和活動著」；表現之二是，他們都非常好學，知識淵博。他們不僅對自己祖國的文化遺產有深湛的修養，並且對外國文學也有廣泛的研究，還親自翻譯了大量的外國文學作品。同時他們也都非常重視吸收最先進的思潮——馬克思列寧主義，用來改造世界觀，武裝頭腦。這三個方面的主觀能動作用，茅盾也都是具備的：他既經常「處在時代運動中，在實際鬥爭中生活著和活動著」的，非常重視生活積累，他又非常重視學習馬克思列寧主義，改造世界觀，同時他對我國的古典文學和外國文學，也都是研究有素，並且也同樣翻譯了大量外國文學作品。對一個文藝家來說，必須在生活、思想和文學修養三方面打好基礎，並處理好三方面的關係。這是茅盾的文學道路所給我們的啓示之二。

　　毛澤東同志教導我們說：「人類總得不斷地總結經驗，有所發現，有所發明，有所創造，有所前進」。〔註 5〕茅盾也正是這樣做的。他嚴於解剖自己，非常重視總結自己在思想改造過程中的經驗教訓，所以他能夠在大革命失敗後的波折中很快地站到無產階級立場上來。他經常從自己創作實踐中總結經驗教訓：不但從《蝕》、《三人行》的創作成敗中總結出教訓，即使是對《子夜》這樣傑出的作品，他也一分爲二，嚴肅地找出造成這部作品缺陷的原因。同時，他也非常重視創新，經常考慮「改換題材和表現方法」，努力突破「自己所鑄成的既定的模型」。茅盾就這樣給我國現代文學貢獻了許多思想深刻、形式多樣和具有個人風格的作品。對一個文藝家來說，既要不斷地總結經驗教訓，又要勇於創新。這是茅盾的文學道路給予我們的啓示之三。

　　在過去六十年裡，茅盾給我國現代文學的發展作出了重要貢獻，並給予我們豐富的經驗。他的許多創作，在今天仍有現實意義，對發展我國的社會主義文學也有借鑒作用；他的豐富經驗，認眞加以研究，也可用來滋養我國的社會主義文藝創作。

　　茅盾已經是八十多歲的高齡了，我們衷心祝願他健康、長壽。

─────────────

〔註 5〕見《周恩來總理在第三屆全國人民代表大會第一次會議上的政府工作報告》，載一九六四年十二月三十日《人民日報》。

附：茅盾主要著譯書目

單行本	《茅盾文集》（十卷本） 人民文學出版社 1958～1961 年第一版
一、中、長篇小說 《蝕》 　　　上海開明書店　1930 年 5 月初版 《幻滅》 　　　上海商務印書館　1928 年 8 月初版 《動搖》 　　　　上海商務印書館　1928 年初版 《追求》 　　　上海開明書店　1930 年 5 月初版	第一卷 　蝕 　　幻滅 　　動搖 　　追求 　　　　　寫在《蝕》的新版後面
《虹》 　　　上海開明書店　1930 年 3 月初版 《路》 　　　上海光華書店　1932 年 5 月初版 《三人行》 　　　上海開明書店　1931 年 12 月初版	第二卷 　虹 　路 　三人行 　　　附錄：《茅盾選集》自序 　　　　（一九五二年開明版）
《子夜》 　　　上海開明書店　1933 年 1 月初版 　後記	第三卷 　子夜 　　後記
《多角關係》 　　　上海文學出版社 1937 年 5 月初版 《第一階段的故事》 　　　百新書店 1945 年初版	第四卷 　多角關係 　第一階段的故事 　　新版的後記

《腐蝕》 　　　上海華夏書店　　1941 年 10 月初版 《劫後拾遺》 　　　桂林學藝出版社 1942 年 4 月初版	**第五卷** 腐蝕 　後記 劫後拾遺 　新版後記
《霜葉紅似二月花》 　　　桂林華華書店　　1943 年初版 **二、劇本** 《清明前後》 　　　重慶開明書店　　1945 年 10 月初版 　後記	**第六卷** 霜葉紅似二月花 　新版後記 清明前後 　後記
三、短篇小說集 《野薔薇》 　　　上海大江書鋪　　1929 年 7 月初版 寫在《野薔薇》前面 創造 自殺 一個女性 詩與散文 曇 《宿莽》（小說、散文合集） 　　　上海大江書鋪　　1931 年 5 月初版 色盲 泥濘 陀螺 大澤鄉 石碣 豹子頭林沖（以上六篇為小說） 叩門 賣豆腐的哨子 霧 虹 紅葉 速寫一 速寫二（以上七篇為散文）	**第七卷 短篇小說（一）** 　第一輯（1928～1930） 　　創造 　　詩與散文 　　色盲 　　曇 　　石碣 　　豹子頭林沖 　　大澤鄉 　　神的滅亡 　第二輯（1931～1933） 　　喜劇 　　搬的喜劇 　　小巫 　　林家鋪子 　　當鋪前 　　右第二章 　　春蠶 　　秋收 　　殘冬 　　賽會 　　　後記
《春蠶》 　　　上海開明書店　　1933 年 5 月初版	

春蠶 秋收 小巫 林家鋪子 右第二章 喜劇 光明到來的時候 神的滅亡 　跋	
《泡沫》 　　　上海生活書店　　1936 年 5 月初版 夏夜一點鐘 第一個半天的工作 趙先生想不通 微波 有志者 尚未成功 無題 當鋪前 賽會 牯嶺之秋 《煙雲集》〔註 1〕 　　　上海良友圖書公司 1937 年 5 月初版 煙雲 擬《浪花》 搬的喜劇 大鼻子的故事 一個真正的中國人 水藻行 手的故事 《委屈》 　　　重慶建國書店　　1945 年 3 月初版 委屈 報施 船上	第八卷短篇小說（二） 　第三輯（1934～1936） 　　趙先生想不通 　　微波 　　擬《浪花》 　　夏夜一點鐘 　　第一個半天的工作 　　大鼻子的故事 　　手的故事 　　一個真正的中國人 　　官艙裡 　　兒子開會去了 　　水藻行 　　有志者 　　尚未成功 　　無題 　第四輯（1942～1944） 　　耶穌之死 　　參孫的復仇 　　虛驚 　　過封鎖線 　　委屈 　　報施 　　船上 　　小圈圈裡的人物 　　過年

〔註 1〕以上幾個短篇小說集曾由作者編成《茅盾短篇小說集》第一、二兩集，抽去
　　　《一個真正的中國人》，加入《殘冬》。

第二輯　社會隨筆
　「自殺」與「被殺」
　緊抓住現在
　血戰後一週年
　九一八週年
　最近出版界大活躍
　神怪野獸影片
　玉腿酥胸以外
　歡迎古物
　蕭伯納來遊中國
　「驚人發展」
　學生
　「阿Q相」
　論洋八股
　也算現代史吧
　時髦病
　回到農村去
　再談回農村去
　漢奸
　老鄉紳
　熱與冷
第三輯　故鄉雜記
　一封信
　內河小火輪
　半個月的印象
《話匣子》
　　　　良友圖書公司1934年2月初版
上編
　我的學化學的朋友
　關於文學研究會
　「現代化」的話
　香市
　大減價
　田家樂
　鄉村雜景
　陌生人
　談迷信之類

封建的小市民文藝
　「連環圖畫小說」
　「給他們看什麼好呢」？
　孩子們要求新鮮
　《法律外的航線》讀後感
　關於蕭伯納
第三輯（1932～1933）
　血戰後一週年
　「九一八」週年
　最近出版界的大活躍
　神怪野獸影片
　玉腿酥胸以外
　歡迎古物
　蕭伯納來遊中國
　「驚人發展」
　學生
　「阿Q相」
　時髦病
　漢奸
　老鄉紳
第四輯（1933）
　第二天
　故鄉雜記
第五輯（1934～1935）
　「現代化」的話
　香市
　鄉村雜景
　陌生人
　談迷信之類
　談月亮
　上海大年夜
　舊帳簿
　狂歡的解剖
　上海
第六輯（1934～1935）
　大旱
　戽水

速寫與隨筆〔註2〕
　　　　　　　上海開明書店 1935 年 7 月初版
前記
第一部
　賣豆腐的哨子
　霧
　虹
　紅葉
　速寫一
　速寫二
　櫻花
　鄰一
　鄰二
　風化
　自殺
　冥屋
　秋的公園
　在公園裡
　公墓
　健美
　黃昏
　沙灘上的腳跡
　天窗
第二部
　我的學化學的朋友
　「現代化」的話
　香市
　鄉村雜景
　陌生人
　談迷信之類
　冬天
　上海大年夜
　也算現代史吧
　老鄉紳

　貴陽巡禮
　海防風景
　太平凡的故事
　新疆風土雜憶
　　後記

第三部

　　雷雨前

　　大旱

　　戽水

　　人造絲

　　桑樹

　　談月亮

　　瘋子

　　再談瘋子

　　舊帳簿

　　狂歡的解剖

　　上海

《印象・感想・回憶》

　　　　文化生活出版社　　1936 年 10 月初版

　　全運會印象

　　車中一瞥

　　官艙裡

　　交易所速寫

　　「佛誕節」所見

　　看模型

　　國文試題

　　好玩的孩子

　　談我的研究

　　我的中學生時代及其後

　　回憶辛亥

《炮火的洗禮》

　　　　　　重慶烽火社　　1939 年 4 月初版

　　站上各自的崗位

　　寫於神聖的炮火中

　　街頭一瞥

　　炮火的洗禮

　　今年的「九一八」

　　光餅

　　內地現狀的一鱗一爪

　　三件事

　　「孤島」見聞

　　還不夠非常

憶錢亦石先生 「戰時如平時」解 記兩大學 非常時期 追記一天 《見聞雜記》 　　桂林文光書店　1943 年 4 月初版 （篇目與《茅盾文集》第九卷第八輯相同）	
《茅盾隨筆》 　　桂林文人出版社　1943 年 7 月初版 一九四三年試筆 回憶是辛酸的吧然而只有激起我們奮 發之心 日記及其他 雨天雜寫 關於魯迅先生 關於報告文學 關於差不多 談《北京人》 《時間的記錄》 　　良友圖書公司　1945 年 8 月初版 　　（初版原收二十九篇。售出六百 　　餘冊，存書及紙版在倉庫中被火 　　燒毀。抽去四篇，增加七篇，1946 　　年 11 月上海大地書屋初版） 第一輯 　風景談 　雨天雜寫之一 　雨天雜寫之二 　雨天雜寫之三 　談排隊靜候之類 　聞笑有感 　談鼠 　東條的「神符」 　狼 　森林中的紳士 第二輯 　一九四三年試筆	第十卷 第九輯（1940～1946） 　風景談 　雨天雜寫之一 　雨天雜寫之二 　雨天雜寫之三 　談排隊靜候之類 　聞笑有感 　談鼠 　回憶之類 　東條的「神符」 　狼 　森林中的紳士 　雜感二題 　為民營出版並呼籲 　學步者之招供 第十輯（1943～1946） 　序《一個人的煩惱》 　《新綠叢輯》旨趣 　序《沒有結局的故事》 　為《親人們》 　關於《遙遠的愛》 　《呼蘭河傳》序 　永恆的紀念與景仰 　高爾基與中國文學 　憶洗星海 第十一輯（1938～1947） 　這時代的詩歌 　《詩論》管窺

脫險雜記 歸途雜拾 以上二種，《茅盾文集》第十卷說明「解放前刊行過單行本」，但未見到。	後記
《蘇聯見聞錄》 　　　　開明書店　1948 年 4 月初版 　　　　（篇目從略） 《雜談蘇聯》 　　　　上海致用書局　1948 年 4 月初版 　　　　（篇目從略） 《躍進中的東北》 　　　　作家出版社　1958 年 10 月初版 長春南關行 延邊——塞外江南 北地牡丹越開越艷 哈爾濱雜記 群眾文藝運動在瀋陽	

五、學術著作、理論批評

1. 《神話的研究》，商務印書館，1928 年初版。

2. 《神話雜論》，世界書局，1929 年 6 月初版。

3. 《中國神話研究 ABC》，世界書局，1929 年 1 月初版。

4. 《北歐神話 ABC》，世界書局，1930 年 10 月初版。

5. 《小說研究 ABC》，世界書局，1928 年 8 月初版。

6. 《歐洲大戰與文學》，開明書店，1928 年 11 月初版。

7. 《六個歐洲文學家》，世界書局，1929 年 6 月初版。

8. 《騎士文學 ABC》，世界書局，1929 年 4 月初版。

9. 《近代文學面面觀》，世界書局，1929 年 5 月初版。

10. 《現代文學雜論》，世界書局，1929 年 5 月初版。

11. 《西洋文學通論》，世界書局，1930 年 8 月初版。

12. 《希臘文學 ABC》，世界書局，1930 年 9 月初版。

13. 《漢譯西洋文學名著》，亞細亞書局，1930 年 4 月初版。

14. 《西洋文學名著講話》，北京開明書店，1936 年 6 月初版。

15. 《創作的準備》，上海生活書店，1936 年 11 月初版。

16. 《文藝論文集》，重慶群益出版社，1942 年 12 月初版。

17.《夜讀偶記》，天津百花文藝出版社，1958 年 8 月第一版。

18.《鼓吹集》，作家出版社，1959 年 1 月第一版。

19.《鼓吹續集》，作家出版社，1962 年 10 月第一版。

20.《關於歷史和歷史劇》，作家出版社，1962 年 11 月第一版。

21.《讀書雜記》，作家出版社，1963 年 11 月第一版。

22.《茅盾評論文集》〔註3〕，人民文學出版社，1978 年 11 月第一版。

六、古典文學選注

1.《莊子》（選注），商務印書館，1926 年 1 月初版。

2.《淮南子》（選注），商務印書館，1926 年初版。

3.《楚辭》（選注），商務印書館，1928 年 9 月初版。

4.《楚辭選讀》，商務印書館，1937 年 5 月初版。

七、翻譯外國文學作品

1.《希臘神話》（編譯），商務印書館，1927 年 8 月初版。

2.《衣食住》（美，卡本德著），商務印書館，1928 年初版。

3.《他們的兒子》（西班牙，柴瑪薩斯著），商務印書館，1928 年初版。

4.《雪人》（輯譯匈牙利、保加利亞等國十九位作家作品 22 篇），商務印書館，1928 年 5 月初版。

5.《一個人的死》（希臘，帕拉瑪茲著），商務印書館，1928 年 12 月初版。

6.《文憑》（俄，丹青科著），現代書局，1932 年 9 月初版。

7.《百貨商店》（編譯，法國，左拉著），上海新生命書局，1934 年 3 月初版。

8.《桃園》（土耳其，哈理德等著），文化生活出版社，1935 年 11 月初版。

9.《戰爭》（蘇，吉洪洛夫著），文化生活出版社，1936 年 3 月初版。

10.《回憶·書簡·雜記》（挪威，別倫·別爾生等著），生活書店，1936 年 7 月初版。

11.《人民是不朽的》（蘇，格羅斯曼著），晉冀魯豫軍區政治部，1940 年。

12.《復仇的火焰》（蘇，巴甫林科著），中蘇文協，1943 年。

13.《團的兒子》（蘇，卡達耶夫著），萬葉書店，1946 年 10 月初版。

14.《俄羅斯問題》（蘇，西蒙諾夫著），世界知識社，1947 年 9 月初版。

15.《現代翻譯小說選》（輯譯），交通書局，1946 年初版。

〔註3〕收《鼓吹集》（抽去十篇）、《鼓吹續集》、《讀書雜記》、《夜讀偶記》、《關於歷史和歷史劇》、《中國神話研究初探》（即一九二九年世界書局出版的《中國神話研究 A、B、C》）。

16.《蘇聯愛國戰爭短篇小說譯叢》，上海永祥印書館，1946 年 10 月初版。

說明

1. 這個目錄重點在創作（小說、劇本、散文、雜文），各單行本都列出篇目，以便於與《茅盾文集》相對照。

2. 作者本人未收入單行本和《茅盾文集》的單篇作品、文章，這裡沒有收錄。

3. 茅盾的各種選集、與他人的合集、合著、合譯的集子，都沒有收錄。

再版後記

　　一九五八年十月一日，看完這本書的清詳。到今天，差一個月就是二十年了。二十年來進步不多，蹉跎歲月，感慨萬千。

　　這本書出版後不久，評論家就給予熱情的鼓勵，同時也指出了它的缺點和不足之處（樊駿：《兩本關於茅盾文學道路的著作》，載《文學評論》一九六〇年第二期）。當時因忙於教學工作，沒有能夠進行修改。爾後不久，江青伙同林彪炮製了「文藝黑線專政」論，緊接著王、張、江、姚「四人幫」又瘋狂推行法西斯文化專制主義，這本書的命運也就可想而知了。以華國鋒同志為首的黨中央一舉粉碎了「四人幫」，摧毀了「文藝黑線專政」論，迎來了學術研究的春天。廣大知識分子和文藝工作者重新沐浴在毛澤東文藝思想的陽光下，倍感溫暖。在長江文藝出版社的關懷下，這本書得到了再版的機會。花了幾個月的業餘時間，作了比較大的修改。在修改過程中得到組織上的和許多同志的熱情支持，在此表示感謝。

　　錯誤和不當之處，懇切期望得到專家和讀者的指教。

邵伯周　一九七八年九月一日於上海